L'amour existe encore

Catalogage avant publication de Bibliothèque et Archives nationales du Québec et Bibliothèque et Archives Canada

Williams, Kathryn, 1981 avril 25-
L'amour existe encore
ISBN 978-2-89585-738-9
1. Dion, Céline - Romans, nouvelles, etc. 2. Angélil, René, 1942-2016 - Romans, nouvelles, etc. I. Titre
PS8645.I452A66 2016 C843'.6 C2016-940079-4
PS9645.I452A66 2016

Photo de la couverture: Presse canadienne

Les Éditeurs réunis bénéficient du soutien financier de la SODEC et du Programme de crédit d'impôt du gouvernement du Québec.

Nous remercions le Conseil des Arts du Canada de l'aide accordée à notre programme de publication.

Financé par le gouvernement du Canada | Canada

Édition:
LES ÉDITEURS RÉUNIS
www.lesediteursreunis.com

Distribution au Canada:
PROLOGUE
www.prologue.ca

Distribution en Europe:
DNM
www.librairieduquebec.fr

Suivez Les Éditeurs réunis sur Facebook.

Imprimé au Québec (Canada)

Dépôt légal: 2016
Bibliothèque et Archives nationales du Québec
Bibliothèque nationale du Canada
Bibliothèque nationale de France

KATHRYN WILLIAMS

L'amour existe encore

LES ÉDITEURS RÉUNIS

Prologue

Gala de l'ADISQ, 27 octobre 1985 — Pour la cinquième fois, ce soir, on prononce son nom au micro. Il résonne dans l'Expo-Théâtre de Montréal comme un doux refrain que l'on connaît par cœur. Céline rafle tous les honneurs. Cinq trophées à rapporter à la maison, cinq Félix à mettre sur une tablette avec les autres. Meilleure chanson, meilleur spectacle, meilleur album… Cette fois, elle remporte le prestigieux Félix de l'interprète féminine de l'année. Que demander de plus ? C'est la consécration ! Un triomphe aux yeux des gens de l'industrie québécoise du spectacle.

Pourtant, la jeune chanteuse de dix-sept ans a la mort dans l'âme.

Elle lance un sourire voilé de larmes à l'homme assis sur le siège à côté du sien. René Angélil, avec son calme légendaire, lui touche la main. Son imprésario des quatre dernières années est fier, elle le sait. C'est tout ce qui compte pour elle… Vêtue d'une robe noire lustrée et d'un chou sur la tête, Céline monte sur la scène sous une pluie d'applaudissements et une vague de fous rires. Oui, elle pleure *encore*. Un peu plus que lors de la remise du trophée précédent et de l'autre d'avant… Les gens dans la salle, coincés dans leurs habits chics, croient qu'elle déverse le trop-plein d'émotion de l'artiste hypersensible qu'elle est. *Une braillarde.*

Ça n'a rien à voir.

Certes, il y a quelques larmes de joie. Qui ne serait pas heureux d'une telle dose d'amour venant du public ? Elle a travaillé si fort pour y arriver, suivant chaque conseil de René à la lettre, gravissant avec lui chaque échelon. Pourtant, c'est plutôt une tristesse profonde qui pèse sur les épaules de Céline. Plus lourde encore que le poids de la statuette qu'elle tient dans sa main. Cette soirée marque le début d'un tournant important dans sa carrière. Une longue pause. Douze longs mois à revoir son *look*, à préparer un disque en anglais. Ça signifie aussi une distance avec René, l'homme qu'elle aime depuis si longtemps en silence. Toutes ces nuits à dormir avec sa photo sous son oreiller, à ne vivre que pour le regard qu'il porte sur elle, à ne chanter que pour l'émerveiller, *lui*. Un an sans le voir tous les jours, sans savoir où il est, ce qu'il fait. Un an seule avec elle-même et tout le travail qu'on lui demande.

Ce soir-là, en larmes devant ses collègues, Céline Dion se fait une promesse à elle-même : elle changera pour le mieux, afin que l'homme dont elle est amoureuse la remarque enfin comme une femme et non seulement comme son artiste.

Première partie

Les années du silence

1

L'après-midi de cet été 1986 tire à sa fin ; Céline Dion tourne en rond dans le salon de sa maison à Duvernay. Toutes les vingt-cinq secondes, son regard se pose sur l'horloge. Même le bruit que fait l'aiguille des secondes l'agace. Tic, tic, tic… Elle en est à combien de soupirs, déjà ? Au moins une centaine depuis le matin, peut-être plus ! Elle a cessé de compter à dix-huit. Les minutes s'écoulent au compte-gouttes, les heures lui paraissent des semaines. Non, des années ! La jeune femme n'en peut plus d'attendre. René doit venir la chercher pour assister à un spectacle à la Place des Arts. À moins que ce soit pour rencontrer des gens importants de CBS, sa nouvelle maison de disques. Céline n'en est pas certaine, mais ce détail lui importe peu. Elle le suivra où il voudra ! Passer du temps avec lui, c'est tout ce qu'elle veut.

Si elle ne cesse de tourner ainsi autour de la table basse placée au centre de la pièce, le tapis sera usé avant que René ne se pointe… C'est long ! N'est-il pas aussi impatient qu'elle de la revoir ? *Allez, je te laisse encore cinq minutes, après…, après…* Nouveau soupir. Céline fait quelques tentatives d'exercices de respiration qu'on lui enseigne pour vaincre le trac. Pfft… ! Ça ne fait que grossir la boule de nervosité coincée dans sa poitrine. Elle laisse sortir tout l'air de ses poumons dans un bruit de ballon qui se dégonfle. Énervée, elle cherche à s'occuper. Elle s'arrête pour enlever une poussière sur la télévision, elle replace un coussin sur le sofa. Puis deux, puis trois. À gauche, à droite. Un peu plus bas, un peu plus haut. Trop souvent – toutes les vingt-cinq secondes! –, elle étire sa main manucurée à la française pour repousser le rideau de la fenêtre. Chaque fois, elle espère apercevoir la Chrysler de René se garer devant la maison. Il est tellement beau derrière le volant, à foncer sur la route comme si le monde lui appartenait!

Céline est impatiente de revoir René, c'est certain, mais elle a surtout hâte de lui montrer la femme qu'elle est devenue au cours des derniers mois. Elle en a fait du chemin! Fini les chemisiers attachés jusqu'au cou qui lui donnaient des allures de petite fille modèle de bonne famille. Sa garde-robe se constitue maintenant de jupes un peu trop courtes, qui ne plaisent pas à sa mère, de souliers à talons hauts, de camisoles qui lui permettent d'en montrer *plus*. Elle a beaucoup changé depuis sa dernière rencontre avec son imprésario, qui remonte à trop longtemps…

Tout l'hiver, l'homme s'est éclipsé à Las Vegas sous un autre nom. Il avait besoin d'une pause, de s'éloigner de tout. Il était dans une mauvaise séquence, comme il aimait si bien le dire. Il avait des décisions importantes à prendre, et ce n'était pas le moment de faire des erreurs! Il préférait disparaître et attendre que le vent tourne. Pendant ce temps, dans l'ombre, Céline a travaillé très fort, comme il le lui a demandé. On ne peut aspirer à une carrière internationale sans connaître la langue de Shakespeare. Elle a donc étudié l'anglais à raison de neuf heures par jour, cinq jours par semaine. C'était à devenir fou! Elle suit des cours de danse, met du rouge à lèvres… Elle n'a plus rien à voir avec l'adolescente de Charlemagne plus ou moins jolie qui chantait *Ce n'était qu'un rêve* vêtue d'une robe rose à manches longues.

Pour la cinquième fois, en moins d'une heure, la jeune femme s'attarde devant le miroir du couloir pour replacer ses cheveux. Ils sont plus courts et maintenant bouclés ; elle doit apprendre à les coiffer, à leur donner du volume. Sa sœur Manon l'a aidée avant de sortir. Une mèche à gauche, une à droite, un peu de fixatif. OK, beaucoup de fixatif ! Le vent ne défera pas sa coiffure, c'est certain, tout est figé. Céline remet en place la bretelle de sa camisole, elle tire sur son short. Choisir quoi porter pour cette rencontre fût pénible. Comme toutes les filles de son âge qui se préparent à un rendez-vous avec un homme qui les intéresse, la jeune femme – déjà une vedette au Québec – a sorti tous les vêtements de sa garde-robe. *Ou presque !* Elle en a trop… Un short ou une robe ? Un chandail ou un chemisier ? Elle veut plaire à René, lui montrer qu'elle a changé, qu'elle devient une femme. Elle a donc opté pour quelque chose de simple, qui met en valeur son bronzage et ses cuisses maintenant musclées par les cours de danse intensifs des derniers temps. Les épaules nues, ses longues jambes dégagées, Céline se sent jolie et attirante.

Ne manque plus que René.

Seule devant la glace, elle sourit. Un sourire qu'elle a longtemps répété. Celui d'une femme bien dans sa peau et sûre d'elle ! C'est l'image qu'elle veut donner. Il y a eu tout un chantier d'orthodontie dans sa bouche pendant l'hiver ; elle n'a plus ses horribles canines trop longues. Enfin ! Elle peut maintenant ouvrir la bouche sans avoir peur de se faire traiter de Dracula par les médias. C'était fatigant, à la longue… Céline incline légèrement la tête, hausse un peu le menton, prend son regard décidé. Oui, c'est parfait. Elle est prête. Tous les soirs, elle se fait de petits scénarios de film dans sa tête. Elle a imaginé tant de fois l'instant où elle retrouvait René. Évidemment, c'est toujours beau et romantique à souhait, dans les rêves ! Elle qui court vers sa voiture, lui qui ouvre grand les bras. Il l'embrasse, lui dit combien il la trouve belle, qu'il l'aime à la folie lui aussi !

C'est ce soir que ça se passe.

Une voiture tourne dans l'entrée. C'est René, Céline le sait ! Elle ferme les yeux un instant, car les papillons dans son estomac s'emballent. Elle ne doit pas se montrer trop excitée, ni trop heureuse de le revoir. Ce premier face à face est vital dans son plan de séduction : il faut agir en adulte, lui prouver sa maturité et sa féminité.

Le cœur battant, Céline compte dix secondes après le son du carillon. *Il ne faut pas se précipiter.* Tant pis ! Elle court jusqu'à la porte, essaie de reprendre son calme avant de tourner la poignée. René se trouve sur le seuil, lui paraissant plus grand, plus fort… Il est bronzé lui aussi. Sans dire un mot, l'homme reste immobile un long moment. Céline croit même le voir chanceler. C'est gagné ! Un frisson de joie parcourt tout son corps ; René Angélil est ébranlé par sa nouvelle image, par l'énergie qu'elle dégage. Pour la première fois, il pose sur elle un regard différent. Un regard d'homme qui désire une femme. Ce moment est encore plus beau que tous les scénarios qu'elle imaginait ! À part qu'elle se retient de lui sauter dans les bras… Une force incroyable s'empare alors d'elle : Céline sent qu'elle a du pouvoir sur l'homme qu'elle aime.

Entre eux, les choses venaient de changer.

Lorsque, dans l'air chaud de cette soirée d'été, Céline se dirige jusqu'à la voiture, marchant devant René avec assurance, elle sait qu'elle n'est plus l'adolescente à qui on essaie d'apprendre le métier de chanteuse depuis plusieurs années. Oui, elle sera toujours une chanteuse – son artiste ! – et elle n'a pas fini d'apprendre, mais le regard qu'ils échangent quand il lui ouvre la portière lui prouve qu'elle est aussi une femme à part entière. Leur relation ne sera plus jamais la même.

2

On voulait changer l'image de Céline lors de cette longue pause loin des projecteurs, c'est maintenant chose faite. Elle a l'allure d'une jeune adulte déterminée et séduisante. Il lui faut aussi un nouveau son. L'époque de la mignonne adolescente qui chante *Une colombe* est révolue. Ça ne colle plus du tout à ce que l'imprésario René Angélil a en tête pour le prochain album de sa protégée ! Il veut quelque chose de plus rythmé, de plus mordant. Du pop rock ! Mais pour ce faire, il devait faire appel au meilleur parolier de la francophonie.

Céline n'a aucune idée de quel jour de la semaine nous sommes. Elle ne veut pas le savoir non plus, c'est un fait sur lequel elle ne s'attarde jamais. Si elle a besoin de connaître la journée pour une raison ou une autre, René le lui dira. Tout ce qu'elle sait, c'est qu'ils ont rendez-vous avec Luc Plamondon. Son succès avec *Starmania* est fulgurant, et René lui a proposé d'écrire des chansons pour un nouvel album en français. Pour revamper la carrière de Céline, il fallait mettre le paquet, ce qui voulait aussi dire faire des choix déchirants, mais nécessaires. Ils devaient s'éloigner du compositeur Eddy Marnay avec qui ils travaillent depuis les débuts de la chanteuse. C'était dans la logique des choses. Un passage obligé. Plamondon représente l'homme de la situation. Il a carte blanche : « Fais ce que tu veux, mais fais-le vite ! »

Ils ont hâte de lire les premiers textes !

Plamondon possède un appartement à Paris, une maison sur le lac Memphrémagog, mais c'est devant celle d'Outremont que René arrête sa Chrysler. L'automne laisse doucement sa place à l'hiver et le parc Outremont, juste devant, avec ses arbres couverts de neige, est magnifique. Sur la patinoire, des jeunes jouent au hockey... D'une démarche posée, René contourne la voiture pour ouvrir la portière de Céline. Il fait toujours ça ! Et comme toujours, elle accepte la main qu'il lui tend. Un frôlement, un regard lancé à la volée, la portière se referme derrière la jeune femme dans un claquement sourd à travers les cris et les rires des gens au parc.

Depuis ce fameux soir d'été où René est venu la chercher à la maison de Duvernay, plus rien n'est pareil entre eux. Ah ! il ne se passe rien non plus ! Ils ne sont pas amants, ni un couple. Pourtant, un petit quelque chose de magique les unit. Un amour silencieux ! Ni l'un ni l'autre n'aborde le sujet, comme si le simple fait d'en parler pourrait faire fuir l'étincelle. N'empêche, ils ont cette façon de se sentir seuls au monde même lorsque des gens les entourent. Même dans le tourbillon d'une pièce bondée, lorsque leurs regards se rencontrent, plus rien n'existe. Leur entourage n'est pas dupe, tout le monde commence à y aller de ses suppositions. « René et Céline ensemble ? Ce serait le couple de l'heure ! » De quoi alimenter les journaux à potins pour les deux prochaines années.

À travers tout ça, René est perplexe. Que ressent-il exactement pour Céline ? Fascination, admiration, amour, étonnement… Ses sentiments se mélangent. Il est troublé, même intimidé par sa maîtrise de la scène. Elle a une telle présence pour son jeune âge ! Il est fasciné par son artiste, par son énergie et sa soif d'apprendre. Qu'il se sente attiré par sa féminité lui fait peur. L'écriteau « Danger » clignote en rouge dans son esprit. Plusieurs fois, il essaie de se convaincre qu'il n'a pour elle que de l'admiration et une grande amitié. René aime les gens de caractère et qui ont de l'audace. Céline a tout ça et même plus. Faire un pas de trop gâcherait tout.

En bonne séductrice, Céline se tient toujours très près de *son* homme. Elle cherche à le déstabiliser, à le troubler, comme en ce moment, en touchant sa main tandis qu'ils remontent tranquillement l'entrée qui mène à la demeure de Plamondon. Au fond, c'est très romantique cette ambiguïté qui règne entre eux. Le jeu est excitant, une vie secrète, un monde bien à eux. Un peu plus chaque jour, la femme que Céline est devenue développe une confiance en elle épatante. Si elle croise ses longues jambes devant René, celui-ci se fourvoie dans son discours. Si elle le regarde d'une façon bien précise, il cesse de parler, se perd dans sa contemplation. « Qu'est-ce que je disais, donc ? » Oh ! Rien n'est gagné, mais Céline sait maintenant comment perturber René Angélil. Elle le fait même avec brio ! Ce qui la rend encore plus heureuse et attrayante.

Plamondon les accueille avec un sourire figé et ses éternelles lunettes noires au visage. Céline se demande s'il les enlève pour dormir ! Avec ses cheveux en bataille et son accent particulier, cet homme est un vrai personnage. Il intimide même un peu. Elle se tient droite, un peu en retrait. En fait, juste derrière René où elle s'assure qu'il puisse la sentir dans son dos. Le parolier est si agité que Céline se dit qu'il a bien dû boire quatre cafés en les attendant ! Ils le suivent au salon, admirant au passage la décoration des années cinquante. Des tableaux de maîtres canadiens tapissent les murs, un juke-box est installé dans un coin, des bibelots rares et sans doute très chers ornent la grande étagère.

Discrète, Céline s'assoit près de René sur l'un des deux sofas tandis que Plamondon s'installe sur l'autre, juste en face. Une table basse les sépare. L'air pèse lourd, chargé de fébrilité. L'homme aux lunettes noires remet d'abord à René des paroles écrites à la main sur des papiers chiffonnés. Ce dernier les dépose sur la table devant lui avec soin, comme s'ils étaient précieux. Il prend son temps pour les lire une fois, deux fois, trois fois… Son visage demeure neutre d'expression, il a son *poker face* ! Impossible de savoir si les textes lui plaisent ou non. René est trop calme, Plamondon ne tient pas en place. Il doute. Peut-être est-ce trop osé ? Est-il allé trop loin ? Céline le suit des yeux alors qu'il déambule nerveusement dans la pièce. Il range un livre dans la bibliothèque, il éteint une lumière, puis l'allume de nouveau… Il déplace et replace ses bibelots de luxe. La jeune femme refuse trois fois son offre de champagne et de canapés.

Enfin, René lève la tête et lui tend les feuilles. Céline les saisit du bout des doigts avec une certaine excitation. Le regard de l'homme est sans équivoque : il est satisfait de ce qu'il vient de lire. Plamondon peut s'asseoir et recommencer à respirer ! Céline pose à son tour les yeux sur les paroles prometteuses des deux chansons : *Incognito* et *Lolita*. Une lecture silencieuse et plutôt déroutante. Céline sent son cœur se serrer tellement elle est éblouie par ce qu'elle lit. Plamondon a frappé là où ça fait mal, les mots choisis sont clairs, décrivant avec justesse ce que la jeune femme vit depuis des mois. Comment a-t-il pu écrire tout ça sans connaître l'histoire d'amour entre elle et René qui se dessine de jour en jour ? Plamondon a de l'instinct, il avait tout deviné !

On peut dire que ça choque. Les mots sont osés et provocants. C'était la commande de René, mais ces textes dépassent tout ce que Céline a chanté jusqu'à maintenant. Elle comprend pourquoi Plamondon était nerveux de leur présenter son travail. Ça change de la chanson *Une Colombe* qui transmet des valeurs judéo-chrétiennes ! Ce qu'ils ont entre les mains est suggestif, voire explicite. En particulier le texte de *Lolita*. Il relate très bien le passage d'une adolescente vers le monde des adultes. Une femme maintenant *sexy* qui a des passions et des désirs. Comme Céline.

— C'est exactement ce que j'attendais de toi, lance René à Plamondon d'un ton satisfait.

Soulagé, le parolier se met au piano, qui occupe tout le coin d'une pièce, puis commence à jouer la mélodie composée par Jean-Alain Roussel. Pour la première fois, Céline fredonne la chanson *Lolita*. Des mots qui la bouleversent, qui semblent encore plus vrais sortant ainsi de sa bouche. Sans un regard pour René, elle ne chante que pour lui avec toutes ses tripes. *Comme elle le fait toujours.* Cette chanson se veut une véritable déclaration d'amour publique. Si l'homme trouve qu'elle colle bien à elle, c'est qu'il comprend à quel point Céline est amoureuse de lui. Non ? *Lolita n'est pas trop jeune pour aimer.* Ça ne peut être plus évident.

La dernière note meurt dans l'écho de la pièce, un long moment de silence les enveloppe. Le message est direct, sans détour. Céline est convaincue d'une chose : cette collaboration de Plamondon à l'album *Incognito* marquera un tournant important dans sa carrière, mais aussi dans sa vie de femme. Elle a déjà hâte de se retrouver en studio ! De longs mois de travail l'attendent, elle se sent d'attaque plus que jamais. Son imprésario, elle l'impressionnera. *Encore.* Elle a bien l'intention de l'émouvoir aussi. Beaucoup.

3

Perdue au milieu d'un lit immense, Céline bat des cils, puis tente d'ouvrir les paupières. Sa tête est lourde et bien calée dans son oreiller. Elle n'a aucune envie de bouger. Immobile et les yeux plissés à cause de la lumière du jour, elle promène son regard à travers la pièce. Une chambre d'hôtel. Dans quelle ville sont-ils, déjà ? Ça aussi, on doit parfois le lui rappeler. Entre deux salles de spectacle, deux limousines, deux studios et deux aéroports, elle perd le fil. La dernière année fut une course folle pour enregistrer l'album *Incognito,* lancé en avril. Et maintenant, ils préparent minutieusement une tournée. Ce sera… gros ! René fait un travail de moine pour trouver la meilleure équipe, les meilleurs musiciens, les meilleurs techniciens…

Soudain, Céline sourit en se remémorant la veille. Ils sont à Toronto. D'un coup, la jeune femme se tourne sur le côté, agrippant son oreiller comme on le ferait avec un ourson en peluche précieux. Elle a chanté au gala des Juno, hier soir, exceptionnellement présenté en novembre. Il s'agit de l'événement médiatique le plus important pour l'industrie canadienne du disque et du spectacle. C'était une occasion inespérée pour sa visibilité au Canada anglais. Tout ça a été possible grâce au succès de son nouvel album au sommet de tous les palmarès au Québec. Par contre, rien ne fonctionne dans le reste du pays.

Ni en France, d'ailleurs.

Quand les Français aiment, ils aiment *beaucoup*. Par contre, ils sont réticents au changement. Le nouveau style de Céline ne leur plaît pas. Il faut aussi dire que les chanteuses à voix ne sont pas très à la mode par les temps qui courent en Europe. Bref, une apparition au gala des Juno de Toronto n'était pas à prendre à la légère. Céline et René ont soif de dépasser les limites des frontières québécoises. Ils foncent devant chaque porte ouverte. Plusieurs les regardent d'un drôle d'œil, comme si avoir de l'ambition était un crime. Cette façon d'exprimer haut et fort le potentiel de Céline à une carrière internationale choque les puristes du métier. Eux, ils sont en mission : ils désirent conquérir le monde.

Ils sont arrivés à Toronto dans un état de fébrilité intenable. Consciente de s'apprêter à vivre un important moment dans sa carrière, Céline est montée sur la scène avec son aplomb habituel. Après des heures de discussion, René avait gagné. L'imprésario tenait à une chanson en anglais. Elle a donc interprété *Have a Heart*, la version originale de *Partout je te vois* qui se retrouve sur l'album *Incognito*. Toujours allongée dans le lit, Céline se remémore chaque seconde de cette prestation exigeante. Vocalement, la chanson est très physique, très spectaculaire. Comme un film qui défile dans sa tête, elle se revoit entrer sur la scène dans un nuage de fumée blanche. Avec assurance, elle s'était avancée vers le public dans sa robe très courte d'un beau doré qui brillait sous les projecteurs. Aussitôt, le trac s'était dissipé et elle avait chanté avec plaisir.

Céline plisse le front. Elle a un peu de mal à se rappeler la suite. La chanson s'est terminée par une ovation ; elle était dans un état second, comme chaque fois qu'elle conclut une prestation. Tandis que fusaient les applaudissements et qu'un feu brûlait dans sa poitrine, elle était sortie de scène. Les répercussions qu'aurait cette soirée sur sa carrière, l'industrie du spectacle séduite… Peu importe, ce n'est pas ce à quoi elle pensait à cet instant précis. Tout ce qu'elle voyait, c'était René qui l'attendait en coulisses. Il était là, grand et droit dans son complet. Spontanément, il avait refermé ses bras autour de ses épaules. Il était fier d'elle. Pour Céline, c'est la seule raison de chanter : le convaincre, *lui*, qu'elle est la meilleure chanteuse au monde. Malgré les gens autour d'eux qui allaient et venaient, l'étreinte s'était étirée, au grand plaisir de Céline.

Ce n'était pas dans les habitudes de René de se laisser aller ainsi en public. Il la repousse toujours avec délicatesse si elle ose s'approcher un peu trop. C'est une zone grise, un terrain dangereux, puisque les rumeurs sur une possible relation entre eux vont bon train. Elles sont de plus en plus fréquentes dans les médias qui ne manquent jamais de les scruter à la loupe. Une journée, on annonce qu'ils sont un couple; le lendemain, Céline est enceinte de jumeaux… Le mois d'après, ils se marient en cachette à Las Vegas avant de divorcer trois semaines plus tard. René ne fait jamais le moindre commentaire sur tout ce potinage, il évite le sujet. Ou il nie tout devant les caméras. Au contraire, Céline s'accroche à ces histoires farfelues, espérant qu'un jour, certaines seront vraies ! Car entre eux, il n'y a toujours rien. Enfin, si… Il y a bien quelque chose entre eux, une étincelle magique. Pour Céline, ça n'a rien à voir avec une étincelle, c'est un volcan d'amour qui déborde et la pousse vers René Angélil. Cet homme si fort, qui la fait sentir unique. Elle se répète qu'elle doit être patiente, attendre le bon moment.

Pourtant, hier soir, Céline a presque cru que ça y était ! René était euphorique après sa prestation, il marchait de long en large dans l'arrière-scène, le sourire aux lèvres, rayonnant comme jamais. Elle a même attendu qu'il l'embrasse ! Mais non…

Céline souffle sur une mèche de cheveux bouclés qui chatouille sa joue, puis soupire en roulant sur le dos, les bras en croix. Il est temps de se lever. Si elle se fie au filet de lumière qui passe de chaque côté de la toile, l'après-midi est déjà avancé. Entortillée dans les draps, elle se démène pour sortir du lit. Elle passe une main dans ses cheveux. Ouf ! Il faut arranger ça avant de retrouver René !

L'homme est assis à la table devant une pile de journaux. La jeune femme avance discrètement à pas feutrés, car elle aime voir René concentré sur sa lecture. Elle sait qu'il s'est levé à l'aube et qu'il connaît déjà par cœur toutes les critiques sur sa performance d'hier soir. Il a même sans doute fait quelques téléphones… Les nouvelles sont-elles bonnes ou mauvaises ? Céline l'observe en retenant son souffle. A-t-il un pli soucieux au milieu du front ? Fronce-t-il les sourcils ? Lorsqu'il lève enfin les yeux sur elle, son regard est vif et amusé. Céline respire à nouveau, ses épaules se détendent. Elle prend le temps de lui retourner un sourire comme une femme le fait à son homme en se levant.

— Tu as volé la vedette, souffle René de sa voix rauque qui la fait fondre.

Voilà un premier pas vers le succès en anglais pour la chanteuse. C'est un défi de taille à relever, qui demande de la persévérance et de la patience. Céline a tout ça. Là où elle n'en peut plus d'attendre, c'est dans sa vie personnelle. Ses amours restent au point mort, une longue ligne droite sans fin, rien ne débloque. Un désert sans eau ! Céline appuie à fond sur la pédale de l'accélérateur, René contre-attaque en écrasant celle du frein. Ils sont au neutre. L'homme est tendre, galant et avenant, mais il voit venir la jeune femme dans le détour. Ce qu'elle a en tête n'est pas difficile à deviner ! Il évite de se retrouver seul en sa compagnie trop longtemps, il ne lui laisse pas la chance de faire les premiers pas. Céline et René savent pourtant que c'est une question de temps avant que les barrières tombent entre eux. Ils s'aiment en silence, chacun de son côté. Chacun à sa façon. Une attente douloureuse et merveilleuse à la fois. Faire durer le plaisir… Cet amour sous-entendu les unit déjà.

Souvent, la jeune femme s'arrête pour réfléchir à la situation. Ils forment un drôle de duo ! Elle, jeune et déterminée, sans expérience en amour. Lui, hésitant malgré plusieurs relations sérieuses à son actif. René se comporte comme un adolescent effrayé, beaucoup plus intimidé que s'il avait affaire à une femme de son âge. Il s'inquiète, surtout, de l'opinion des gens, de leur différence d'âge… Il a peur de lui faire du mal, de nuire à sa carrière.

Céline attend son heure. Elle viendra.

— Tu veux des fruits ? lui demande-t-il, la ramenant au présent.

Céline hoche la tête. Elle est affamée !

4

En coulisses règne une douce frénésie, une ambiance que Céline aime particulièrement. Ça court partout pour régler les derniers détails avant le spectacle, ça glousse. Ce moment où l'excitation est palpable, la nervosité aussi. Le rideau doit se lever dans deux minutes et le régisseur fait de grands signes à Céline. C'est l'heure! La chanteuse exécute alors quelques pas de danse avec Mégo, son directeur musical, et sa femme, Suzanne Gingue, qui est aussi la directrice de la tournée *Incognito*. Lorsque tout est différent d'un soir à l'autre – scène, loge, chambre d'hôtel –, les petits rituels avant d'entrer en scène réconfortent. Aussi irrationnels puissent-ils paraître, ils sont essentiels, un repère pour Céline.

Ce spectacle est le quatrième présenté au Théâtre St-Denis. La tournée roule à fond depuis plusieurs semaines, les critiques ne tarissent pas d'éloges et Céline se sent de mieux en mieux. Elle apprend. Maîtriser une scène, c'est un art. Un pouvoir que la jeune chanteuse découvre un peu plus chaque jour. Tout est écrit: les pas de danse, les gestes, les sourires, les paroles… Pour Céline, c'est rassurant: elle n'a qu'à plonger dans la piscine sans se soucier que l'eau soit chaude ou froide, quelqu'un s'occupe de tout. Elle a une équipe en or, elle est choyée. Pourtant, tout ça est parfois contraignant, comme si elle était prise au piège de sa propre scène.

Pendant que la foule s'agite en chantant, Céline suit Mégo jusqu'à ses claviers. Cet homme est un véritable coup de cœur professionnel pour elle. Son côté artiste est charmant, sa rigueur et son leadership sont tout ce que René et elle recherchaient. Céline se penche, fait semblant de débrancher un fil, Mégo lui retourne une expression horrifiée avant de balayer l'air avec la main pour lui signifier de disparaître. Céline fait ensuite le tour du plateau en appuyant son pouce droit contre le pouce droit de chacun des musiciens, des choristes…

D'un pas rapide, elle rejoint Suzanne en bas de la scène. Cette dernière lui tend son micro, Céline presse son bras à trois reprises. Puis elle se tourne vers René… Il s'approche, pose un baiser sur chaque joue. La gauche d'abord. Toujours ! Doucement, il met les mains sur ses épaules en la regardant dans les yeux avec son sérieux habituel. Il la fait pivoter face au grand escalier qui mène à la scène.

— OK, vas-y. GO !

Soir après soir, Céline a besoin de cette mascarade avant de mettre un pied sur la scène. Sinon, un sentiment horrible l'assaille, cette impression de tomber dans le vide, que le spectacle sera une catastrophe. Puis derrière l'épais rideau noir, la chanteuse prend une minute seule avec elle-même pour écouter les bruits de la foule, un son qu'elle adore. Plusieurs artistes éprouvent un trac fou avant une prestation. Certains ont la nausée, ne mangent pas pendant des jours, d'autres transpirent jusqu'à être en nage. Céline est plutôt calme. Elle ressent une excitation immense à l'idée de rencontrer son public, de leur en mettre plein la vue. Elle a de plus en plus confiance en son talent, elle aime être applaudie. Elle veut qu'on l'aime.

Aussitôt que retentissent les premières notes et que les projecteurs se braquent sur elle, Céline se transforme en une bête dont on ouvre la porte de la cage. Elle apparaît sur les planches avec cette énergie et ce charisme qui font d'elle une artiste dans une classe à part. Le spectacle est conçu pour mettre sa voix en valeur, allant des ballades romantiques au rock endiablé. Bien sûr, il y a les chansons de l'album *Incognito*, mais elle interprète aussi des succès de l'opéra rock *Starmania*, de Jean-Pierre Ferland…

René est là, dans l'ombre.

Tous les soirs, il prend place dans la salle à titre de spectateur. Il observe chacun des mouvements de la jeune femme, rehaussant jour après jour la barre de ses exigences. Il refuse catégoriquement que Céline laisse la place à la chanteuse automate qui fait tout par habitude, comme une cassette vidéo que l'on fait jouer. C'est un danger qui guette les artistes lorsqu'ils interprètent les mêmes chansons des centaines de fois. Il faut rester branché sur ses émotions, sinon, la performance est teintée de fausseté. On ne parle pas de fausse note ici. Non, Céline n'en fait pas. On parle plutôt du jeu de l'interprétation. Celle-ci doit être vraie, sentie. Ça demande un effort considérable, il faut aller puiser loin en dedans, rester concentré et alerte. Céline ne sait pas où René se trouve dans la salle et, trop souvent, elle le cherche des yeux. Parce qu'au fond, elle chante pour lui. Des milliers de spectateurs peuvent l'aduler, l'opinion d'une seule personne compte.

5

Encore grisée par l'excitation du spectacle électrisant qu'elle vient de donner, Céline rentre chez elle, le cœur léger et joyeux. Rien de plus satisfaisant que de voir des étoiles dans les yeux des gens assis dans la salle pendant qu'elle chante, de les voir se lever telle une vague pour l'ovationner, lui crier qu'elle est la meilleure… Mieux encore, René était content de la soirée, elle a même pu lui toucher la main, échanger un sourire complice avec lui. Parfois, la jeune femme n'arrive pas à croire tout ce qui lui arrive, à quel point la chance lui sourit. Pour se rassurer, Céline touche la pièce de monnaie rangée dans un petit sac en plastique. Ouf ! elle est encore là ! Elle a toujours peur de la perdre. Elle l'a trouvée sur une scène à Trois-Rivières. Une pièce de cinq cents qui était face contre terre. Elle l'avait discrètement ramassée à l'entracte, malgré la mise en garde de René : « Tu ne ramasses jamais une pièce présentant son côté pile. C'est signe de malheur ! »

Céline avait décidé que la pièce lui porterait chance. En fait, avant de la prendre, elle l'avait lancée sur la scène jusqu'à ce qu'elle montre son côté face. Elle la garde précieusement depuis ce temps.

Son sourire s'évanouit aussitôt qu'elle ouvre la porte de la maison. Toutes les lumières sont allumées, mais il règne un étrange silence. Habituellement, ses parents sont couchés depuis longtemps lorsqu'elle revient de chanter. Son père apparaît, énervé et les traits tirés.

— Enfin, tu es là ! Je ne sais pas quoi faire !

Céline songe tout de suite au pire et le suit jusqu'à la cuisine sans prendre la peine de retirer ses chaussures qui font un peu de saleté sur le plancher. Le spectacle qui s'offre alors à elle la laisse sans voix. Elle trouve sa mère assise sur une chaise, le souffle court et d'une pâleur mortelle. On dirait que son corps est une carcasse qui pèse une tonne. Ce n'est pas normal ; Thérèse Dion n'arrête jamais pour s'asseoir comme ça, peu importe l'heure. Elle a toujours un truc à faire à gauche et à droite. Elle en est parfois étourdissante.

— Tu ne te sens pas bien, môman ? demande Céline en se précipitant à ses côtés.

Elle pose ses longs doigts sur son front : elle n'est pas fiévreuse. Sa tête dodeline sur la gauche.

— Ça va, c'est juste de la fatigue, souffle-t-elle d'une voix faible.

— Elle ne veut pas que j'appelle le médecin ! s'inquiète Adhémar qui piétine à côté de Céline.

Évidemment, madame Dion n'est pas le genre de femme à qui on dit quoi faire. Si elle a décidé de rester à la maison, ce n'est certainement pas son mari qui va la convaincre du contraire. Elle a l'habitude de tout gérer.

Mais Céline est une femme d'action. Avec sang-froid, elle téléphone sur-le-champ au docteur Gaston Choquette, un contact de René. En trois minutes, elle obtient un rendez-vous à l'Institut de cardiologie de Montréal le lendemain après-midi. Reste maintenant à traîner Thérèse jusque-là.

— À mon âge, je suis assez vieille pour savoir ce que je dois faire, rouspète madame Dion. Si je ne veux pas aller voir le médecin, je n'irai pas.

Thérèse a toujours fui les médecins, comme si elle se méfiait d'eux. À part pour ses accouchements, elle se tient loin de ces « savants infaillibles » comme elle s'amuse à les appeler. Céline reste calme, sachant que de s'énerver ne donnera rien. Plus on la brusque, plus Thérèse se renfrogne. Il faut y aller avec douceur, même si Céline a envie de taper du pied et de lui faire la morale.

— Elle doit garder les enfants de Linda demain matin, lui apprend son père.

Céline jette un coup d'œil à sa mère. Voilà donc ses réticences ! Elle ne veut pas désorganiser sa fille Linda. Sans réfléchir, la jeune femme trouve facilement – même si on est au milieu de la nuit – une gardienne pour les enfants. Ainsi, madame Dion n'a plus d'excuse et Céline a bien l'intention de l'amener voir le médecin, peu importe ses protestations. De force s'il le faut !

— Est-ce qu'on peut reporter mon départ pour Chicoutimi d'une journée ? demande-t-elle, suppliante, à René le lendemain matin. Je dois aller à l'hôpital avec ma mère, c'est important.

René a toujours eu une affection particulière pour la famille de Céline, surtout pour ses parents. Dès le début, ils l'ont accueilli comme un fils. Ils lui ont offert toute leur confiance pour s'occuper des affaires de leur fille, et René veille à les tenir informés de chaque développement. Il est touché par les problèmes de santé de madame Dion.

— Pas de problème, on partira demain.

Céline chante demain soir à Chicoutimi ; ce sera un peu serré dans le temps, mais rien qui ne soit impossible. Son cœur lui dicte que sa place est avec sa mère en ce moment. Le médecin l'hospitalise d'urgence pour insuffisance cardiaque. Elle sera opérée dès le lendemain : quatre pontages. Soulagée que tout se termine bien, Céline reprendra sa tournée normalement. Au fond, toutes les pièces de monnaie chanceuses, tous les rituels, toutes les superstitions n'empêchent pas le destin de frapper. Ils ne protègent pas non plus les gens qu'on aime. Ce n'est pas à toute épreuve. Parfois, le malheur débarque et il faut agir. C'est ce que Céline a fait.

6

En coulisses, le suspense est intenable. Céline Dion se trouve coincée entre deux participants, un Anglais qui sent le parfum bon marché et une Allemande aux yeux bleu ciel. Les juges comptabilisent les points de tous les candidats. C'est interminable ! En ce 30 avril 1988, Céline représente la Suisse en tant que Canadienne française au prestigieux concours de l'Eurovision présenté à Dublin. Elle a tout donné, comme d'habitude, même si la chanson choisie ne lui plaisait pas beaucoup. *Ne partez pas sans moi* a une mélodie simple, des paroles banales, mais c'est le genre de chanson qui a du succès dans un concours comme celui-ci. *Il paraît.* Céline en doute… Elle attend, l'air plus calme qu'elle ne l'est réellement. Dans son blouson blanc et sa jupe en tulle, ses jambes sont droites, ses pieds bien égaux, ses mains sont jointes dans son dos.

Le réalisateur s'approche du jeune Anglais qui représente l'Angleterre, le candidat en avance. L'homme barbu lui explique à quel endroit entrer sur la scène lorsqu'il sera nommé vainqueur. À côté, Céline pince les lèvres, déjà résignée. Elle avait un mauvais pressentiment pendant la performance du garçon, car il a interprété la chanson *Go,* qui signifie « cinq » en japonais, le chiffre chanceux de Céline. C'était foutu pour elle, elle l'avait dit à René !

Accepter de ne pas être la meilleure n'est pas dans ses habitudes. Respirant à petits coups, comme si l'air de la pièce était insuffisant, Céline ne veut que retourner auprès de René. Il doit être déçu. Et elle est déçue de l'avoir déçu. Ce sera leur première défaite ensemble.

Le tableau final des résultats s'affiche enfin. Une vague de murmures monte dans la pièce, quelques hoquets de surprise aussi. Curieuse, Céline lève la tête. Une bouffée de chaleur colore ses joues. La Suisse a gagné, elle remporte la victoire par un point contre l'Anglais ! Céline jette un regard à ce dernier ; il est ébahi. Elle aussi. Quelqu'un lui attrape le poignet pour la diriger sur la scène. Les genoux tremblants, elle éclate en sanglots. C'est un vrai torrent qui coule sur ses joues. Céline essaie de battre des cils pour sauver son maquillage, mais c'est peine perdue. Devant le public du Simmonscourt et les centaines de milliers d'Européens qui regardent le concours à la télévision, elle prononce quelques remerciements décousus. C'est qu'elle oublie de respirer ! On lui tend la main, on la félicite. Céline flotte sur un nuage, sa vue embrouillée par les larmes. Elle saute sur place, les bras dans les airs.

René l'attend en coulisses, le sourire aux lèvres. Dans son élan de joie, Céline se plaque contre le torse solide de l'homme, ses bras se referment autour de son cou. Elle pleure encore, l'embrasse dans le cou. C'est trop de bonheur pour elle, surtout après avoir cru à la défaite ! René se laisse faire, il rit. Il est fier ! Et dire qu'il avait hésité à parier quatre cents dollars sur sa victoire… Jamais il ne mise sur des événements où les gens qu'il aime participent. Une question de principe. Une superstition parmi tant d'autres. Puisque tous les sondages nommaient Céline favorite pour remporter le concours, il s'est laissé tenter.

Comme tous les soirs, René Angélil raccompagne Céline à sa chambre d'hôtel. Ils passent toujours un moment à discuter d'un spectacle, d'une performance… Telle une histoire, l'imprésario raconte le film de la soirée à sa chanteuse. Les bons coups, les gestes à corriger, les paroles à modifier, rien n'échappe à l'œil critique et exigeant de René. Habituellement, madame Dion est du lot, puisqu'elle voyage toujours avec sa fille. Ce qui arrive de moins en moins souvent maintenant que Céline a l'âge de la majorité. Et puisque Thérèse Dion vient tout juste de subir une importante chirurgie au cœur pour quelques pontages, Céline a insisté pour qu'elle reste au Québec afin de prendre du repos. Elle lui passe tout de même un coup de fil pour lui annoncer sa victoire.

Assise sur le lit, les genoux repliés et adossée au mur, Céline écoute René. Elle boit chacune de ses paroles. Il lui rappelle l'importance de cette grande victoire pour son succès en Europe, que c'était le spectacle le plus regardé après les Olympiques et les Oscars. René lui parle aussi des performances des autres concurrents. Pourquoi celui-ci n'avait pas gagné, pourquoi celle-ci avait bien chanté. En fait, à partir de cet instant, Céline ne l'écoute plus vraiment. Elle se laisse plutôt porter par le son de sa voix… La jeune femme est heureuse d'avoir gagné, c'est certain. Cela représente un pas de géant dans sa carrière. Elle est encore plus contente de se retrouver ici, seule dans une chambre d'hôtel avec cet homme qu'elle aime un peu plus chaque jour.

Puis elle réalise que la pièce est trop silencieuse. Depuis combien de temps René est-il muet ? Il a cessé son discours. Il a dû se rendre compte qu'elle était perdue dans ses pensées… L'homme est assis sur le bras du fauteuil près du lit, la fixant d'un regard que Céline ne lui a pas vu souvent. Un regard amoureux. Elle lui retourne un sourire de femme, il baisse les yeux. Elle sait qu'elle le touche au cœur ! Son sang bout dans ses veines, ses sens sont en éveil. Mais avant qu'elle ne fasse un mouvement, René se lève. Déconcertée, Céline le regarde reculer deux ou trois pas hésitants vers la sortie, comme s'il voulait échapper à l'emprise qu'elle a sur lui. Comme s'il avait peur de ses propres sentiments, de ne plus se contrôler, de briser la barrière invisible et rassurante entre eux.

— Bonsoir…, souffle-t-il, prêt à détaler.

Chaque soir, ils ont le même rituel. *Encore un.* René lui souhaite bonne nuit, il l'embrasse avec douceur sur les joues avant de regagner sa chambre. Depuis quelque temps, ses baisers dérivaient un peu plus chaque soir vers ses lèvres… Leurs bouches se touchaient, parfois !

Alors pourquoi, là, tout de suite, part-il sans l'embrasser ? Céline ne comprend pas. C'est un jour de gloire, de réjouissance, il n'a pas le droit de la laisser en plan !

René a déjà entrouvert la porte de la chambre lorsque Céline se lève précipitamment et s'approche de l'homme à grandes foulées. La jeune femme s'arrête net, happée par son regard sans fond. Elle n'arrive pas à déchiffrer ce qu'il ressent. Ils sont très près l'un de l'autre, assez pour que leurs corps se frôlent.

— René Angélil, tu allais partir sans m'embrasser !

René ne chancelle pas, il semble même décidé. Ses mains entourent la tête de Céline, puis il s'avance pour l'embrasser sur les lèvres. Un vrai baiser, identique à ceux dont elle a si souvent rêvé. Il n'en faut pas plus à cette dernière pour se pendre à son cou et le serrer très fort, comme si elle voulait l'empêcher de se sauver. Derrière eux, la porte est toujours entrouverte, des bruits de voix approchent dans le couloir. René se ressaisit, il recule d'un pas, défait les bras de Céline noués à son cou.

Le lien est brisé.

Dans un courant d'air, Céline se retrouve seule dans sa chambre, haletante et abasourdie par le moment magique qu'elle vient de vivre. C'était presque une illusion, elle se demande même si elle n'a pas rêvé. Les gens circulent dans le couloir, joyeux en cette soirée qui tire à sa fin. René a disparu. Tremblante et soufflée, la jeune femme doit se secouer pour comprendre ce qui vient de se passer. René Angélil l'a embrassée pour de vrai ! Un vrai baiser sur la bouche. Maintenant, il est parti. Pouf ! évaporé ! Qu'est-ce que ça veut dire ? Céline traverse la pièce à la recherche du téléphone. « S'il ne revient pas ici tout de suite, c'est moi qui irai frapper à la porte de sa chambre ! » Un coup, deux coups, trois coups… Aucune réponse à la chambre de René.

Céline est une femme d'action, ça n'en restera pas là ! Et René le sait très bien… Elle ne lâchera pas le morceau aussi facilement. C'est pour cette raison que dans le hall de l'hôtel, il trouve un téléphone et s'empresse de l'appeler à sa chambre avant qu'elle ne coure le rejoindre et se jette sur lui devant tout le monde. Elle pourrait le faire. Sa détermination est forte. Il vient de lui donner de gros espoirs en cédant à ses pulsions et en l'embrassant avec ardeur dans la chambre. Était-ce une erreur ? Peut-être. Mais il en avait trop envie. Il en a marre de se raconter des histoires : « Arrête de te cacher la tête dans le sable, tu es fou amoureux d'elle ! »

Céline répond à la première sonnerie.

— C'est moi…

Elle retient son souffle, son cœur cognant au creux de sa poitrine. C'est presque douloureux. Elle est heureuse d'entendre sa voix. En même temps, elle en est terrifiée. Une série de scénarios défilent dans sa tête. Va-t-il lui annoncer qu'il regrette, que ce genre d'incident ne doit plus se reproduire ? Peut-être lui dira-t-il qu'il n'a pas de sentiments pour elle ? Non, cette option est impossible ; elle sent son amour aussitôt qu'ils se retrouvent dans la même pièce ! Pire, lui avouera-t-il son désir pour elle, mais que ce serait trop compliqué, voire impossible en raison de son titre d'imprésario ? Ce serait un tel supplice ! Comment le côtoyer tous les jours sans le toucher, sans l'embrasser, après le moment magique qu'ils viennent tout juste de vivre sur le pas de la porte d'une chambre d'hôtel ?

Enfin, René parle.

— Si tu veux vraiment que je sois le premier, je suis d'accord.

— Oui, bien sûr que je le veux ! Tu seras le premier et le seul, prononce Céline la voix étreinte d'émotion.

Les mains moites, la jeune femme raccroche. Elle inspire un bon coup pour se calmer. Sa joie est trop grande ! Sa fébrilité aussi ! Elle se croirait dans un vieux film d'Hollywood, quand le héros revient à la fin. Est-ce possible pour un cœur de battre aussi vite sans risquer une crise cardiaque ? Céline se le demande encore lorsque deux coups discrets contre la porte se font entendre. René aussi est nerveux, il est légèrement essoufflé… Il a couru pour la rejoindre ! Ses yeux pétillent, son sourire en coin est timide. Ce soir-là, lorsque René entre dans la chambre et referme la porte derrière lui, il sait qu'une longue et belle histoire commence. Céline aimerait arrêter le temps, que cette foutue porte reste close pour l'éternité. Qu'il n'y ait plus qu'elle et son homme dans une bulle de verre, à l'abri des regards.

Hélas, la réalité d'une vie publique est beaucoup plus compliquée. C'est la naissance d'une belle histoire d'amour, mais aussi celle d'un long silence.

Plaquée contre le mur, Céline pose les mains sur le torse de René. Ils ont toujours partagé les mêmes rêves professionnels, maintenant, ils partagent aussi le même lit.

Deuxième partie

Un amour clandestin

7

À l'aéroport de Mirabel, une meute de journalistes attend Céline et René à la suite de la victoire de la chanteuse au concours de l'Eurovision à Dublin. Ils sont rassemblés derrière les portes, papier, crayon et micro à la main. Quelques caméras. Céline met un pied devant l'autre à côté de René, sachant très bien que leur cocon d'amour, encore si fragile, basculera aussitôt les portes franchies. Ils sont pris d'assaut par les flashs, les micros se bousculent devant eux, les félicitations fusent de toutes parts. On célèbre son triomphe. L'imprésario prend le plancher avec le calme et l'assurance d'un gagnant. Il montre des photos et des articles de journaux d'outremer, il raconte qu'on arrêtait sa chanteuse partout dans la rue, à l'hôtel pour avoir un autographe. Il va jusqu'à faire rire le groupe en lançant à la blague que Céline a pleuré… Les journalistes l'écoutent, émerveillés.

À ses côtés, Céline sourit. Ses joues roses et son air épanoui pourraient la trahir. Pour elle, la vraie grosse nouvelle à annoncer aux médias aujourd'hui est son amour avec René. Tout le monde croit que son teint radieux est en lien avec sa belle réussite à Dublin, mais ils se trompent. Ça n'a rien à voir ! Il y a de l'amour dans l'air.

— Êtes-vous heureux ensemble ?

Prise d'un vertige, Céline cherche des yeux la journaliste qui vient de lancer cette question. A-t-elle deviné ce qui se passe entre eux ? Le temps d'une seconde, Céline dévisage René.

— Céline, c'est la carrière de ma vie, répond ce dernier avec aplomb. Nous avons les mêmes rêves.

« Et le même lit » aurait aimé ajouter Céline.

Hier encore, René avait repoussé sa main au restaurant, de peur que quelqu'un les surprenne. Il l'a convaincue de garder le silence sur leur relation.

— Combien de temps ? avait demandé Céline.

— Le temps qu'il faudra.

— Ce qui veut dire ?

— Il faut d'abord en parler autour de nous, à tes parents.

Céline avait mordu sa lèvre inférieure. *Pfft… ! mes parents savent depuis longtemps que je suis amoureuse de lui.*

Madame Dion avait pleinement conscience que sa fille, encore une enfant, s'était amourachée de son imprésario. Avec ses petits yeux innocents, elle le regardait comme s'il était le Bon Dieu. Elle ne parlait que de lui. Thérèse n'en avait pas fait de cas, faisant confiance au bon jugement de René. Après tout, c'est normal qu'une adolescente admire l'homme qui lui fait réaliser tous ses rêves. C'était un héros ! Un béguin qui passerait avec le temps. Céline grandirait et ses sentiments s'estomperaient avec la rencontre de garçons de son âge. Madame Dion n'y voyait rien d'inquiétant, jusqu'à ce que sa fille éclate en sanglots un soir, assise à la table de la cuisine. «Je l'aime, comprends-tu!» C'était sérieux. Encore une fois, Thérèse s'accrochait à l'idée que c'était une histoire à sens unique, que jamais René n'aurait d'intérêt pour Céline.

Toujours immobile devant les journalistes, la jeune femme déglutit, puis ajoute qu'elle est très heureuse et satisfaite de son association professionnelle avec René Angélil.

— Il a toute ma confiance.

La femme, avide d'un potin croustillant, insiste:

— À vingt ans, Céline, as-tu un amoureux?

Un moment de silence tombe sur le groupe, tous les regards sont rivés sur elle. Voilà enfin ce que tout le monde veut savoir. Comment mentir et répondre le contraire lorsqu'on a tremblé pour la première fois sous les mains expertes d'un homme merveilleux? Ce qu'elle ressent pour René n'a jamais été aussi fort que maintenant! Elle est différente. Elle lui a donné une partie d'elle-même. Amoureuse, c'est écrit sur son front!

— Pour l'instant, ma carrière est ma priorité, je lui consacre tout mon temps, répond-elle du bout des lèvres.

Une onde de déception s'abat sur le visage des journalistes. Encore et toujours les mêmes propos qui ne veulent rien dire. Ils ont si hâte d'avoir une information croustillante au sujet de la vie privée de la chanteuse! Pour Céline, il s'agit du premier d'une longue série de mensonges. Elle devra s'y faire. La voici propulsée dans la réalité, dans l'univers des grandes personnes. Fini les petits scénarios à l'eau de rose qu'elle se jouait le soir dans sa tête avant de s'endormir. L'amour avec un grand «A» a un prix. C'est une entrée brutale dans une période de sa vie qui sera à la fois heureuse et troublante. Cet amour clandestin qu'elle a si longtemps chéri lui apporte de grandes joies, mais aussi son lot de supplices. Malgré un succès professionnel époustouflant, le mensonge pèse lourd pour cette jeune fille enivrée par ses sentiments envers René Angélil. Elle l'a voulu et désiré pendant si longtemps… Elle voudrait dire, hurler, chanter à tout le monde qu'elle est amoureuse. Qu'elle est heureuse ! Elle a parfois l'impression que René pense davantage à sa carrière qu'à leur bonheur. Ça lui brise le cœur. Il y a tellement de couples malheureux sur la terre, pourquoi se cacher lorsque tout va bien ?

Elle veut le crier sur tous les toits !

René s'accommode plutôt bien de ce silence calculé. Pas Céline. Peut-être parce qu'elle vit son premier amour. Celui que nous n'oublions jamais, qui reste gravé dans notre mémoire pour l'éternité. Ce sentiment qui nous donne la sensation de planer, que nous sommes plus forts que nature, que tout est possible. Pour lui, elle déplacerait des montagnes ! Ça prend toute la place dans son cœur, dans son esprit. Elle voudrait que la terre entière soit témoin de sa chance d'être aimée par cet homme à la prestance unique, si généreux et intelligent. Céline ne voudrait surtout pas avoir à se cacher pour lui tenir la main, pour lui glisser un mot doux à l'oreille en gloussant. Ni pour l'embrasser dans la rue le soir sous les jolis flocons qui tombent du ciel.

Oui, elle prend parfois sa vie pour un film.

Par amour, elle accepte de se taire. Céline comprend qu'elle ne peut pas tout avoir d'un seul coup. Maintenant convaincue de l'amour de René, elle est donc prête à être patiente et à respecter son rythme. Une étape à la fois. Elle ne voudrait certainement pas que sa relation nuise à sa carrière d'une façon ou d'une autre. René le lui répète : le bon moment viendra pour annoncer leur relation au grand public.

Cependant, elle ne sait pas encore que *le temps qu'il faudra* sera terriblement long…

Proactive, Céline décide toutefois d'informer rapidement ses parents de la situation. C'est plus fort qu'elle, la jeune femme a besoin de dire son secret à quelqu'un ! Elle doit partager sa joie avant d'exploser de bonheur. Sa mère est la personne idéale pour ses confidences. Dès la semaine suivante, ils reprennent la tournée et invitent madame Dion à passer quelques jours à Québec. Céline lâche le morceau sans avertissement et sans détour dès le premier soir :

— René et moi, on est ensemble. C'est le bon !

Thérèse Dion ferme les yeux en serrant les mains sur ses genoux comme si elle était en colère contre elle-même. Ce qui est effectivement le cas. Elle aurait dû intervenir avant qu'il ne soit trop tard. Elle savait depuis toujours que sa fille était amoureuse de son imprésario. Incapable de partager la joie de Céline, elle reste froide et distante, ce qui attriste la jeune femme qui aurait eu besoin d'un sourire chaleureux, d'un peu de réconfort. De se faire dire qu'elle était contente pour elle.

Mais Céline comprend parfaitement la réaction de sa mère. René aussi.

Il trouve une feuille pliée en deux glissée sous la porte de sa chambre d'hôtel. Un message qui lui va droit au cœur et qui résume si bien les raisons qui incitaient René à refouler ses sentiments pour Céline. Il a essayé, pourtant. Sincèrement. Mais l'amour est plus fort. Il gagne toujours.

«Je suis déçue, j'espérais un vrai prince charmant pour ma fille. Non un homme qui pourrait être son père… Tu aurais pu éviter ça! Je te faisais confiance.»

René n'est pas étonné. Qui voudrait que sa fille soit amoureuse d'un homme vingt-six ans plus âgé qu'elle? Ça fait peur et c'est normal. C'est exactement pour ça qu'il tient à garder leur relation secrète et ne pas tout dévoiler au public. Les gens auraient cette même réflexion. Et avec raison. Sans perdre de temps, et parce que ses rapports avec madame Dion lui tiennent à cœur, il la rencontre dans le hall de l'hôtel à l'écart du va-et-vient de la réception. Les épaules droites, la dame le regarde dans les yeux. René est presque intimidé…

— J'ai eu votre message…, commence-t-il. N'oubliez pas que j'ai une fille, moi aussi. Si elle venait m'annoncer qu'elle est amoureuse d'un homme plus vieux, j'aurais la même réaction que vous. Mais croyez-moi, mes sentiments pour Céline sont sincères.

Madame Dion lui retourne un regard noir et perçant… René aurait préféré se faire crier un lot d'insultes. Elle reste silencieuse, ce qui crée un malaise supplémentaire. Sans un mot, elle se lève. Sa valise est prête, elle rentre à Montréal. Il n'y a plus rien à dire, elle le sait. René aime Céline. La cause est perdue.

Heureusement, les choses se tassent après quelque temps… Thérèse Dion sait qu'elle ne peut les empêcher de s'aimer. Ils font partie d'un monde à part. Dans leur bulle. Céline est convaincue que le public aussi aurait assez de jugement pour comprendre. René reste de glace sur le sujet. Il a si peur de nuire à la carrière de Céline. À sa réputation. Les rumeurs vont déjà bon train dans les journaux à potins où l'on ne se gêne pas pour parler, voire être choqué par leur différence d'âge. Il n'est pas prêt à ce que Céline soit attaquée par les critiques au sujet de sa vie personnelle. Taire leur histoire d'amour demeure la meilleure chose à faire pour l'instant, même si la jeune femme n'est pas de cet avis.

8

Sous le soleil chaud de la Californie, Céline traîne ses pieds dans le sable mouillé, imprégnant sa mémoire du joli paysage qui s'offre à elle. Des lunettes fumées au visage, les cheveux dans le vent, elle prend le temps de respirer l'air salin, d'écouter le bruit des vagues qui meurent doucement à ses chevilles. Plus que tout, elle savoure cet instant de quiétude, ses doigts entremêlés à ceux de son homme. Voilà quelques mois déjà qu'elle et René sont installés dans une petite auberge de Malibu Beach. Un endroit magnifique, séparé de la mer par une autoroute. C'est ici qu'ils passeront l'hiver, à travailler sur l'enregistrement d'un album en anglais.

Les yeux de Céline se posent sur un surfeur au loin, puis sur un zodiac qui vogue à vive allure à contre-vague. Ils croisent une couple qui fait du jogging en discutant joyeusement. Un autre qui se chamaille dans l'eau. Tous ces gens sont si… libres et insouciants du monde qui les entoure ! C'est fascinant pour une fille comme Céline, habituée à une tout autre réalité. Son regard tombe sur des enfants qui construisent un château de sable, qui ont de la boue sur les joues et dans les cheveux, tandis que leurs parents les surveillent du coin de l'œil en lisant un roman. C'est ça, la vraie vie !

Parmi eux, Céline passe incognito. Personne ne la connaît ici, elle est une fille comme les autres. Elle peut aller et venir sans être arrêtée à tous les pas qu'elle fait pour une photo ou un autographe. Ce cirque, cependant, ne la dérange pas, car elle aime prendre le temps de rencontrer ses admirateurs si précieux. Sans eux pour assister à ses spectacles, pour apprécier sa voix et ses chansons, que serait-elle ? Jamais elle ne les tiendra pour acquis ! Elle s'est fait cette promesse à elle-même il y a bien longtemps. L'amour d'un public est fragile. Elle en reçoit beaucoup, elle donne en retour.

Non, ce qui lui plaît particulièrement dans la sérénité que lui apporte ce séjour aux États-Unis, c'est d'avoir la possibilité d'aimer René Angélil aux yeux de tous, sans avoir à se cacher de peur qu'un journaliste ne les surprenne. Dans cette foule de vacanciers qui se badigeonnent de crème solaire et qui profitent de cette journée chaude, ils ne sont qu'un couple normal qui se tient par la main sur la plage, qui s'embrasse devant un coucher du soleil…

Lorsque le soir tombe, Céline passe des heures en studio avec le réalisateur David Foster. Il n'y aura que des chansons d'amour sur cet album en anglais ! C'est de circonstance… Pendant la journée, la jeune femme prend plaisir à jouer le rôle de l'épouse parfaite s'occupant des petites choses simples du quotidien. Hier encore, elle filait dans la cuisine de l'auberge pour préparer le repas de René ! Ses talents culinaires s'arrêtent aux spaghettis à la sauce bolognaise, toujours faits avec cœur. Elle aime nourrir son homme. René ajoute les épices…

Enfin, elle a du temps seule avec lui, loin des rumeurs.

Ici, ils peuvent agir tel un couple ordinaire, s'appeler «mon amour» sans risque de déclencher un débat dans les médias. Céline dort toujours très tard le matin, René quitte alors la chambre à l'aube sur la pointe des pieds. Il passe des heures à éplucher les journaux, à regarder les informations. Il veut tout connaître de l'actualité, tous les résultats sportifs. Et tout ce qui se dit sur Céline. Le reste du temps, ils jouent au basketball, ils font de longues promenades sur la plage, comme en ce moment. C'est presque des vacances ! Du moins, pour elle. René marche à côté d'elle en regardant droit devant lui, l'air absent. Il semble soucieux depuis qu'ils sont ici. Il n'arrive jamais à se détendre complètement, même lorsqu'il a joué au golf ! Céline passe une main dans ses cheveux, le ramenant ainsi au moment présent.

— Ça va ?

René pose les yeux sur ce visage si jeune, si naïf, empreint d'une ambition à déplacer les montagnes.

— Tu sais que ce disque en anglais est le plus important de ta carrière jusqu'à maintenant ? lâche-t-il d'une voix sombre.

Céline sourit. Oui, elle le sait, il le lui répète tous les jours. René ressent de la nervosité par rapport à cet album, beaucoup plus qu'elle. Peut-être parce qu'il mesure davantage l'impact qu'il peut avoir sur leur parcours. C'est la carte d'entrée de sa chanteuse sur la scène internationale. Une chance unique.

— Nous n'avons pas le droit de nous tromper, ajoute René, sinon…

— Sinon, c'est un retour à la case départ, le coupe Céline. Tout ira bien !

Ils ne se tromperont pas. Impossible. Le travail avec David Foster se veut si exigeant, il ne laisse rien au hasard et s'acharne sur chaque détail. Tout comme René, le réalisateur est d'une rigidité sans pitié. L'album en anglais sera à la hauteur, Céline en est convaincue. Elle a confiance en son équipe.

— Allez, viens, rigole Céline en le tirant par la main. Je vais te faire à manger !

— Encore des spaghettis ? riposte René, amusé.

— Oui ! Avec un gâteau au chocolat…

René sourit ; Céline l'a toujours fait rire. Une mimique, des yeux moqueurs, une petite danse… Elle pourrait presque faire de l'humour ! Avec son talent de conteuse exceptionnel, elle arrive à tenir son public en haleine entre les chansons en leur racontant des anecdotes de son enfance, de sa vie au quotidien. Avec elle, René se sent plus jeune, comme si sa vie n'avait vraiment commencé qu'à l'instant où il l'avait rencontrée, des années plus tôt.

Ensemble, ils rebroussent chemin jusqu'à l'auberge sans se presser. Ils profitent pleinement des jours tranquilles, car une fois la machine mise en place pour pousser la carrière de Céline au sommet de l'Amérique, leur vie ne sera qu'un feu roulant. C'est le calme avant la tempête. Bientôt, ils ne seront plus que des nomades qui poseront leurs valises çà et là au rythme des spectacles, des entrevues, des signatures de contrats… Un tourbillon grisant qui les emportera du côté des gens riches et célèbres. Un pas de plus vers leur objectif, leur rêve : conquérir le monde.

9

C'est avec regret, mais confiante en l'avenir que Céline quitte son oasis de paix à Malibu à la fin du printemps. Il est temps de passer à autre chose. De foncer. Un séjour si paisible dont elle a apprécié, à chaque instant, la douceur de cette bulle d'amour avec René, loin de la folie du monde public, et ce, malgré le boulot ardu de l'enregistrement de plusieurs chansons pour l'album en anglais avec Foster. Elle est satisfaite, pleine d'énergie et prête à plonger dans la tempête. Elle atterrit entre autres dans la chaleur étouffante de New York pour poursuivre l'album avec le réalisateur Andy Goldmark et enregistrer quelques chansons, dont *Unison*.

Heureusement, Céline se sent chez elle à peu près n'importe où : Paris, Los Angeles, Montréal… C'est encore plus vrai à New York. Tout vibre dans cette ville et elle est transportée par la frénésie qui règne partout dans les rues, dans les magasins. Toutes ces lumières, tous ces gens qui vont et viennent à un rythme effarant. C'est grisant ! Ce n'est pas aussi sympathique qu'à Los Angeles, mais les gens sont vrais et directs. Ici, les classes sociales n'existent pas : les riches parlent avec les serveurs, les dames couvertes de diamants s'attardent aux photos des enfants des vendeuses d'une boutique de vêtement. Tu es ce que tu es. Céline s'émerveille encore de voir les millionnaires fumer un cigare sur le trottoir en discutant tranquillement avec un plombier. Pour une ville aussi grande et impersonnelle que New York, c'est un phénomène particulier.

La chanson *Unison*, beaucoup plus *dance* que ce qu'elle fait habituellement, plus exigeante physiquement, amène Céline ailleurs au plan musical. Très différent du style de Foster. C'est exactement ce que recherchait René : un album nuancé avec les meilleurs réalisateurs au monde. C'est ainsi que la chanteuse refait ses valises et quitte New York en direction de Londres pour mettre une touche finale au disque avec le Britannique Chris Neil. Ce dernier avait été le claviériste de Paul McCartney ! Il avait également travaillé avec Elton John et Eric Clapton. René était conquis par la chanson qu'il leur proposait : *Where Does My Heart Beat Now*. L'imprésario est persuadé que c'est LA chanson qu'il leur faut pour que l'album soit à la hauteur des attentes de CBS.

Le soir de l'enregistrement, c'est une heure à l'avance que la chanteuse se pointe au studio. René la trouve plutôt silencieuse, déjà dans une bulle, seule avec la chanson qu'elle s'apprête à interpréter. En réalité, Céline meurt d'impatience de chanter. Elle a répété cent fois les paroles dans sa tête, elle connaît par cœur chaque mot, chaque tonalité… Elle a réfléchi au son qu'elle voulait donner à sa voix, à la puissance et l'émotion qu'elle donnerait à cette chanson magnifique. Elle est prête.

Alors que Neil prépare sa console, Céline tourne en rond dans la grande salle. Entrer en studio demeure toujours un moment de joie pour elle. L'éclairage est tamisé, on se sent à l'écart du monde. Sur une autre planète. Peu importe l'heure du jour ou de la nuit, l'ambiance reste la même, on perd la notion du temps. Dans chaque studio, il y a une cuisine, une salle d'entraînement, une salle de lecture... René s'éclipse avec un complice dans la salle de jeu pour une partie de billard. Il a quelques heures à tuer. Et pour avoir du plaisir à jouer, il faut parier, même si le montant est dérisoire. C'est sa règle.

Pendant ce temps, Céline fait une première prise de la chanson pour se réchauffer. Donner une âme à une chanson, c'est un privilège et il ne faut pas faire les choses à moitié. Il faut l'apprivoiser, lui donner une couleur... Dans une pièce vitrée avec pour seule compagnie un micro qui pend du plafond, la jeune femme s'exécute de la seule façon dont elle sait faire, c'est-à-dire en chantant comme si elle était entourée de cinquante mille personnes.

— C'était la perfection, Céline, dit calmement le réalisateur. Merci !

Voilà, c'est tout.

Quoi ? s'étonne Céline. Chris Neil lève son pouce et lui fait signe de le rejoindre. Encore surprise, la chanteuse retire ses écouteurs et sort de la salle d'un pas hésitant. Le réalisateur l'accueille avec le sourire.

— Ne fais pas cette tête-là ! s'exclame-t-il. Il faut savoir reconnaître la bonne prise. À trop travailler une chanson, on brise la magie. On peut recommencer si tu veux avoir bonne conscience, mais je te jure que c'est celle-ci qui se retrouvera sur l'album.

Céline sourit, rayonnante de bonheur malgré son calme. Le travail avec Neil diffère tellement de celui avec Foster ou Goldmark ! Avec doigté, il a amené Céline à chercher le son et la tonalité qu'elle souhaitait pour la chanson. Il n'imposait pas ses idées, il voulait plutôt que la chanteuse trouve elle-même le ton qu'elle voulait lui donner. Ce qu'elle a fait avec brio, même si c'était nouveau pour elle.

Céline retrouve René dans la salle de jeu.

— C'est fait, dit-elle en haussant les épaules.

— Déjà ?

Étonné, l'homme laisse rouler sa queue de billard sur la table recouverte d'un tapis rouge. Personne ne connaîtra le grand gagnant de cette partie inachevée. N'y croyant pas vraiment, René se précipite pour entendre la maquette. Il en est grandement ému. « On l'a ! » ne peut-il s'empêcher de répéter. C'est évident qu'avec cette chanson, Céline sera invitée au *Tonight Show* de Jay Leno et au *Late Show* de David Letterman ! Ils sortent du studio dans un état de surexcitation ! L'album en anglais ne peut faire autrement qu'être un succès avec cette solide chanson. René raccompagne Céline à l'hôtel, puis file au casino. Son but n'est pas tant de faire de l'argent, mais plutôt de vérifier si la chance est vraiment de son côté. *Ah ! cette foutue théorie des séquences*… Il s'installe à une table de black-jack, plongé dans ses pensées. Et il gagne encore et encore. Arrivé en taxi, il repart en limousine. Il ne lui en faut pas moins pour le rassurer : ils sont sur une lancée, c'est le moment de foncer !

Tout est maintenant en place pour lancer l'album en anglais dans l'univers. Les chansons sont enregistrées, le plan marketing est prêt, on prépare déjà une tournée… On met le paquet pour l'entrée anglophone de Céline. Tout le monde croit à sa réussite, mais il y a un bémol : selon CBS, la maison de disques, il manque une ou deux chansons à succès sur l'album. Il faut retarder sa sortie et trouver une solution !

René grogne et déteste l'idée de devoir mettre le projet sur la glace. En fait, il est carrément furieux et songe même à changer de maison de disques ! Il n'en peut plus d'attendre. Il est un cheval de course sur la ligne de départ, prêt à conquérir le monde entier. Il a hâte que les choses se règlent ! On lui fait comprendre que les dirigeants de CBS n'ont pas tort. Que s'ils avaient le souci d'avoir un album parfait, c'est qu'ils croyaient en l'artiste. Il est parfois préférable de reculer de deux pas pour mieux sauter. Il manque une étincelle à l'album. Les chansons enregistrées avec Foster sont toutes dans les mêmes teintes, des balades sans éclat. Que s'est-il passé ? Ils avaient la meilleure équipe, un budget monstre… L'humeur de David Foster était-elle brouillée par sa récente séparation d'avec sa femme ?

Céline choisit de retourner voir Neil à Londres pour enregistrer deux nouvelles chansons : *(If There Was) Any Other Way* et *If Love Is Out the Question*. Cet album a bénéficié du plus gros budget dans la carrière de Céline jusqu'à maintenant, mais tout le monde est enfin satisfait. C'est dans la poche !

10

L'automne est doux, le soleil est encore chaud et Céline se dirige avec entrain vers la remise à l'arrière de la maison. Depuis trois jours, malgré les protestations de son père, elle ramasse les feuilles mortes autour de la propriété. L'espace et le grand air lui font du bien ! Elle n'en pouvait plus d'être enfermée entre les quatre murs d'une chambre d'hôtel ou d'un studio. C'est sa première vraie pause depuis ce séjour à Malibu avec René l'hiver dernier. Sa mère lui trouve un teint pâle et fatigué. Quelques jours à la campagne à Sainte-Anne-des-Lacs lui feront retrouver toute son énergie. Lui permettront de réfléchir aussi.

Cette maison, Céline l'a achetée pour ses parents. Construite à flanc de montagne, elle est tout simplement magnifique avec ses immenses fenêtres et son architecture moderne. L'ancienne propriétaire n'était nulle autre que Dominique Michel, une artiste incontournable de l'humour québécois. Ici, tout est blanc : les murs, les plafonds, les planchers, le mobilier… L'hiver, c'est si lumineux avec les reflets de la neige qu'il faut porter des verres fumés pour regarder dehors. Un décor parfait pour la convalescence de sa mère après son opération à cœur ouvert.

Râteau à la main, Céline balaie les feuilles au rythme de la brise chaude qui lui fouette le visage. Et elle fredonne. Des mélodies qu'elle invente, qu'elle peaufine, puis qu'elle oublie aussitôt. Chaque fois, elle s'en veut un peu de ne pas avoir pris de notes pour se rappeler. Peut-être qu'un jour, elle aura assez confiance en elle pour écrire des chansons. Pas pour elle, non, ça, elle n'y arriverait pas, mais pour d'autres artistes. La jeune femme travaille avec ardeur. Au moins cinquante sacs orange sont empilés sous les érables au bout du chemin. Mettre de l'ordre sur le terrain lui donne l'impression d'en faire aussi dans son cœur…

Elle est mélangée.

Sur la scène, Céline doit projeter l'image d'une jeune femme épanouie, *sexy*, comblée… Elle porte des vêtements légers, elle a du rouge sur les lèvres, elle bouge ses hanches. On lui fait chanter des chansons d'amour, on lui fait jouer le rôle de la femme fatale dans les vidéos. Pourtant, dans la vraie vie, elle doit faire semblant de ne pas être amoureuse. Ironiquement, dans l'univers du *showbiz* – qui est de la frime, que du « bien paraître » – elle dit la vérité alors que dans son quotidien, elle doit mentir. Encore et toujours, Céline répond aux journalistes qu'elle est trop occupée pour s'intéresser aux hommes. Plus le temps passe, plus sa relation avec René devient sérieuse et plus les mots se coincent dans sa gorge, lui donnant la nausée. Le mensonge devient lourd. Épuisant.

Elle en a marre.

Céline cesse de chanter, accélérant la cadence de son râteau. Il ne restera plus aucune feuille sur le gazon ; elle est déchaînée ! René refuse toujours de parler ouvertement de leur amour, ce qui crée une tension entre eux. Il lui semble qu'ils se disputent de plus en plus souvent sur le sujet.

— Ce n'est pas encore le moment, répète l'homme.

Pourtant, beaucoup de gens savent qu'ils sont ensemble. C'est de moins en moins un secret. Mais René a peur de choquer le public. Il a plus de deux fois son âge, il a été marié, il a trois enfants… Une relation avec son artiste pourrait être mal perçue. Mal interprétée. Céline s'en fout. L'amour, c'est un sentiment incontrôlable, difficile à cacher. Comment ne pas sourire lorsqu'il entre dans une pièce ? Comment ne pas illuminer son regard lorsqu'il pose les yeux sur elle ? S'abstenir de lui toucher la main ou de l'embrasser devient de plus en plus pénible. Céline arrive mal à dissimuler ses sentiments. Ça lui ronge les nerfs.

Et pourtant, l'amour ne veut pas aussi dire respecter l'autre ? Elle croit depuis toujours que pour le bien d'un couple, il faut laisser l'autre libre de ses rêves, de son monde. De ses croyances. Sinon, un esclavage s'installe, chacun tire de son côté pour avoir raison… Elle ne veut pas de ce genre de relation. Par principe et par amour, elle se doit d'être patiente avec René. Oui, bien sûr, mais dans la réalité, ce n'est pas toujours facile à vivre.

Céline pousse sur les feuilles pour arriver à faire un nœud dans le sac trop plein. C'était le dernier. Toutes les belles feuilles de couleur ont été ramassées, laissant la place à un terne décor d'automne. Un peu triste, comme chaque fois qu'elle termine un spectacle ou quelque chose où elle a mis tout son cœur, la jeune femme le transporte avec les autres. Elle le lance sur la pile. Finalement, il déboule et retombe devant ses pieds. Céline soupire. Que pourrait-elle faire ?

Il y a peut-être des branches à ramasser ? Un perron à peindre ? Elle a besoin de s'occuper les doigts. Elle espère surtout trouver une façon de vaincre cette lourdeur qui pèse dans sa poitrine.

11

Au volant de sa Chrysler, Céline Dion arrive seule à l'auberge du Chanteclerc à Sainte-Adèle. Nous sommes en mars, quelques jours avant le grand lancement de l'album en anglais *Unison,* et il tombe du ciel de jolis flocons. C'est féérique. Romantique. Bientôt, ce sera le grand moment, celui que René et elle attendent depuis si longtemps : son entrée sur le marché américain. Mais avant, elle a besoin de se retrouver seule avec René. Un vrai tête-à-tête. Une soirée en amoureux. C'est vital dans leur quotidien complètement fou. Et pour une fois, elle se promet de ne pas aborder le sujet tabou entre eux : dévoiler leur amour au public. Non, pas ce soir. Elle veut être belle, le troubler… En dehors des engagements professionnels, ils essaient de ne pas être vus ensemble pour ne pas alimenter inutilement les rumeurs. Partout où ils vont, René réserve encore deux chambres d'hôtel…

C'est presque ridicule.

Un petit jeu qui était plutôt amusant au début. Céline avait l'impression de vivre une histoire d'amour mystérieuse. Une fois, elle s'était même déguisée pour sortir en public avec lui. Une perruque blonde sur la tête, verres fumés, personne ne l'avait reconnue au restaurant. C'était bon de se sentir libre… René avait roulé les yeux, certain que les journaux à potins relateraient en première page qu'il se payait du bon temps. Céline avait tellement aimé cet instant de liberté ! Elle a vingt-deux ans ; toutes les filles de cet âge font ce qu'elles veulent, avec qui elles veulent. Plusieurs sont déjà mariées, ont des enfants… Elles n'ont pas à se cacher.

Debout au milieu de sa chambre à l'auberge, Céline regarde les skieurs dévaler les pentes. René arrive dans quelques heures, ce n'est pas le moment de broyer du noir ! Il faut être joyeuse, dégager une belle énergie afin de passer une soirée inoubliable. Pas de dispute, pas de tension ! Que lui et elle… Elle passe plus d'une heure dans l'eau saupoudrée de sel de mer de l'immense bain rond de la salle de bain. Déjà plus détendue, elle s'habille, se coiffe… Elle fait monter une table à la chambre et préparer un repas.

Ce sera une belle soirée, simple et intime.

René se pointe avec un peu de retard. Il était temps ; les bougies sur la table fondent à vue d'œil ! Céline va répondre, souriante et légère. Elle allait s'accrocher à son cou, lui dire « Bonjour, mon amour », mais se retient à la dernière seconde. Il faut attendre que la porte soit close avant de se laisse aller. La jeune femme pince les lèvres, ses pulsions sont de plus en plus difficiles à contrôler. Un jour, elle fera une gaffe, elle lui prendra la main sans réfléchir devant les gens, par habitude.

La porte claque après le passage de René. Enfin, ils sont dans leur bulle d'amour. L'homme laisse tomber son porte-document sur le sol, il s'approche doucement pour la serrer dans ses bras, humer son odeur parfumée…

— Allô, mon amour, susurre-t-il à son oreille.

Les yeux brillants, il regarde la table garnie de bougies derrière elle. Super ! Il meurt de faim. Il déambule dans la pièce, vole un morceau de pain dans la corbeille. C'est intrigant de voir à quel point la seule présence de René change l'air d'une pièce. Sa grandeur, sa prestance, il impressionne encore Céline après toutes ces années. Peut-être même plus qu'avant !

— Es-tu prête pour demain ? lui demande-t-il, la bouche pleine.

Céline regarde la ligne de sa mâchoire, ses mains toujours impeccables… L'esprit embrumé, elle doit se répéter la question dans sa tête pour bien la comprendre. Ce week-end, une cinquantaine de journalistes, de critiques, d'agents de promotion arrivent au Chanteclerc pour la rencontrer. Tous proviennent du Canada anglais. C'est une grosse campagne de séduction, car leur appui est primordial pour le succès de l'album *Unison* partout au pays.

Céline approche, entourant la taille de René de ses deux bras.

— Chut ! On ne parle pas de travail ce soir.

René sourit, exécutant un vif mouvement pour ramener la jeune femme devant lui. Sa joue plaquée contre l'épaule solide et rassurante, Céline s'accroche à son homme. La ligne est si mince entre la relation professionnelle – de chanteuse à imprésario – et celle plus personnelle. Peut-on déjà parler de relation de couple ? Sans doute, puisqu'ils en sont un, en secret. À quel moment s'adresse-t-il à elle comme un gérant le fait pour le bien de son artiste ? À quel moment a-t-elle le droit de lui avouer qu'elle l'admire comme humain, comme homme ? Tout ça est si délicat, si fragile. Si compliqué. Ils devront faire attention de ne pas s'y perdre…

12

Les mois passent et le tourbillon emporte une fois de plus Céline dans les montagnes russes du monde de la musique. Elle n'a pas le temps de s'apitoyer sur ses amours, qui n'ont rien en commun avec ce que vivent les jeunes filles de son âge. En fait, sa vie n'a rien de normal. Une émission de télévision par-ci, une entrevue par-là, des spectacles. Chanter, chanter, encore et seulement chanter. L'album *Unison* est sur une lancée au Québec, mais pas du tout aux États-Unis. Ni au Canada anglais. Préoccupé, René cherche des stratégies d'affaires, une façon de faire voir Céline au public américain. C'est leur plus grande chance de réussir. Quiconque voit la chanteuse sur une scène tombe sous son charme. C'est un as dans sa manche ; il doit utiliser sa carte magique au bon moment.

Céline manque de temps, elle a déjà trop de projets et surfe sur son succès sans cesse grandissant. Comme si elle n'était pas assez occupée avec sa carrière de chanteuse, elle accepte un tout nouveau défi : jouer dans la minisérie télévisée *Des fleurs sur la neige*. René était plus ou moins d'accord, se demandant si cette aventure était nécessaire. La carrière de Céline en chanson file droit vers les plus hauts sommets, pourquoi faire des détours et essayer autre chose ? N'empêche, Céline y tenait. Elle a toujours aimé se déguiser, créer des personnages, jouer la comédie. Là était une belle occasion de tenter l'expérience, pour elle qui a toujours voulu faire du cinéma !

Évidemment, le rôle d'Élisa, petite fille battue et vivant dans un milieu hostile n'a rien du grand rôle du rêve hollywoodien. Par ailleurs, le personnage est à l'opposé de la personnalité de Céline. Afin de bien l'interpréter, elle doit apprendre à marcher la tête baissée, à pleurer sur demande – ça, elle y arrive plutôt bien ! –, à agir comme une victime. C'est tout le contraire de sa vie qui est un véritable conte de fées. Céline doit sortir de sa zone de confort, apprendre tout un monde. Mais elle est une battante qui ne fait jamais les choses à moitié – elle travaillera avec acharnement pour jouer le rôle avec professionnalisme.

Cet été-là, un tragique événement a bien failli mettre une fin abrupte à l'avenir de la jeune femme et à tous ses beaux rêves.

Un vendredi soir, songeuse au volant de sa Laser Turbo rouge de l'année, Céline rentre à Sainte-Anne-des-Lacs après une longue journée de tournage. Elle adore donner une âme à cette petite Élisa, la faire vivre, mais Dieu que ce milieu est difficile. Les comédiens sur le projet n'apprécient pas tellement sa présence et lui ont réservé un accueil plutôt froid. On la traite comme un imposteur. Une chanteuse n'a pas à jouer les actrices. On dit la même chose des humoristes qui s'improvisent acteurs, des comédiens qui enregistrent un album. Céline ne comprend pas vraiment pourquoi l'un empêcherait l'autre. Pourtant, elle ressent une réelle réticence chez ses nouveaux collègues, qui la laissent à l'écart sans lui donner de chance. Le point positif : cette ambiance aide Céline à se mettre dans la peau d'une jeune fille misérable. C'est seulement un peu difficile sur le moral.

Le soleil de fin de journée plombe sur la vitre, et Céline doit plisser les yeux pour voir la route. Le reflet des rayons est si éblouissant qu'elle regrette ses verres fumés. Soudain, son œil s'arrête sur une voiture devant elle. Oui, c'est bien celle de Martin, le neveu de René. Il est en compagnie de Karine, la nièce de Céline. Atteinte de fibrose kystique, cette dernière passe ses semaines à l'hôpital. Martin fait le trajet avec elle pour lui permettre de voir ses parents la fin de semaine.

Céline accélère pour effectuer un dépassement. Une fois à la hauteur de la voiture de Martin, elle se retourne pour leur envoyer la main. Un signe joyeux et énergique. Elle est si heureuse de les voir !

Ce sera son dernier souvenir de ce moment…

Céline perd la maîtrise de sa Chrysler et la voiture fait une violente sortie de route. Des bruits de tôle froissée, des klaxons, des crissements de pneus. Puis, plus rien.

On ne saura jamais exactement la cause de l'accident. Le soleil, la fatigue, la distraction… Heureusement, Céline s'en sort sans blessure, mais la voiture est très endommagée. C'est le neveu de René qui la ramène à la maison. Sa mère est sous le choc : son bébé chéri survit à un accident de la route pour la deuxième fois. Céline avait été frappée par une voiture à l'âge de deux ans devant la résidence familiale sur la rue Notre-Dame. La petite s'était retrouvée à l'hôpital avec une commotion cérébrale et une fracture du crâne.

Plongée dans l'eau de la baignoire jusqu'au cou, Céline tente de se calmer. Elle n'a pas eu peur lors de l'accident. En fait, elle ne se souvient pas vraiment de ce qui s'est passé… Non, elle est plutôt déboussolée par la réalité qui l'a rejointe. Un sentiment d'impuissance l'accable depuis que sa mère, le visage pâle, a fait couler l'eau du bain, a ajouté de la mousse aux fraises comme lorsqu'elle était enfant. La richesse, la gloire et la jeunesse ne protègent pas de tout. Elle se croyait à l'abri des malheurs, de la maladie. Rien ne peut arriver à quelqu'un qui a d'aussi grands rêves, d'aussi grands projets. Cet après-midi, la vie lui a envoyé un message qui la ramène sur terre : elle n'est pas invincible. Elle est vulnérable, comme n'importe quel humain.

Prévenu de l'accident par madame Dion, René rentre d'urgence de Las Vegas le soir même, affolé. Céline en est soulagée… Il pourra la réconforter, la consoler, l'apaiser. Allongé sur le lit près d'elle, René la serre dans ses bras pendant de longues heures.

— Je te promets de ne plus te laisser seule quand tu travailles, souffle-t-il d'une voix empreinte d'émotion.

Céline, blottie contre son épaule, redresse le menton et lève son regard sur le visage contrarié de l'homme. Celui-ci fixe le plafond. Doucement, elle pose la main sur sa joue rugueuse d'une barbe de deux jours.

— Je sais que tes intentions sont sincères, mon amour, mais sache que je ne t'en voudrai pas si tu ne tiens pas ta promesse.

La jeune femme aime l'avoir auprès d'elle, plus que toute autre chose au monde. Écouter son cœur, elle jubilerait en criant : « Super ! J'ai mon homme partout avec moi ! » Sa petite voix intérieure lui dit le contraire. Ce n'est pas bien d'attacher l'autre. Elle aime René pour ses passions – le golf, le jeu –, pour son besoin de voir ses amis, pour sa façon d'établir des contacts partout dans le monde afin de faire avancer sa carrière. Par moment, la distance fait du bien. Et être éloignés permet de rêver à l'autre, d'avoir le plaisir de l'attendre, de lui parler au téléphone. De l'espérer.

— Je ne vais pas t'empêcher de jouer au black-jack ou au golf, ajoute-t-elle. Je t'aime, c'est tout. Tant que je peux te joindre n'importe où…

Les traits de René demeurent tendus, sa mâchoire est crispée. Céline sait que sa promesse est intenable : ils ne forment pas un couple comme les autres. Ils vivent le même rêve, mais être physiquement ensemble tous les jours est impossible. Il a toujours un paquet de gens importants à rencontrer, elle a des chansons à chanter, des mains à serrer, des sourires à donner…

Le lundi matin, René conduit lui-même Céline à Montréal pour une nouvelle journée de tournage. Au passage, elle lui montre l'endroit exact de son accident.

— Regarde, c'est ici !

René serre les doigts sur le volant en rageant intérieurement.

— Ça n'arrivera plus ! grogne-t-il entre ses dents. À partir d'aujourd'hui, si je ne suis pas là, tu auras un chauffeur !

Céline roule les yeux.

— Oh ! pas question ! J'aime trop conduire, tu le sais.

Et elle le fait vite et bien. Cet accident est une erreur de parcours à oublier. Céline adore se retrouver seule au volant. Avec un chauffeur pour l'accompagner, elle se sentirait obligée de lui parler sans arrêt. René sourit, soudain plus détendu.

— Il faudra t'y faire, mon amour ! Bientôt, tu auras besoin d'un garde du corps, d'une styliste, d'une secrétaire… Comme les grandes *stars* ! Dans deux ou trois ans, tu chanteras partout dans le monde.

Regardant les voitures défiler, Céline réfléchit à cette réalité qui lui semble encore si lointaine. Un garde du corps, vraiment ? Elle étire la main pour saisir celle de René. À travers toute cette tempête, leur couple devra être fort. Il faudra se dire qu'on s'aime. *Souvent.*

13

L'album *Unison* est de grande qualité, techniquement impeccable. Malheureusement, on n'arrive pas à le faire sortir du Québec. L'élan pour une carrière en anglais est plus difficile à prendre que René ne le croyait. Surtout avec un album produit avec un si gros budget et par des collaborateurs de renom. La crédibilité de Céline dans le milieu n'est pas facile à acquérir. Peu de chanteurs québécois et francophones sont arrivés à franchir le mur du territoire américain. René est convaincu d'y parvenir, ce n'est qu'une question de temps. Il faut faire entendre le disque et séduire la grosse machine de Sony International si on veut espérer percer le marché. René, à l'affût de tout, apprend que la compagnie tient sa convention annuelle au Château Frontenac, à Québec. Avec sa force de persuasion habituelle, il convainc les patrons de laisser chanter Céline lors de cet événement. Deux chansons. C'est tout ce que ça lui prendra pour les charmer.

Céline regarde l'heure sur l'horloge au mur : neuf heures trente du matin. D'aussi loin qu'elle se souvienne, elle n'a jamais chanté aussi tôt dans la journée. Elle déteste les matins, à moins qu'ils soient très calmes. Même si elle s'est levée à l'aube, pour bien se réveiller et faire des vocalises, elle sent son esprit embrouillé. Pire, elle croise des congressistes au visage long d'avoir trop fêté la veille. Ils bâillent et se bourrent de café en mangeant des œufs. Ils ont mieux à faire que d'entendre une inconnue chanter au petit-déjeuner…

— Il faut leur en mettre plein la vue, lui répète René. Tous les dirigeants de Sony sont dans la salle !

Céline roule les yeux.

— Ils ont un air de bœuf. La plupart dorment encore debout.

Certains ont encore un pli de leur oreiller au milieu du front. D'autres discutent joyeusement en se remémorant la soirée d'hier. Ça sent le brunch du dimanche matin dans une cabane à sucre, sans les chemises à carreaux. Disons que le puissant système de son que René a fait installer dans la grande salle de bal risque de les réveiller.

— N'oublie pas que les journalistes du *show business* américain sont là. C'est une occasion inespérée de te faire entendre !

Céline sourit en coin. Oui, elle le sait, sinon, ce sera un retour à la case départ. C'est devenu le dicton préféré de René ! Il veut qu'elle les épate ? Eh bien, ils n'en croiront pas leurs yeux. Elle s'en fait un défi personnel…

Alors qu'ils avalent leur deuxième café, coincés dans leurs habits, Céline chante pour eux *Where Does My Heart Beat Now* avec autant d'ardeur qu'elle le fait devant une salle comble au Théâtre St-Denis. Ses spectateurs fraîchement sortis du lit manquent de s'étouffer avec leur café.

La chanson terminée, il n'y avait plus un son dans la salle outre le grésillement des amplis. Céline est debout devant eux, immobile. Elle croise le regard de René. C'est le silence radio pendant de longues secondes où ils se demandent ce qui se passe. Puis tout explose. Les gens se lèvent d'un coup et applaudissent à faire trembler les murs.

Lorsque Céline regarde à nouveau René au fond de la salle, un large sourire illumine son visage. Elle sait qu'elle les a eus. Comme toujours. Ça n'aura pris qu'une chanson. Le grand patron de Sony ne tarde pas à prévoir la suite des choses avec l'imprésario. Céline est un phénomène qu'il ne laissera pas passer. Il s'engage à planifier une campagne de promotion partout aux États-Unis.

C'est gagné.

14

La carrière de Céline à la télévision s'est terminée aussi vite qu'elle avait commencé. C'est un monde trop difficile pour elle. Un jour, peut-être, elle fera du cinéma, mais pas maintenant. Le marché américain est à ses pieds et un nouveau rêve se réalise : chanter au *Tonight Show* de Jay Leno devant des dizaines de millions de téléspectateurs.

Assise dans la limousine qui l'amène à leur hôtel de Beverly Hills, au cœur de Los Angeles, Céline jubile. Sa chanson *Where Does My Heart Beat Now* joue à la radio. Sa voix à elle sur les ondes américaines ! L'animateur a du mal à prononcer son nom : « Celeeenn Dionn », ce qui fait rigoler la jeune chanteuse.

À ses côtés, René élève la voix pour s'adresser à Brian, leur chauffeur.

— Est-ce que tu connais la fille qui chante cette chanson ?

Brian avait fredonné le refrain avec cœur, mais avec une telle fausseté dans la voix. C'était à faire friser les oreilles de René. Le jeune homme réfléchit, jetant un œil dans le rétroviseur.

— Non, pas du tout !

— Cé-li-ne Di-on, répète René.

Mal à l'aise devant l'insistance de son passager, Brian secoue la tête.

— Désolé, monsieur, je ne sais pas.

La limousine s'arrête devant le prestigieux hôtel. Ici, on mange dans du cristal et c'est normal de croiser Whitney Houston ou Tom Cruise dans un ascenseur ou au restaurant… On est dans la cour des grands ! Brian contourne la voiture pour leur ouvrir la portière. Céline sort la première. René s'arrête devant lui.

— Alors, serre la main de cette jeune femme. Un jour, tu sauras à quel point c'est un privilège de l'avoir rencontrée !

Amusée, Céline tend la main à Brian en marmonnant pour que seul René l'entende :

— Grand bébé.

Le temps est doux et le couple décide de faire une promenade. En fait, ils ont une idée précise en tête. Bien sûr, deux passionnés de musique se retrouvent inévitablement dans un magasin de musique. Sur le Sunset Boulevard, il y a le Tower Records, le plus grand magasin de disques au monde. Des étalages sur trois étages ! En vedette : George Michael, les New Kids on The Block et Céline Dion. Des affiches géantes, où il est écrit : *Remember the name, because you will never forget the voice*[1].

Tous les deux debout au milieu de cette jungle, René passe un bras autour des épaules de Céline.

1. Retenez bien ce nom, car vous n'oublierez jamais cette voix.

— Voilà, on y est.

La porte du marché américain est grande ouverte, il ne reste plus qu'à y mettre le pied, à saisir chaque occasion. La tournée *Unison* prendra son envol au Québec à l'automne, puis se transportera partout aux États-Unis. Leur bonheur est écrit dans le ciel. Mais avant, Céline affrontera le plus grand drame de sa carrière. Pendant des jours, qui ont paru une éternité, le couple a bien cru que c'était la fin…

15

L'événement fatidique se produit le soir du 13 octobre 1990 devant un public de la salle Maurice-O'Bready à Sherbrooke. Céline monte sur la scène pour un troisième soir consécutif. Le troisième spectacle du début de cette tournée *Unison*. La soirée se déroule avec l'énergie habituelle d'une foule déjà conquise. Céline enchaîne *Love by Another Name*, *Délivre-moi*… Elle est une petite fille dans une cour de maternelle, excitée de présenter un tout nouveau spectacle.

Puis, soudain, c'est le vide.

Sans avertissement, sa voix se brise comme une feuille de papier qui se déchire. C'est du moins l'image qu'elle a en tête. Rien ne va plus et elle a la désagréable sensation de perdre la voix. Elle n'entend plus la musique, elle ne voit plus le public devant elle qui tape dans ses mains sur le rythme. Céline est sur le pilote automatique, et son cerveau essaie de comprendre ce qui lui arrive. Elle bouge encore, pousse quelques notes peu convaincantes… Prise de panique, la chanteuse profite d'un solo de guitare pour sortir de scène, complètement désemparée. Avec de grands signes, elle fait savoir au régisseur qu'elle ne peut plus continuer le spectacle. Elle déclare forfait. Ce qui est contre sa nature !

C'est la consternation en coulisses. Tout le monde a compris la situation bien avant que Céline ne sorte de scène. Leur merveilleuse chanteuse n'a plus de voix. Avec la peur au ventre de ne plus pouvoir chanter – jamais ! – Céline, en larmes, s'effondre dans les bras de Suzànne. Sa directrice de tournée pleure aussi ainsi que sa sœur Manon.

René Angélil apparaît enfin dans son champ de vision, mais il passe à côté d'elle en coup de vent pour se rendre sur la scène. Il doit s'adresser aux spectateurs, les informer qu'il y a un imprévu. Un drame. *Une fin du monde !* L'homme saisit un micro et prend une voix qui se veut rassurante :

— Malheureusement, nous devons interrompre le spectacle. Céline a un problème avec sa voix. Vous serez remboursés.

Il avait un peu peur de se faire lancer des tomates. Il reçoit plutôt des applaudissements. Puis les gens se lèvent un à un pour démontrer leur soutien. Une ovation qui fait chaud au cœur en cette soirée difficile. C'est tellement beau, l'histoire d'amour entre Céline Dion et le public québécois… Elle vient de chez nous, elle fait partie de nous, comme une sœur, une amie…

Enfin, René retrouve Céline. Tout le monde est là, mais il s'en fout. Lentement, il s'approche de la jeune femme, prend sa tête entre ses mains avant de déposer un baiser sur ses lèvres. Sous les yeux humides des musiciens et des techniciens, ils sont seuls au monde avec leur désarroi. Debout au pied de l'escalier qui mène vers la scène, il la berce doucement dans ses bras.

— Arrête de pleurer, ça va être correct, lui murmure-t-il à l'oreille.

Encore sous le choc, ils rentrent le soir même à Montréal. Ils sont effrayés, totalement déroutés devant cet obstacle hors de contrôle, mais ils sont ensemble, vivant la même épreuve.

La priorité de René est de s'assurer que Céline soit entourée de la meilleure équipe ; c'est aussi vrai lorsqu'il est question de sa santé. Il arrive à avoir un rendez-vous avec le grand Marcel Belzile, oto-rhino-laryngologiste, le lendemain après-midi. Or, ils sont à la maison de Duvernay et doivent se rendre sur l'île de Montréal.

— On n'y arrivera jamais à temps, constate Céline, c'est l'heure de pointe !

René attrape ses clés.

— On n'a pas le choix, c'est lui qu'on doit voir pour te guérir !

La tournée démarre à peine, la première montréalaise prévue au Théâtre St-Denis le 16 octobre est dans une semaine. Toutes les grosses têtes de CBS-International seront présentes pour voir Céline chanter, pour tomber sous son charme… René doit leur prouver qu'elle est un espoir de succès sérieux aux États-Unis. Ils n'ont pas de temps à perdre ! Céline saute dans la voiture avec la pensée magique que l'oto-rhino-chose fera des miracles. Une pilule, une piqûre, un claquement de doigts. Elle doit retrouver la puissance de sa voix et vite !

Pour y arriver, ils doivent traverser la ville et deux ponts afin d'être à Longueuil à temps. Zigzaguant entre les voitures, René tente de se faufiler, mais c'est peine perdue, le trafic dense les empêche d'avancer.

— Il faut prendre le métro ! capitule René.

La clinique du docteur Belzile se trouve tout près de la station de métro Longueuil ; c'est la meilleure solution. Céline, par contre, n'a aucune envie de faire une apparition en public alors qu'elle se sent pâle, malade et inquiète. Elle n'a pas la tête au sourire, ni à signer des autographes. Elle veut la paix, qu'on lui redonne ce qu'elle a de plus précieux : sa voix. René étire le bras et attrape un chandail à capuchon sur la banquette arrière.

— Avec ça, personne ne te reconnaîtra.

Céline n'est pas convaincue, car après tout, René Angélil n'est-il pas aussi populaire – sinon plus – qu'elle au Québec ? Impossible de ne pas le remarquer lorsqu'il entre quelque part. Mais elle n'a pas le choix. Elle enfile le chandail sans protester. Tête baissée, son visage dans l'ombre de son capuchon, elle suit René dans les escaliers, les couloirs… L'air malsain la fait grimacer. Tous ces courants d'air, toutes ces odeurs qui se mélangent, tous ces gens pressés qui tourbillonnent autour d'elle. Elle est surtout inquiète et angoissée par ses problèmes bien à elle, qui n'ont rien à voir avec ceux des jeunes de son âge qu'elle croise sur le quai. Vais-je réussir mon examen à l'université ? Vais-je pouvoir payer mon loyer ? Non, pour Céline, ce n'est rien de tout ça. Va-t-elle pouvoir chanter à nouveau ? Là est la question qui lui titille les nerfs. Prendre le métro et se mêler à la foule la rend impatiente dans les circonstances.

Elle se répète que c'est la meilleure chose à faire si elle veut guérir et faire sa rentrée montréalaise comme prévu.

Les wagons sont bondés de monde. Céline remarque que les gens la regardent de travers. Ils sont intrigués par le personnage qui se cache sous le capuchon, mais personne ne la reconnaît. Du moins, personne n'ose l'aborder. Elle est certaine qu'ils savent, qu'ils reconnaissent René et font le lien. Un lien évident. Comme s'ils avaient compris que quelque chose de grave s'était produit, aucun ne s'avance pour lui serrer la main ou lui poser une question. Les gens présents semblent respecter leur intimité, ce qui touche beaucoup Céline. Elle leur envoie un merci silencieux.

Soudain, René attrape son poignet.

— On doit descendre ici pour une correspondance.

Ils sont à Berri-UQAM. René, qui n'a jamais pris le métro de sa vie, demande des indications à un passager. Un jeune garçon avec un sac à dos. Un étudiant. Sans même regarder Céline sous son capuchon, il explique à René où ils doivent aller.

— Bonne chance, monsieur Angélil, termine-t-il avec compassion.

René le regarde droit dans les yeux, hoche la tête… Vingt minutes plus tard, ils atterrissent dans le bureau du docteur Belzile en sueur et le souffle court tels deux héros de film d'action qui ont traversé une foule d'obstacles pour arriver à leurs fins.

Le verdict du renommé spécialiste ne se fait pas attendre :

— Vos cordes vocales sont mal en point, commence-t-il en regardant Céline sérieusement. Vous avez une voix pour faire une carrière internationale, mais vous ne savez pas chanter.

Céline a un mouvement de recul. Quoi ? Elle ne sait pas chanter ? Ce n'est pas ce à quoi elle s'attendait comme diagnostic. Elle espérait se faire dire que tout s'arrangerait avec un peu d'eau et beaucoup de repos. Intriguée, elle attend des explications.

— Les cordes vocales sont des organes fragiles, poursuit le docteur, assis sur le coin de son bureau couvert de dossiers. Pour qu'elles soient en santé, il faut s'éloigner de la fumée de cigarette, de la poussière, mais surtout du stress, de la fatigue et du mauvais usage.

Alors que Céline fuyait avec zèle tout changement de température – chaud, froid, courant d'air, climatisation –, elle apprend que ce n'est pas le pire ennemi de sa voix. Comment éliminer le stress de sa vie alors qu'il fait partie de son quotidien soir après soir ? La pression, c'est ce qui lui permet de donner le meilleur d'elle-même lorsqu'elle chante devant des milliers d'admirateurs. L'adrénaline est sa locomotive.

— Les polypes qui se forment sur les cordes vocales proviennent la plupart du temps d'erreurs techniques, poursuit le docteur. Si tu forces ta voix ou la pousses au-delà des limites, tu les abîmes. Il faut savoir placer sa voix.

C'est bien beau, tout ça, mais sa première au St-Denis la semaine prochaine ? Le docteur Belzile la rassure : il peut la guérir presque instantanément avec un médicament magique. Un mélange de cortisone et de xylocaïne. Elle pourrait alors donner la performance de sa vie dans quelques heures. N'est-ce pas le miracle que Céline souhaitait ? Oui, bien sûr, mais…, il y a toujours un « mais ». L'abus de cette médication est dangereux et peut provoquer une déchirure des cordes vocales.

— Si tu ne fais pas attention, il faudra t'opérer et ça pourrait changer ta voix. J'aimerais que tu rencontres le docteur Gould à New York pour avoir son avis. C'est le meilleur.

René ne fait ni une ni deux. Aussitôt la tournée terminée, il amène Céline voir le célèbre docteur Gould. Dans la salle d'attente, il y a des photos du praticien avec ses patients: Frank Sinatra, John Kennedy... Céline est confiante. Au cours des dernières semaines, elle a pris soin de ses cordes vocales en gardant le silence entre ses spectacles, en faisant des exercices précis pour bien réchauffer sa voix, en se tenant loin de la poussière, en dormant beaucoup. Pourtant, c'est le cœur battant et anxieuse face à l'avenir qu'elle entre dans le bureau du médecin aux allures charmantes et à l'expression pleine d'humour.

Qu'allait-il lui révéler de plus que le docteur Belzile ne lui avait pas déjà dit?

— Vous avez malmené vos cordes vocales pendant très longtemps. Il faudra sans doute vous opérer.

Le sang de Céline se glace dans ses veines. Voici exactement ce qu'elle ne voulait pas entendre. Pourquoi René l'a-t-il amenée ici? Elle aurait préféré rester dans le déni! C'est un cauchemar. Elle sait qu'une opération pourrait voiler sa voix, la rendre rocailleuse, voire méconnaissable. Lisant la panique dans le regard de Céline et constatant que René bout et sue à grosses gouttes, le docteur ajoute:

— Il y a une autre option...

— Parfait! J'accepte! le coupe Céline sans même savoir de quoi il s'agit.

Elle est prête à tout pour éviter l'opération qui lui donnerait une voix de rockeuse qui a chanté dans les bars pendant des années. Le docteur Gould lui lance un sourire en coin, touché par la détermination de cette petite.

— Si tu arrives à garder le silence pendant trois semaines, on pourrait peut-être procéder à un traitement moins dramatique et sans effet secondaire.

Céline hoche la tête. Dans son esprit, ces trois semaines de silence sont déjà commencées. Le docteur croise les bras, certain qu'elle prend la chose à la légère.

— Quand je te dis de garder le silence, ça veut dire ne pas rire, ne pas murmurer, ni même remuer les lèvres en faisant un son… Un silence absolu, tu comprends ? C'est la seule façon d'éviter une opération. Si tu triches ne serait-ce qu'une fois, je le saurai en t'examinant.

Céline lève le pouce. Elle a compris. Et si le docteur doute qu'elle réussisse, c'est qu'il la connaît mal.

Nous sommes à une semaine de Noël. Céline passera à côté des célébrations cette année. Elle sera dans une bulle de silence. Elle ne mêlera pas sa voix à celles de ses frères et sœurs. Elle se contentera de taper du pied…

Trois longues semaines. Les plus longues de toute sa vie.

Même si elle arrive à communiquer par écrit avec René ou en tapant de petits coups sur son téléphone en guise de langage codé avec sa mère, elle ne s'est jamais sentie aussi seule. La jeune femme a parfois l'impression d'être invisible, comme si elle était devenue un élément du décor. On la contourne, on évite de lui parler trop souvent afin ne pas l'inciter à répondre par mégarde. Céline a beaucoup de temps pour réfléchir. Trop. Elle se crée des scénarios dans sa tête qui ne sont pas toujours joyeux. Elle s'engouffre dans la noirceur, seule avec des images qui lui donnent des frissons. À certains moments, elle panique à l'idée de ne plus jamais être capable de prononcer un son ! Elle passe le temps en jouant du piano, en inventant quelques mélodies…

Au fil du temps, la jeune femme apprivoise le silence. Elle apprend même à apprécier ces instants de solitude qui la plongent dans un univers bien à elle. Elle sait très bien que pour avoir la carrière dont elle rêve depuis toujours, elle doit accepter que sa vie ne soit jamais plus la même. Les semaines passent, elle devient une athlète. Chaque jour, elle s'exerce. Des heures d'entraînement pour devenir la meilleure chanteuse au monde. Il faut retourner à la case départ, réapprendre à chanter. Son quotidien est fait de discipline, de travail, de compromis, de silence, de visualisation et de joie. Beaucoup de joie !

— Dans combien de temps verrons-nous les résultats de tout ce travail ? demande René au docteur William Riley, l'homme qui entraîne Céline tous les jours à *mieux* chanter.

Riley se retourne, mécontent d'être interrompu dans son travail avec la chanteuse. L'entraînement, c'est sérieux !

— Pas avant trois ans, répond-il calmement. Céline tirera le meilleur de sa voix dans cinq ans.

Céline sourit, très heureuse d'apprendre la bonne nouvelle. Avec de la constance et des efforts, elle sera un jour au sommet. Ce à quoi elle aspire, rien de moins ! Peu importe le temps qu'il lui faut pour atteindre son but, elle y parviendra.

— Je t'admire, lui dit René, plus tard dans l'ascenseur.

Céline lui prend la main.

— Pourquoi donc ?

René lève un sourcil.

— Si on me proposait de commencer un régime maintenant en me disant que je ne verrai des résultats que dans cinq ans, je refuserais, c'est certain.

Dans la tête de Céline, la question ne se posait même pas. Elle est une athlète en mission et suivra toutes les recommandations, tous les exercices avec une assiduité exemplaire. Encore plus si elle a l'admiration de René.

16

Les efforts que fournit Céline dans son travail et son entraînement rigoureux sont vite récompensés. Un soir, à Paris, elle se retrouve seule avec René dans la cuisine du studio. Lui, sirotant un Coke diète, elle, un yogourt à la main. Tout est calme, même si autour d'eux, c'est la tempête. Des pointes de pizza à moitié mangées, des verres vides çà et là… Un mélange d'odeurs de nourriture et de parfum flotte dans la pièce. Ils passent leurs soirées à enregistrer les chansons d'un nouvel album en français avec la collaboration de Luc Plamondon : *Des mots qui sonnent.*

— Je vais être obligé de dire que le docteur Riley avait raison, confie René à voix basse comme s'il révélait un secret d'État. Ta voix est de plus en plus belle.

Céline sourcille, léchant le dos de sa cuillère.

— Mon amour, il a dit qu'on ne verrait pas les résultats avant plusieurs années. Je m'entraîne depuis moins d'un an !

René dépose son Coke, prend un crayon en souriant.

— Alors, imagine où tu seras dans cinq ans !

Un frisson d'euphorie parcourt les épaules de la chanteuse avec en bouche, son yogourt à la vanille. Céline avait gardé le secret, mais elle avait commencé à remarquer des changements dans sa voix. C'était subtil. Plus de nuances, plus de souplesse, un timbre clair et précis. Cette discipline qu'elle s'inflige jour après jour n'est pas toujours facile ; il y a des moments où elle fait de sa vie une véritable traversée dans le désert. Cependant, elle est essentielle au long chemin à parcourir pour l'atteinte de son but. Un passage obligé. Et puis cette rigidité devient petit à petit rassurante. Céline organise sa vie en fonction de sa voix. Son objectif, elle l'a gravé sur son cœur.

La jeune femme baisse les yeux sur les papiers éparpillés sur la table devant René. Lui aussi est un bourreau de travail très discipliné. *C'est vrai pour le travail, car pour les excès de bouffe, il ne donne pas sa place.* Toujours quelqu'un à rencontrer, toujours un coup de téléphone à passer… Il repère une scène quelque part et fait tout pour que Céline y mette les pieds, pour qu'elle soit vue. Il travaille partout, tout le temps. Son bureau est là où il se trouve : un restaurant, une voiture, chez lui, chez Céline. Le plus fascinant est qu'il n'a pas d'agenda, ni de répertoire téléphonique. Il a une mémoire exceptionnelle des chiffres, des dates et des numéros de téléphone. Il se souvient de tous les moments importants de la carrière de Céline. Combien de fois, dans une journée, lui dit-il, par exemple : « Il y a trois ans, tu enregistrais la chanson *Unison* » ?

Céline croise les doigts sur la table en soupirant de bonheur. Où sera-t-elle dans cinq ans ? Elle se permet de rêver ! Sa vie est déjà si remplie, si belle. Elle est aimée par un homme extraordinaire avec qui elle forme une équipe du tonnerre. Ensemble, tout ce qu'ils touchent se transforme en or. Un projet n'est pas terminé qu'un nouveau les attend. Toujours mieux que le précédent.

Et ce n'est qu'un début.

René cherche toujours de nouvelles occasions de célébrer, de créer un événement spécial autour de Céline. Pourquoi ne pas organiser un spectacle pour souligner les dix ans de carrière de sa chanteuse ? Il y a très longtemps, l'imprésario avait décidé que la naissance de Céline dans le milieu de la chanson avait eu lieu lors de son passage à l'émission de télévision de Michel Jasmin, le 19 juin 1981. L'été 1991 était donc l'occasion de fêter son parcours hors du commun. Un concert au Forum de Montréal où l'on relaterait les moments importants de sa carrière. Voilà l'idée.

Si Céline avait un peu peur de paraître arrogante avec ce spectacle anniversaire, ne voulant pas étaler ses réussites à tout vent, René l'avait convaincue qu'elle avait réussi de grandes choses et qu'elle avait le droit d'en être fière. Partager son succès avec son public n'est pas de l'arrogance. Au contraire, les gens seront heureux de vivre ce moment avec elle. Céline et René passent donc des soirées entières à visionner les événements marquants des dix dernières années de sa carrière.

— Je ne peux pas croire que j'ai porté cette robe, rigole Céline en regardant l'émission de Michel Jasmin.

Une robe blanche avec de grandes manches évasées aux poignets. Boutonnée jusqu'au cou. Et ses dents trop longues, trop pointues... Ses cheveux boudinés avec un kilo de fixatif ! Sa voix encore nasillarde...

René est émerveillé par les images.

— Tu as fait tellement de chemin depuis ce temps-là ! Tu n'as jamais baissé les bras, tu as appris, tu as travaillé...

Céline est plutôt touchée par la naïveté qu'elle dégageait à l'époque. Elle se croyait déjà une grande chanteuse qui n'avait plus besoin de cours de chant ! Mais il y avait aussi, dans son attitude, une féroce détermination de réussir, d'atteindre un but, de réaliser un rêve.

Et puis Céline rit en se revoyant pleurer à chaque gala de l'ADISQ. Elle regarde avec attention son passage au Stade olympique le jour où elle a chanté *Une colombe* pour le pape ainsi que sa première fois à l'Olympia. Le soir du 19 juin 1991, le spectacle est capté par des caméras afin d'être retransmis à la télévision plus tard. Céline, excitée par cette soirée, fait face à une foule en délire qui connaît chacune des paroles de ses chansons. Vêtue d'un jeans délavé et d'un chemisier noir qui laisse paraître un élégant corset, elle est en grande forme. Accompagnée de l'Orchestre symphonique de Montréal, la chanteuse revisite tout son répertoire en pigeant des chansons dans tous ses albums : *Une colombe*, *D'abord, c'est quoi l'amour*, *D'amour et d'amitié*, *Unison*. Elle reprend aussi le pot-pourri des chansons de l'opéra rock *Starmania* qu'elle faisait du temps de la tournée *Incognito*. Elle rend un bel hommage à sa mère, qui a écrit sa première chanson, avant d'interpréter *Ce n'était qu'un rêve*. « J'ai eu la chance de travailler avec les meilleurs auteurs-compositeurs, mais la plus grande de tous, c'est ma mère ! » D'ailleurs, les gens dans la salle réservent une ovation monstre à Thérèse Dion.

Au rappel, la chanteuse revient sur la scène avec le chandail des Canadiens de Montréal sur le dos et un drapeau du Québec à la main. On reproche à Céline de ne chanter que des chansons d'amour, de n'avoir aucune opinion politique. Ou de faire quelques gaffes. Comme la fois où elle avait osé dire publiquement que de séparer le Québec du Canada n'était pas une bonne idée. Elle aurait dû se la fermer. Ne pas s'en mêler. Ce soir, son petit geste est un clin d'œil au public, une façon de leur dire qu'elle se veut neutre, qu'elle ne prend pas parti. La foule fait la vague en clamant: « Ma chère Céline, c'est à ton tour de te laisser parler d'amour… »

Déjà dix ans qu'elle exerce le plus beau métier au monde. Elle a peine à y croire ! Encore hier, elle rêvait d'un premier album, d'un premier spectacle. Elle a fait tant de chemin dans les dernières années ! Elle a accompli beaucoup de choses en peu de temps. Pourtant, Céline a l'impression de n'être qu'au début de sa carrière, que tout reste à faire.

Elle a encore tant de rêves !

Celui de chanter lors de la prestigieuse cérémonie des Oscars se réalise beaucoup plus vite qu'elle ne l'aurait cru. Instable sur ses hauts talons, la jeune femme s'accroche au bras de René. Elle vient d'interpréter la chanson *Beauty and the Beast* en duo avec Peabo Bryson. Elle est ébranlée et ses genoux tremblent encore un peu. Elle, petite fille de Charlemagne, a chanté devant un milliard de téléspectateurs à travers la planète. *Un milliard !* Sur la scène du Dorothy Chandler Pavilion, accompagnée d'un orchestre de quatre-vingt-cinq musiciens, les grandes vedettes avaient les yeux rivés sur elle. Ils l'ont applaudie. Ils étaient tous là, à ses pieds. Ses idoles.

Dévoilant ses épaules nues dans une robe noire fort *sexy*, Céline suit René parmi les vedettes rassemblées dans la salle d'après gala. Son stress s'estompe peu à peu. L'amygdalite, qui l'a obligée à prendre des antibiotiques toute la semaine, avait ajouté un poids sur ses épaules. Elle voulait bien faire. Ou plutôt, elle *devait* bien faire. C'était un moment si important ! Elle était si privilégiée d'avoir l'occasion d'être vue par un aussi vaste auditoire. La présence de ses parents dans la salle l'avait apaisée. René les avait fait venir de Montréal, c'était une surprise. Un beau cadeau d'anniversaire pour ses vingt-quatre ans, qu'elle fête ce soir même.

— Cesse de t'énerver, lui rappelle René pour la dixième fois de la soirée, tu fais partie de leur monde au même titre qu'eux. Toutes ces *stars* sont aussi impressionnées que toi de te rencontrer.

Céline croise Tom Cruise, Michael Douglas et Elizabeth Taylor. Elle jase avec Michael Jackson près du bar. La jeune femme redresse les épaules et sourit, même si elle n'arrive pas à se voir égale à tout ce beau monde. Tout ça est si irréel ! Elle, une grande vedette ? Non, pas encore ! Pourtant, son idole, Barbra Streisand, la salue d'un hochement de tête comme si elle était des leurs. Céline est loin de là où elle veut aller, c'est-à-dire toujours plus haut. Elle a tant de chemin à faire !

Ce soir-là, au milieu de deux mille vedettes et professionnels du cinéma, Céline s'émerveille de ce qui lui arrive. Au même moment, son album en anglais *Céline Dion* et celui en français *Des mots qui sonnent* sortent simultanément aux États-Unis et en France.

Un conte de fées ?

Presque.

17

Lentement, et avec la minutie qui lui est propre, Céline applique la crème solaire sur ses jambes, ses bras… René en a mis dans son dos. Il fait si chaud que la sueur perle sur sa peau. Ils ont quelques heures pour prendre un bain de soleil avant leur départ pour New York. Autour de la piscine du Four Seasons à Beverly Hills, Céline et René se reposent. Les jours après la cérémonie des Oscars ont été fort chargés, ce qui les attend sera tout aussi essoufflant.

Dans l'eau, un jeune couple rigole. La fille accroche ses jambes autour des hanches du garçon, glisse les doigts dans sa tignasse noire. Le jeune homme se penche pour l'embrasser… Installée sur une chaise longue, ses lunettes de soleil au visage, Céline ressent une profonde jalousie à les regarder. Ils sont si beaux. Ils se démontrent de l'affection, heureux. C'est ainsi que l'amour doit être. Il ne mérite pas d'être étouffé par un secret. Elle aimerait tellement avoir la liberté d'agir ainsi avec René ! Ce dernier se redresse sur sa chaise, ce qui sort Céline de ses pensées.

— Je vais remonter à la chambre…, souffle-t-il.

Céline reste interdite :

— Ah oui ?

— Il fait trop chaud et j'ai un point dans le dos…

Inquiète, Céline le suit des yeux. René a chaud ? C'est étrange, car en temps normal, il n'y a jamais trop de soleil pour lui, il n'a jamais assez chaud. Ce n'est pas dans ses habitudes de se plaindre. La jeune femme se replace sur sa chaise, ses bras appuyés aux accoudoirs, ses mains pendantes dans le vide. Ses yeux cherchent le couple qui s'embrassait tantôt… Le garçon et la fille sont maintenant allongés sur la même chaise, leurs jambes entrelacées. Céline soupire. Elle a fait une révélation importante à la journaliste Anne Richer de *La Presse* lors d'un saut à Montréal : elle lui a avoué être amoureuse d'un homme sans lui dévoiler son nom. Un demi-aveu qui lui a apporté un tel soulagement…

Mais que fait René ? Céline le cherche du regard encore une fois. Elle était certaine qu'il allait réapparaître rapidement avec un verre d'eau glacée à la main. Il reste enfermé dans une chambre d'hôtel par un si beau temps ? Ce serait bien la première fois ! Non, quelque chose ne va pas. Elle le sent ! D'un geste vif, Céline bouscule le pot de crème solaire, perd ses lunettes de soleil… Elle se lève en vitesse, trouve un téléphone et compose le numéro de la chambre. Les sonneries s'étirent…

— Oui.

Tous les muscles de Céline se tendent d'un coup. La voix de René est si faible.

— Est-ce que ça va ?

— Ça va…

Non, ça ne va pas du tout! Il ne faut pas longtemps à Céline pour le deviner! Il semble souffrant. Elle fonce sans réfléchir. Vêtue de son maillot de bain et enduite de crème solaire, la jeune femme déboule dans la chambre. Heureusement, la porte n'était pas verrouillée. René est étendu sur le lit, en sueur et le souffle court. D'un simple coup d'œil, il lui paraît un peu confus.

— Je m'occupe de toi, mon amour!

Avec un calme qui la surprend elle-même, Céline alerte d'abord la réception, puis finalement tout l'hôtel. Elle a besoin d'aide, d'un médecin, d'un fauteuil roulant! Elle ordonne qu'on prévienne l'hôpital Cedars-Sinai de leur arrivée. Et qu'ils essaient de l'empêcher de monter avec lui dans l'ambulance! Céline se transforme en lionne protectrice. Tout au long du trajet à bord du véhicule d'urgence, elle tient la main de son homme pendant qu'il lui fait toutes sortes de recommandations étranges.

— Chut, murmure-t-elle pour l'apaiser, on va prendre soin de toi, ça va aller.

Pâle sur la civière, René continue de lui énumérer les personnes en qui elle peut avoir confiance, le plan qu'il avait élaboré pour les prochains mois… Son discours passe du coq-à-l'âne, Céline n'arrive pas à saisir ce qu'il essaie de lui dire. Il parle comme un homme qui va mourir d'une minute à l'autre et qui sent l'urgence de lui transmettre toutes les informations nécessaires à la poursuite de sa carrière avant qu'il ne soit trop tard.

— Peu importe ce qui arrive, Céline, dit-il dans un murmure rauque à peine audible, je veux que tu continues à chanter.

Céline le trouve bien dramatique et ne s'imagine pas que ça puisse être si grave jusqu'à ce qu'elle voit la tête du jeune médecin qui les accueille à l'hôpital.

— Soins intensifs ! lance-t-il d'un ton ferme.

C'est sérieux. Le plus dur est d'être séparée de lui, d'être mise à l'écart le temps que l'équipe soignante le stabilise. Ce qui n'est pas très long, heureusement. Le médecin la rassure : René a fait une crise cardiaque, mais il est désormais hors de danger.

C'est à ce moment que Céline Dion réalise qu'elle est toujours en maillot de bain, les pieds nus dans ses sandales et qu'un parfum de crème solaire flotte dans l'air.

18

Quelle n'est pas la surprise de Céline de retrouver René, quelques heures à peine après une crise cardiaque, en train de lire des articles de journaux la concernant ! Au fond, est-ce surprenant ? Le travail, toujours le travail. La carrière de Céline, c'est ce qui fait battre son cœur ; inutile de le priver de son plaisir de s'informer, de tout savoir, de tout apprendre sur ce que les médias écrivent au sujet de sa chanteuse. N'empêche, l'homme a bonne mine. Plus qu'elle ne l'aurait cru. Elle s'assoit sur le lit à côté de lui, heureuse de le retrouver égal à lui-même. C'est seulement un peu étrange de le voir ainsi couché dans un lit d'hôpital qui paraît trop petit pour lui. Lui toujours si fort, si endurant. Celui qui n'est jamais malade. Ou qui arrive à cacher ses malaises pour ne pas inquiéter personne. René Angélil ne se plaint jamais. Et on apprend vite à ne pas se plaindre en sa compagnie.

L'homme a été chanceux dans sa mésaventure. Pour cette fois. La vie lui envoie un avertissement et ses problèmes cardiaques seront à prendre au sérieux. René devra prendre du repos, suivre un régime afin de perdre du poids, faire de l'exercice… Pourtant, il parle déjà des spectacles à venir. Céline secoue la tête.

— Tu peux te rétablir avant de parler de travail ?

René plie le journal en quatre, créant un coup de vent sur les mèches folles qui valsent autour du visage de Céline.

— Pas question ! Ce serait le pire moment pour s'arrêter !

Céline le toise entre ses paupières mi-closes. Il ne veut pas s'arrêter ? Elle qui pensait tout annuler ! Plus rien à l'horaire jusqu'à ce que son homme soit parfaitement rétabli. Sa santé est plus importante qu'un spectacle, qu'une entrevue, qu'un disque… René lit dans ses pensées et s'empresse de lever l'index.

— Hé ! Même si j'étais mort dans l'ambulance, j'aurais voulu que tu continues. Ça me tuerait une deuxième fois de te voir interrompre ce si beau chemin.

La jeune femme le fixe de ses yeux ronds. Elle réalise, après coup, à quel point elle a eu peur de le perdre. Elle en tremble encore ! Des scénarios horribles défilent dans sa tête depuis l'incident. Même si elle essaie de se montrer forte devant lui… S'imaginer chanter sans René dans la salle pour la regarder ? Ses épaules s'affaissent. Comment y arriverait-elle ? Elle ne sait même pas comment elle pourrait lui survivre !

À cet instant précis, l'ambiance dans la chambre change. Le va-et-vient dans le couloir n'est plus que bruits de pas et voix au loin. Ils sont seuls dans une chambre d'hôpital ordinaire. Avec des murs d'un vert lamentable et quelques machines entourant René. Sur la table à côté du lit, une montagne de journaux empilés avec trop souvent son visage en première page. Et ses doigts enlacés aux siens… La lueur dans les yeux de son homme lui confirme une chose qu'elle savait déjà, mais à laquelle elle n'avait jamais porté attention : comme la toile est l'œuvre du peintre, sa carrière est l'œuvre de René. S'arrêter voudrait dire laisser l'œuvre de l'imprésario inachevée. Céline comprend qu'il est sérieux : peu importe ce que l'avenir leur réserve, elle devra poursuivre, sans lui. Pour lui.

D'abord, il faut reprendre la forme. Pour y arriver, Céline l'oblige à briser sa promesse. Celle qu'il lui a faite il y a deux ans après son accident de voiture : ne plus la laisser seule lorsqu'elle travaille.

— Je pars seule pour l'Europe !

Son ton autoritaire surprend René, il comprend qu'il n'a pas le choix. Pour la première fois, il abdique et accepte de l'écouter.

— D'accord.

La distance est toutefois lourde, souffrante. Comme toujours. Encore plus sachant que René n'est pas au sommet de sa forme. Céline s'inquiète pour lui. Suit-il les recommandations du médecin ? Elle lui parle jusqu'à dix fois par jour, chacun connaît l'emploi du temps de l'autre, où le joindre… Il est toujours la dernière personne à qui elle parle avant de se mettre au lit. La jeune femme lui raconte alors son spectacle en détail. Elle aime entendre ses conseils, sa voix, ses soupirs… Assise dans la salle de bain d'une chambre d'hôtel identique à celle où elle a dormi la veille et l'avant-veille, elle tient le téléphone entre son oreille et son épaule, ajustant la température de l'eau de son bain. Le décor finit toujours par se ressembler : plancher de marbre, beaucoup de porcelaine, un tapis moelleux, des miroirs partout…

— Comment ça va, aujourd'hui ?

Avec le décalage horaire, alors qu'elle s'apprête à se coucher au petit matin, à Montréal, on est en fin de soirée.

— Très bien, j'ai joué au golf.

Céline sourit. Elle n'a pas encore saisi sa passion du golf et son plaisir à pousser une minuscule balle dans un trou. Un jour, peut-être, elle essaiera, pour faire plaisir à René.

— Pas de gâteau au chocolat ?

Le rire à la fois doux et grave de son homme lui serre le cœur. Il lui manque.

— Jamais ! Que du sorbet…, grogne-t-il sans enthousiasme.

René aime bien manger. C'est un homme d'excès, de démesure, autant dans la vie qu'autour d'une table. Il mange de tout, non parce qu'il a faim, mais parce que c'est délicieux sous la dent. Un régime, c'est l'enfer sur terre pour quelqu'un comme lui. Céline, toujours si disciplinée, n'arrive pas à comprendre le laisser-aller que son homme se permet trop souvent.

— J'ai dormi sept heures aussi, ajoute René avec une pointe d'amusement dans la voix. Et je vais aller marcher demain matin.

Au bout du fil, ses orteils peints en rouge pianotant dans l'eau chaude qui s'accumule dans la baignoire, Céline rigole. Elle aimerait bien voir l'expression de René lorsqu'il prend une bouchée de sorbet sans sucre, lui qui aime les desserts très riches.

— Bon, bon, d'accord. Repose-toi, mon amour. Je reviens bientôt, soupire-t-elle avant de raccrocher.

Cependant, Céline découvre rapidement que René ne se reposait pas tant que ça pendant qu'elle était en Europe. Aussitôt rentrée, il lui apprend qu'il a planifié leur prochaine année.

— Quoi ? s'écrit-elle. Un an ?

René s'anime, les yeux brillants.

— Une tournée en première partie de Michael Bolton, une autre au Québec, puis au Canada. Quelques spectacles en plein air. J'ai commencé une sélection de chansons pour ton troisième disque en anglais.

La colère de Céline tombe d'un coup. Comment rester fâchée lorsqu'on lui propose d'enregistrer de nouvelles chansons ? Elle adore ça ! Elle aime prendre le temps de les choisir. Son premier contact avec une chanson est comme un coup de foudre. Elle garde même en mémoire l'endroit où elle se trouvait lorsqu'elle l'a entendue, ce qu'elle portait, le temps qu'il faisait dehors… Elle aurait vraiment aimé que René se repose un peu plus, mais elle est heureuse de voir que les choses bougent. Et puis elle le trouve en super forme ; il a même perdu quelques kilos.

— David Foster veut t'offrir une chanson, annonce René. En fait, nous offrir… Elle s'appelle *The Colour of My Love* en l'honneur de notre amour.

C'est plus fort qu'elle, le visage de Céline se durcit, elle pince les lèvres.

— Alors, lui est au courant que nous sommes ensemble, mais pas nos voisins ?

Céline ne doute pas de l'amour de René, mais elle comprend de moins en moins son acharnement à garder le secret sur leur relation. Les gens ne sont pas idiots, ils savent bien ce qui se passe.

— Il serait temps de le dire au public, reprend-elle avec froideur. Il y a bientôt quatre ans qu'on leur ment en pleine face !

Inébranlable, René glisse les mains dans ses poches pour lui faire face.

— J'ai vingt-six ans de plus que toi, ce n'est pas rien. Dans pas si longtemps, je serai vieux et fatigué, mais toi, tu seras encore jeune.

Céline tique. Il y a des années qu'elle s'est fait à l'idée qu'elle allait perdre un à un les gens qu'elle aime... Elle est la plus jeune d'une famille de quatorze enfants. Inévitablement, ses parents sont plutôt âgés, ses frères et sœurs aussi. Elle se fait parfois des scénarios dans sa tête où elle se retrouve toute seule à se bercer sur un perron.

— En amour, on ne compte pas, riposte-t-elle avec tact.

— N'empêche, ça pourrait nuire à ta carrière. On commence à avoir un succès aux États-Unis, ce n'est pas le moment de gâcher tout ça avec une histoire clichée d'imprésario qui couche avec sa chanteuse. On dirait que tu te promènes avec un *sugar daddy* ! Sois patiente, le bon moment se présentera.

Un *sugar daddy*, lui ? C'est si ridicule ! Céline braque ses yeux dans les siens, toujours aussi intimidée par ce regard sans fond.

— Je te jure, cette chanson de Foster, *The Colour of My Love*, la première fois que je la chanterai sur une scène, je le ferai pour vrai. Les gens sauront que je la chante pour toi. Compris ?

René sait qu'elle tiendra parole.

— D'accord.

Parfois, le bon moment ne se présente jamais, il faut le provoquer.

19

L'après-midi de son entrevue à l'émission *Tête-à-tête* de Lise Payette, Céline est très nerveuse. Une heure en compagnie de cette grande dame, c'est intimidant en soi, mais en plus, elle est réputée pour soutirer les confidences de ses invités. L'entretien a lieu dans un décor intime, sans artifices. Une caméra, un éclairage feutré… Madame Payette saura trouver les mots pour la faire parler de ses amours, Céline le sait. Après tout, ce serait une belle occasion de dire la vérité.

Surtout, Céline s'en veut d'avoir lancé bêtement à René : « Si tu ne veux pas que j'en parle, c'est que tu n'es pas sûr de ton amour pour moi ! »

Elle ne le pensait pas. Évidemment. Parfois les paroles dépassent les pensées. Elle sait qu'il l'aime, elle voulait seulement le secouer un peu. La jeune femme est à bout, elle n'en peut plus de ce secret qui lui serre le cœur.

L'homme apparaît dans le cadre de la porte de la salle de bain pendant qu'elle se maquille.

— OK, dit-il, je suis d'accord.

Le rouge à lèvres que Céline tient à la main reste en suspens.

— Es-tu sérieux ?

René acquiesce en silence.

Soudain, Céline est prise d'un sentiment étrange. Elle est heureuse, euphorique, troublée, incertaine… C'est à son tour de douter. Elle a poussé René si souvent à tout révéler, maintenant qu'il lui donne son approbation, elle hésite. Elle a le vertige.

Céline commence à se dérider dans la voiture, à retrouver son sourire, tout à coup très impatiente de crier son amour pour René Angélil à la télévision québécoise. En compagnie de Lise Payette ! La situation ne pouvait pas être mieux choisie. Mais René lui coupe l'herbe sous le pied encore une fois.

— Non, attendons encore.

Les doigts de Céline se crispent sur son siège.

— Quoi ?

Non, ce n'est pas vrai. Pas encore ! Exaspérée, elle se prend le visage à deux mains.

— On ne peut pas faire ça, insiste René. Il faut se préparer. On fera les choses comme elles se doivent. J'ai une bonne idée !

Complètement déroutée, Céline laisse tomber sa tête contre le dossier, laissant errer son regard sur le décor qui défile.

— N'oublie pas, quand je chanterai *The Colour of My Love*, je dirai tout !

Le pauvre coiffeur sur le plateau de l'émission de madame Payette doit se dire que Céline Dion a tout un air bête, en personne. Pire, il doit la trouver snob et froide. Elle répond par oui ou non à chacune de ses questions. Elle a la tête ailleurs qu'à faire la discussion sur sa mise en plis. Elle n'est pas contente ! René gagne toujours. Elle cède chaque fois. Ça la tue à petit feu…

Madame Payette est sympathique et chaleureuse. Tout de suite, Céline se sent bien, répondant aux questions avec une franchise et une authenticité émouvantes. Elle raconte des histoires à propos de sa famille, de sa tournée, de son prochain album, de la crise cardiaque de René.

C'est à ce moment que la dame l'interrompt avec une question qui la déboussole :

— Comment allez-vous faire pour savoir qu'un homme vous aime pour ce que vous êtes et non ce que vous faites ?

Décontenancée, Céline prend du temps à répondre. Elle ajuste son chemisier, tire sur un fil… Elle cherche ses mots, essaie de rassembler ses idées. Comment ne pas révéler ses amours à une telle question si justement posée ? Surtout que René est dans la régie et regarde l'entrevue à l'écran. Elle prend une grande inspiration.

— Parce que je pense l'avoir déjà trouvé, avoue Céline en pesant ses mots. C'est un secret que j'ai hâte de dévoiler.

Sa lèvre tremble, les larmes embrouillent sa vue.

— Vous avez hâte que ce soit connu de tout le monde ?

— Oui, bredouille-t-elle, maintenant en sanglots.

Madame Payette sort une boîte de mouchoirs de sous la table pour la lui tendre.

— Pouvez-vous nous le dire ?

Un sourire de tristesse accompagne les larmes de Céline, son mouchoir à la main :

— Non ! Quand on est en amour, on veut le crier sur tous les toits des maisons. C'est dur de garder tout ça.

— Pourquoi il faut garder le secret ? poursuit doucement madame Payette, consciente du sujet délicat. Pas pour la carrière ?

— Oui, c'est ça.

Debout dans la régie, René regarde l'expression de souffrance sur le visage de la femme qu'il aime. Elle éponge ses yeux avec un mouchoir. On pleure en peine d'amour, pas lorsqu'on a trouvé l'amour de sa vie. René en vient même à prier pour qu'elle déballe son secret ! Là, tout de suite, sur le plateau de l'émission. Pour une fois, elle pourrait ne pas l'écouter… Mais bien sûr, Céline ne le fera pas. Elle n'ira pas contre ses décisions. Ce qui le peine. Il est temps que ça cesse. Il veut son bonheur, la voir heureuse et souriante. Pas ainsi ravagée par la tristesse.

Il est temps que les choses changent.

Troisième partie
The Colour of My Love

20

Le matin de son vingt-cinquième anniversaire, Céline se lève avec du feu dans la gorge. Une étrange sensation de brûlure qui l'inquiète. Elle se rend d'urgence à New York pour voir le docteur Riley.

— Je suis très fatiguée…

Le tapis roulant du *show business* sur lequel elle court depuis des années l'essouffle, ces derniers temps. Elle doit s'avouer qu'elle souhaite avoir un peu de paix, s'éloigner de la lumière. Et de façon tout à fait contradictoire, se retirer dans l'ombre fait monter une telle panique en elle qu'elle n'ose jamais y rester trop longtemps. Il faut dire que tout le stress vécu à la suite des problèmes de santé de René lui tombe dessus. Elle a été forte dans l'épreuve, elle a poursuivi toutes ses activités sans chanceler.

Et il y a encore et toujours ce lourd secret sur ses amours qui lui gruge son énergie.

D'ailleurs, le docteur Riley, avec son air moqueur habituel, la dispute un peu.

— Je te prescris deux jours de silence complet.

René l'attend à l'aéroport de Dorval en fin de journée avec un chauffeur.

— Ça va ? Le docteur Riley a dit quoi ?

Céline se glisse dans la voiture à ses côtés, appuie sa tête contre son épaule.

— Il m'a dit de prendre deux jours de silence.

René respecte toujours les périodes de silence de Céline, mais pas aujourd'hui ! Il passe un index dans le col de sa chemise comme s'il avait soudainement très chaud.

— Il faudra attendre à demain !

Céline redresse la tête, étonnée.

— Pourquoi ?

René resserre son étreinte autour de ses épaules avec un demi-sourire sur les lèvres.

— Tu verras !

La limousine s'arrête devant l'Hôtel Quatre Saisons au centre-ville. René a loué une suite. Dès son entrée dans la pièce, Céline comprend qu'une soirée romantique se prépare. Il y a des chandelles sur la table, un repas, une musique baroque flotte dans l'air…

Pourtant René est si sérieux et agité qu'elle le trouve drôle. Avec un pli soucieux au milieu du front, il plante Céline debout au milieu du décor pour ajuster avec zèle l'éclairage. La jeune femme le suit des yeux, de plus en plus amusée. René allume la lumière de la salle de bain, puis referme légèrement la porte. Non, c'est trop sombre. Il ouvre la porte à nouveau. Il se dirige vers l'interrupteur de la cuisine, joue avec l'intensité du lustre en cristal qui surplombe la table. Tout semble l'agacer.

Céline hausse un sourcil tout en ne le quittant pas du regard, mais décide de ne passer aucun commentaire. Elle sent que quelque chose se prépare et veut laisser le plaisir à son homme de lui parler. En fait, il n'y a rien de subtil dans le manège de René. Elle a seulement hâte de savoir de quoi il s'agit. Ça doit être gros pour le mettre dans cet état !

Avec nervosité, René pousse la nourriture dans son assiette avec sa fourchette, il mange du bout des lèvres… Assise en face de lui, Céline contient son excitation et son envie de rire. Il fait presque pitié ! Son cœur s'arrête lorsque René tire une petite boîte bleue de sa poche et la pose entre eux, sur la table. Elle retient ses larmes, attend, tout aussi impatiente que surprise, la suite… Puis René ouvre la boîte de sorte qu'il soit le seul à voir ce qui se cache à l'intérieur. Il secoue la tête.

— Je n'ai jamais fait ça avant !

Cette vulnérabilité le rend fort attirant. Céline regarde sa large main qui tient la boîte. Cette dernière semble minuscule au creux de sa paume. Un doux rire euphorique se mélange aux larmes de la jeune femme.

— Je t'aime, Céline. Je veux vivre avec toi pour toujours.

Cette voix rauque, feutrée, si rassurante. Cette bague – du moins, c'est ce que devine Céline, car elle n'a rien vu encore ! – représente beaucoup pour elle. Une libération ! Elle comprend que c'est un message au public. Enfin, leur amour sera révélé au grand jour.

— Tu me montres la bague, maintenant ? rigole Céline en tamponnant ses yeux avec la serviette de table.

21

Céline Dion fait plusieurs apparitions publiques avec la bague au doigt, ce qui la rend heureuse, même si sa relation avec René n'est toujours pas dévoilée. Au moins, les gens savent maintenant qu'elle a quelqu'un dans sa vie, que c'est officiel et sérieux. Le grand moment approche, c'est pour bientôt ! L'homme a un plan… Est-ce sa patience qui s'effrite, qui lui met le moral à plat ? Sa grande fatigue demeure. Elle a du mal à retrouver son entrain habituel, les spectacles lui paraissent fades. Elle a l'impression de travailler comme une damnée du début à la fin sans le résultat escompté.

Une heure avant le début de son deuxième spectacle au Forum de Montréal, sa nièce Karine entre dans sa loge accompagnée d'une infirmière et d'un médecin. La jeune fille, qui souffre de fibrose kystique, était hospitalisée à l'hôpital Sainte-Justine depuis quelques semaines. Ses poumons sont si faibles qu'elle respire à l'aide d'une bouteille d'oxygène. Elle lance un sourire résigné à Céline, ce qui brise le cœur de la chanteuse. Elle est très proche de sa nièce, et ce, depuis qu'elle est toute petite. Et là, en la regardant assise dans son fauteuil roulant, des fils sous le nez, elle a le sentiment que l'adolescente a cessé de se battre. Comme si cette visite était un adieu.

Céline est bouleversée de la voir ainsi faible, malade, mais toujours si jolie. La chanteuse a la gorge nouée par l'émotion, elle ne sait pas quoi lui dire. Elle n'a pas de mot. Karine saisit le malaise et décide de faire comme si tout allait bien. Elle lui parle des chansons qu'elle aime sur son dernier album, de ses vêtements de scène qu'elle trouve magnifiques… Elle lui demande comment sont Paris, Hollywood et plusieurs grandes villes que Céline a visitées et qu'elle ne verra jamais. Elle veut savoir si la princesse Diana est gentille, car sa tante a mangé avec elle quelques semaines plus tôt.

— Paraît que tu as un amoureux ? lance la jeune fille. C'est le *fun* !

Tout en contemplant le sourire livide de Karine, Céline pose une main sur son avant-bras, songeant à tout ce qu'elle a reçu de la vie : l'amour, la richesse, la gloire, le talent, la chance, la santé… Elle pense aussi à tout ce que la petite n'aura pas la chance de faire : grandir normalement, avoir son diplôme du secondaire, connaître le grand amour, avoir des enfants, un travail… Elle aura eu une courte vie à chercher son souffle. Et en même temps, les gens comme elle, brisés par la maladie, ont tant à apporter. Quoi exactement ? Céline ne le sait pas, mais c'est fort. Elle prend le temps de jaser avec elle, de lui raconter toutes sortes d'histoires sur ses voyages, sa carrière, ses amours. Elles se parlent comme des adultes, comme de vraies amies. Karine l'écoute avec ses grands yeux émerveillés en répétant que c'est le *fun*.

Céline est encore troublée en montant sur la scène. Cette rencontre fut très touchante. Karine est la première enfant avec qui elle a tissé de vrais liens. Elle a toujours été impressionnée par sa façon de voir la vie. Par son regard lumineux, son sourire rafraîchissant. L'adolescente regarde le spectacle dans une loge avec la famille et les amis. Cette petite est tellement forte et courageuse. Comment Céline peut-elle se plaindre de fatigue maintenant ? Non, elle n'a pas le droit. La chanteuse serre les doigts sur son micro, plante ses talons sur les planches de la scène. Ce soir, elle chantera pour Karine. La petite est là pour lui insuffler sa force, elle le sent. Une grande paix se répand dans la poitrine de Céline : peu importe ce que l'avenir lui réserve, Karine sera toujours avec elle.

Céline aurait voulu la revoir après le spectacle, savoir si elle avait aimé sa soirée, lui dire qu'elle était heureuse de sa visite. Mais le médecin a jugé que sa nièce était trop épuisée pour faire face à tout ce monde qui s'agglutinerait dans la loge de Céline. La chanteuse part donc quelques jours plus tard en Europe pour faire de la promotion. Elle parle au téléphone à Karine à plusieurs reprises. Il lui semble que de fois en fois, sa voix est plus éteinte, plus basse... La petite ne lui demande plus de lui raconter ses histoires de voyage, ni de lui parler des vedettes qu'elle rencontre. Céline sait que la fin approche. Elle le sent dans ses tripes.

Lorsque Céline revient au pays le 3 mai, Karine est au plus bas. Elle se rend directement à l'hôpital Sainte-Justine pour lui rendre visite. Sa sœur Liette est assise près d'elle, les yeux rouges. Karine semble si minuscule et fragile dans son lit d'hôpital, branchée à toutes ces machines qui font du bruit. Céline s'assoit sur le lit avec précaution. La mère, la fille et la tante se toisent en silence pendant de longues minutes. Un moment calme. Doux. Presque serein.

René se tient au bout du lit, se sentant impuissant. Habituellement, peu importe la situation, il trouve toujours les bons mots. Pas aujourd'hui. Il est rare que Céline le voie aussi démuni. Il a l'air d'un petit garçon perdu, piétinant d'un pied sur l'autre en se demandant ce qu'il pourrait faire pour aider. Karine respire difficilement malgré la morphine.

— Il y a quelque chose que je peux faire pour toi ? lui demande doucement Céline.

Elle aimerait claquer des doigts, lui donner de beaux poumons neufs pour respirer, courir, vieillir. Pour vivre. La petite braque son regard dans celui de sa tante :

— Je veux un pyjama neuf.

Céline se tourne lentement vers René qui lui lance un regard de panique : « On est dimanche ! » Les magasins sont fermés ! Céline lui retourne un doux sourire, elle est certaine qu'il saura trouver une solution. En effet, il sort de la chambre d'un pas rapide et rejoint la propriétaire d'une boutique de vêtements pour femme. Elle accepte d'ouvrir le magasin juste pour lui. C'est bien beau, un pyjama neuf, mais il n'aucune idée de ce qu'aimerait l'adolescente de seize ans. Un pyjama ou une jaquette ? Il ne prend pas de risque et achète les deux.

Karine est contente. Elle choisit le pyjama blanc et rouge.

Comme un rituel, Céline aide sa sœur à laver et à peigner la jeune fille. Puis elles lui enfilent son beau pyjama qui sent le neuf. Karine sait qu'elle va mourir, elle est préparée à ce moment depuis longtemps. Par ailleurs, elle l'attendait avec patience. Avec résignation. À tour de rôle, les deux femmes serrent l'adolescente dans leurs bras. Céline lui chante *Les oiseaux du bonheur*. Sa mère lui caresse les cheveux.

— J'aimais tellement le pâté au saumon de grand-maman, souffle Karine.

Le cœur de Céline rate un battement. C'est triste de devoir dire adieu à la vie si jeune. C'est ce que Karine est en train de faire… Elle énumère différentes choses qu'elle aimait. Certaines chansons de Céline, le fleuve de Repentigny, les vêtements qu'elle avait préféré porter. Un inventaire troublant. Un bagage de souvenirs qu'elle s'apprête à emporter avec elle.

Elle est décédée un peu après minuit. L'ange vole. Enfin, elle quitte la souffrance pour rejoindre la lumière.

Les semaines suivant la mort de la jeune fille, Céline est accablée d'une grande tristesse, mais elle est aussi submergée de colère. Karine est partie trop vite, trop jeune. Une existence soumise à d'interminables traitements, vivant à bout de souffle, usée par la fatigue. Quand la mort frappe, on ne peut rien y faire. Même l'amour n'est pas assez. Ce serait trop simple ! Et Karine était entourée d'amour…

Sans le savoir, Karine a laissé un bel héritage à Céline : celui d'explorer toute une gamme d'émotions qui l'aideront à interpréter ses chansons. Sans elle, elle n'aurait jamais pu chanter la perte d'un être cher avec autant d'authenticité. Mais Karine n'est pas vraiment morte, Céline la rencontre toujours dans le détour, dans un recoin de son cœur. Elle allume souvent une bougie en pensant à sa nièce… Elle restera toujours bien vivante pour elle, s'accrochant à l'idée qu'il existe une autre vie quelque part et que Karine est enfin libérée de la maladie.

Va rejoindre l'autre rive.
Celle des fleurs et des rires.
Celle que tu voulais tant.
Ta vie d'enfant[2].

2. Extrait de la chanson *Vole* écrite par Jean-Jacques Goldman en l'honneur de Karine et qui se retrouve sur l'album *D'eux*.

22

Pour Céline, le secret sur sa relation avec René aura été le plus long supplice de toute sa vie. Un puits sans fond, sans lumière. Quatre ans de détours à chacune des questions trop personnelles posées par les journalistes. Des années à surveiller ses gestes et ses paroles en public. Calculer ses sourires, limiter ses regards. Tout ce temps à se contenir, à refouler son envie de tenir la main de son homme dans la rue, devant les caméras. C'est le 8 novembre 1993 que le monde entier saura enfin qui fait battre son cœur. René a organisé un lancement spectaculaire – du jamais-vu! – pour l'album *Falling into You*. Une soirée au Métropolis animée par Sonia Benezra retransmise en direct sur les chaînes de Musique Plus et de Télévision Quatre-Saisons. Sur quatre chaînes radio aussi. Ce sera très gros! Céline est fébrile.

Une limousine passe chercher Céline à l'Hôtel Quatre Saisons. Son nouveau garde du corps, Eric Burrows, impeccable et très élégant dans son complet sans pli prend place à côté du chauffeur. La voiture emprunte la rue Sherbrooke, puis Peel et Sainte-Catherine jusqu'au Métropolis…

Céline aime beaucoup Eric. C'est un chic type. C'est lui qui s'était occupé de la sécurité de la chanteuse lorsque cette dernière avait assisté au spectacle de Madonna au Stade olympique. Les premières rangées sont souvent bousculées. Le jeune homme connaissait Céline Dion, comme tout le monde. Par contre, il n'avait jamais écouté ses chansons, préférant la musique soul. Il avait été étonné par la popularité de Céline ; elle avait reçu une ovation monstre qui avait cessé seulement lorsqu'elle avait gagné son siège. Des gens essayaient de s'approcher pour la toucher et Eric avait dû intervenir à plusieurs reprises.

René avait adoré sa façon de travailler et l'avait contacté pour s'occuper de la sécurité de Céline lors du lancement de l'album au Métropolis.

— As-tu quelque chose de bien à te mettre sur le dos ?

René n'aime pas voir les gardes du corps des grandes vedettes américaines en jeans et en vestons dépareillés. Il veut un homme avec de la classe pour Céline. Une cravate, de préférence.

Eric avait étouffé un rire :

— Ne vous inquiétez pas, vous serez satisfait.

En fait, René ne savait pas encore qu'Eric Burrows affectionne les beaux vêtements et en possède une quantité astronomique.

Céline balaie la foule du regard. Ils sont plusieurs dans la rue et sur le trottoir à l'attendre. Elle est nerveuse pour toutes sortes de raisons. L'une d'entre elles est que la chanteuse fait une de ses premières apparitions en public avec un tout nouveau *look.* Pour la première fois de sa vie, elle a les cheveux très courts. Bruns. Comment ses admirateurs réagiront-t-ils ? Le coiffeur Frédéric Fekkai tient un chic salon sur la 5e Avenue à New York. La nouvelle tête de Céline est son œuvre. Longtemps, il a observé Céline. Il tournait autour d'elle, il s'éloignait, puis revenait… De quoi rendre toutes ses clientes nerveuses ! Il l'a analysée sous toutes ses coutures avant d'agir. À trois cents dollars pour une coupe de cheveux, tout ce qu'il fait est beau. Du moins, on l'espère ! Ses ciseaux sont en or.

René aime le résultat, c'est tout ce qui compte.

Il y a plus de deux mille personnes à l'intérieur de la salle. Ça bourdonne de monde énervé et fébrile. Tout comme Céline. C'est le plus beau jour de sa vie. Elle se sent légère et en confiance. Elle a hâte de présenter son nouvel album. C'est aussi ici, sur cette scène, que la jeune femme criera enfin à tout le Québec son amour pour René Angélil. En fait, elle a déjà mentionné son nom dans les remerciements de l'album *Falling into You*. « René, you're the colour of my love. » C'est écrit noir sur blanc. Maintenant, c'est le moment de lancer la bonne nouvelle en direct devant tout le monde.

Elle chante sept chansons de l'album, puis termine stratégiquement avec *The Colour of My Love*. Émue, elle a du mal à terminer les dernières notes. Encore plus lorsque René s'avance sur la scène pour la rejoindre. Ses yeux dans les siens, la voix chevrotante et les larmes aux yeux, elle serre l'homme de sa vie dans ses bras sous les applaudissements. Elle se sent bien, libérée de cet énorme secret. Du coin de l'œil, elle voit leur baiser sur l'écran géant. Elle se nourrit littéralement de l'amour que le public lui envoie. Chaque cri, chaque « on t'aime, Céline » lui vont droit au cœur. Sans gêne, elle leur lance dans son micro sur un ton soulagé :

— J'ai vingt-cinq ans, je pense que je suis assez vieille pour décider de mes amours. Et René aussi !

Tard cette nuit-là, juste avant de partir pour Toronto, René s'arrête devant l'immense portrait de lui et Céline accroché près de leur chambre dans la maison de Rosemère. La photo avait été prise à leur insu, ils se regardent en souriant, se foutant des gens autour d'eux…

— Tout le monde devait savoir…

Céline roule les yeux.

— Je me tuais à te le dire !

— Reste à lire les journaux de demain pour voir si nous avons choqué les gens, doute René.

— Personne n'a été choqué ! Tu as vu comme moi la réaction du public quand tu es monté sur la scène ? C'était magique ! Tout le monde était content pour nous.

Au fond de lui, René Angélil n'en est pas tout à fait sûr.

Le lendemain matin, à la première heure, René épluche chaque article de journal à la recherche d'un scandale. Comment la nouvelle sortira-t-elle dans les médias ? À sa grande surprise, les réactions sont très bonnes. Le public ne doute pas de leur amour. Personne ne soulève l'hypothèse de l'imprésario qui se sert de son artiste comme d'une marionnette. Aucun n'aborde leur différence d'âge de façon négative. Chacun parle d'une « grande et bonne nouvelle ». C'est au tour de René d'être libéré. Toutes ces craintes pesaient sur lui. L'insistance de Céline aussi. Il avait eu tort de penser que ça provoquerait une tempête.

C'est la fin des secrets : René et Céline parleront désormais ouvertement de leur couple. Autant ils ont caché l'information pendant des années, autant ils l'étaleront maintenant sur la place publique. Ils seront fascinants, intrigants. On enviera leur amour si fort, si unique. Ils deviendront une référence, une légende…

23

L'annulaire de Céline Dion arbore fièrement une bague avec un diamant magnifique. Des fiançailles veulent dire un mariage à venir. La jeune femme ne cache pas souhaiter épouser prochainement René Angélil. Elle rêve déjà à une cérémonie digne d'une princesse ! Cependant, sa vie est si mouvementée que la date du grand jour est toujours repoussée. Céline chante à Osaka avec l'Orchestre symphonique de Tokyo, puis sur la scène du MGM Grand de Las Vegas avec Michael Jackson. Elle fait de la promotion à Londres, tourne une vidéo à Prague… Elle est sur un tapis roulant et ne veut surtout pas s'arrêter.

En fait, chaque fois que Céline prend quelques jours de congé, une boule d'angoisse se forme dans sa poitrine. Elle se met à douter, se crée des scénarios d'horreur et elle attrape chaque fois un virus. Elle préfère l'action, avancer, regarder devant, viser plus haut. Les projets se succèdent, elle ne refuse rien. *Ou presque.*

Un jour, dans les jardins du Breakers, un vieil hôtel de Palm Beach, elle occupe son esprit en regardant des robes de mariage dans les magazines. Elle a dessiné des croquis de ce qu'elle désire. Elle veut quelque chose de grandiose ! La totale !

— Il y a une petite chapelle dans le Vieux-Montréal, ce serait parfait pour un mariage, lance René, de plus en plus conscient des idées de grandeur de sa compagne.

Céline plisse le nez.

— Une petite chapelle ?

Elle s'imaginait plutôt une cathédrale ! René n'a jamais rien voulu de banal et de conventionnel pour sa carrière, elle se promet de faire la même chose pour leur amour. Il dit toujours qu'il faut voir grand ! Elle ne veut pas d'un mariage en cachette. Ils se sont assez cachés comme ça dans leur vie.

— Pas question de faire ça simple, mon amour ! insiste Céline, refermant son magazine.

René reste calme, bien appuyé au dossier de sa chaise.

— Tu penses à quoi ?

Du coup, il n'est pas certain de vouloir connaître la réponse. Il voit venir les perles et la dentelle de loin ! Et il ne se trompait pas… Les yeux de Céline deviennent des étoiles.

— Pourquoi ne pas louer un paquebot ! On pourrait se marier en haute mer. Une croisière dans les Caraïbes !

Elle veut quelque chose qui sort de l'ordinaire, créer un événement mémorable, unique. René incline la tête… C'est pire que ce qu'il imaginait !

— Ce serait imposer des célébrations à deux cents invités pendant des jours ! proteste-t-il.

Ils ne peuvent quand même pas demander à leurs familles de prendre une semaine de vacances pour leur mariage. Céline lui retourne un sourire angélique auquel il ne résiste jamais.

— Euh, plutôt six cents invités, chéri.

Ils se toisent pendant quelques secondes, puis éclatent de rire. Céline sait que tout lui semble démesuré ! Elle sait aussi qu'elle aura carte blanche de la part de René pour tout organiser à son goût. Il suivra. De toute façon, l'homme a compris qu'il ne pourrait pas l'arrêter.

— Tout ce que je veux, dit-il, c'est que ça se fasse au Québec.

Céline hoche la tête comme une petite fille trop contente.

— D'accord.

Ses racines sont ici, sa famille, ses amis, son premier public. Elle aura le plus beau mariage de l'année et les Québécois en seront témoins !

— Ce sera du jamais-vu ! s'excite-t-elle.

Une expression qui plaît beaucoup à René : il recherche toujours le jamais-vu. Il aime tenter des choses qui n'ont encore jamais été faites. Un sourire entendu se forme sur ses lèvres. Céline sait que son homme réfléchit déjà à une façon de rendre l'événement inoubliable et, surtout, d'épater la galerie.

Céline lui remet ça entre les mains. Elle s'occupe du reste.

Elle a une robe à trouver !

Une étape qui s'avère plus difficile que prévu. Toutes les robes que la jeune femme essaie ne correspondent pas exactement à ce qu'elle veut. L'une n'a pas assez de perles. L'autre pas assez de diamants. Ou pas assez de paillettes. Céline aime les robes anciennes dans le style de Sissi. De la broderie, une taille fine, beaucoup de voiles, une longue traîne…

Elle veut une tenue qui fait rêver.

Entre le rêve et la réalité, il y a une montagne à gravir. Céline regarde les magazines par dizaine, l'image de sa robe commence vraiment à prendre forme lorsqu'elle s'attarde à celle que porte Glenn Close dans le film *The Age of Innocence*. Ce modèle, mais avec encore plus de taffetas, plus de perles…

À l'été, le couple annonce publiquement son mariage pour le 17 décembre à l'église Notre-Dame de Montréal. Il est donc impossible de reculer et remettre la date encore une fois ! Céline a sa robe en tête, il faut maintenant la confectionner. Aucun couturier n'est disponible pour faire ce travail colossal en si peu de temps. Ni à New York, ni à Paris. Les jours sont comptés et sans robe, pas de mariage !

Ce sera finalement Mirella Gentile – recommandée par Pierre Lacroix, directeur général du club de hockey Avalanche du Colorado et ami précieux de René – qui héritera de cet extraordinaire projet. Céline la rencontre dans son atelier de Saint-Léonard. Pourquoi aller chercher si loin lorsqu'on a la personne qu'il leur faut ici, chez eux ? Cette dame confectionnera la robe de Céline à l'aide d'un mannequin aux mensurations exactes de la chanteuse.

Le chantier est commencé.

24

Pendant qu'on lui confectionne la robe de ses rêves, Céline s'envole pour Paris où elle doit donner quelques spectacles. Elle a aussi rendez-vous avec un homme important : Jean-Jacques Goldman. Cet artiste souhaite travailler avec la chanteuse. Il veut lui écrire un album entier. Les paroles des chansons, mais aussi la musique. L'idée plaît beaucoup à René, car Goldman est un mélodiste dans une ligue à part. Il aurait le talent nécessaire pour propulser l'univers musical de Céline dans une autre direction que celle exploitée par les réalisateurs américains.

Un après-midi chaud et ensoleillé de septembre, le couple rejoint donc Goldman *Chez Pauline*, un petit restaurant situé tout près de la place de l'Opéra. L'homme était déjà là bien avant Céline et René, portant des jeans ordinaires, un tee-shirt et des bottes de motocycliste. Son casque est sur la table devant lui. Sa simplicité est un coup de foudre pour le couple qui jase de tout et de rien avec lui pendant quatre heures. De leur famille, de leur enfance… Goldman est bien préparé ; il sait tout de la vie de Céline et de son parcours. Il a beaucoup lu sur elle, a regardé des tonnes d'entrevues télévisées où elle apparaît. Il s'est fait une idée plutôt juste de la jeune femme déterminée, ambitieuse, forte et généreuse. Il a été facile pour lui de déceler son attachement à ses origines, à sa famille, à sa langue ainsi que le plaisir qu'elle éprouve à rendre les gens heureux. Céline est épatée de l'entendre relater sa carrière dans un ordre chronologique parfait.

— Céline, je suis l'évolution de ta voix depuis dix ans et, vraiment, un musicien ne peut rester indifférent devant ton timbre unique, ta technique incomparable.

La chanteuse aussi a fait des recherches sur l'auteur-compositeur avant de le rencontrer. Il a un parcours tout aussi impressionnant qu'elle ! Des millions de personnes le vénèrent en France, mais il préfère rester dans l'ombre. Il n'est pas le genre à accorder des entrevues dans les magazines ou à participer à la vie mondaine du *show business*. C'était un homme vrai. L'après-midi déboule sans que personne ne parle de leur projet d'album ensemble. Ce sont déjà trois amis qui discutent joyeusement autour d'un café.

René est catégorique : il veut travailler avec Goldman.

Ils se revoient à nouveau tous les trois quelques jours plus tard dans un restaurant marocain que René avait repéré. Cette fois, Jean-Jacques se trouve dans un tout autre état. Il a perdu ses allures de bon gars en vacances. Il est nerveux et semble avoir la tête ailleurs. La conversation ne coule pas aussi bien. Au milieu du repas, l'homme sort un papier froissé de sa poche. Une grande feuille pliée. Des paroles de chansons écrites à la main avec des mots biffés et d'autres ajoutés, çà et là. Avec hésitation, il tend la feuille à Céline, puis se ravise.

— Non, attendons jusqu'à demain. Venez au studio, je vous ferai entendre la musique sur les paroles.

Céline et René échangent un regard ; tout ça est bien mystérieux. Céline se précipite tôt au studio le lendemain. Elle a si hâte de voir ce que le grand homme lui a préparé ! Elle sent que ce sera époustouflant. Ça ne peut être autrement avec une si belle âme. Goldman est beaucoup plus confiant que la veille. Il tend une pile de feuilles à Céline puis, impatient, il s'installe au piano, une guitare sur ses genoux. Il chante une première chanson : *Pour que tu m'aimes encore.*

Goldman n'a pas encore terminé son interprétation que déjà, Céline et René, assis à sa droite et se tenant la main, semblent émus. Pour sa part, le chanteur est dans sa bulle. Il poursuit avec la chanson *J'attendais.* Puis *Je sais pas.* Lorsqu'il s'arrête, l'homme se retourne lentement vers Céline et René. Ont-ils aimé son travail ? Devra-t-il recommencer ? Peut-être s'est-il trompé sur toute la ligne… Mais en voyant l'émotion sur leurs visages, il sourit, rassuré. Personne ne prononce un mot pendant de longues minutes. Ils sont tous les trois submergés par l'instant magique et privilégié qu'ils partagent. Et puis soudain, comme si un éclair traversait son esprit, Goldman arrache le paquet de feuilles des mains de Céline.

— Je dois retravailler une chanson !

— Tu sais que nous n'aurons que deux semaines pour l'enregistrement de l'album en novembre ? précise René.

Le menton de Goldman tombe et sa bouche s'ouvre toute grande ; ses yeux incrédules passent de Céline à René.

— Deux semaines !

Céline éclate de rire. Il ne sait pas encore, lui, que tout se passe rapidement en studio pour la chanteuse.

— J'aimerais travailler avec toi quelques jours avant d'entrer en studio, lance Jean-Jacques – déjà à bout de souffle – à Céline.

— J'ai bien peur que ça soit impossible, répond René.

Céline participe à une émission spéciale en l'honneur de Bill et Hillary Clinton, *A Gala for A President*. Elle a un dernier spectacle au Forum de Montréal, dix jours de promotion au Japon, une apparition au *Tonight Show*…

— J'aurais voulu regarder avec toi ta façon de rouler les r… Ça m'agace, précise Goldman, soucieux.

Il trouve aussi que Céline met parfois trop de fioritures. Sa musique exige une voix plus sobre et mieux maîtrisée. Il faut de la retenue. René le regarde droit dans les yeux :

— Ça va, Céline a compris. Tu n'auras pas besoin de travailler longtemps avec elle. Fais-lui confiance.

Le docteur Riley lui avait dit que sa voix serait au sommet de son art dans cinq ans. Voilà, elle y était. Il avait raison. Céline ne l'avait jamais sentie aussi souple, aussi puissante. Cette voix qui la trahissait autrefois était maintenant une amie fidèle, bien apprivoisée. L'album *D'eux* changera sa vie. Ce sera un bijou. Un succès inégalé. Elle y redécouvrira le plaisir de chanter en français, où les paroles prennent plus d'importance que la musique. Aucune pirouette vocale, que des mots qui veulent tout dire. Un nouveau pas inestimable pour sa carrière.

Au début de novembre, Céline enregistre donc deux chansons par soir au studio Méga, à Paris. Jean-Jacques Goldman est estomaqué par sa rapidité, il s'inquiète que tout se passe trop vite, craint de louper quelque chose.

Céline n'aime pas répéter plusieurs fois les chansons, elle préfère garder la fraîcheur de sa première impression. Pour elle, deux prises sont suffisantes. Parfois trois. C'est un moment important, un passage de l'imaginaire du compositeur à la réalité. Donner vie à de simples mots crachés sur un bout de papier. C'est souvent un instant angoissant pour l'auteur d'une chanson, car on ne sait pas si la voix qui portera le message rendra chaque émotion écrite.

Avec Céline, c'est tout le contraire. Elle a une rare voix qui a le pouvoir d'ajouter un rêve sur une chanson. Elle sait la déchiffrer, lui donner une âme. Le travail de Goldman était de mettre cette voix en valeur en toute simplicité, en profondeur…

Entre les prises, Goldman joue au ping-pong avec les techniciens. Il y a une table dans un coin. René l'observe avec envie. Il n'a pas touché à une raquette de ping-pong depuis des années, mais il était un fier compétiteur dans le temps avec ses amis. Goldman est vif, agressif, toujours le premier sur la balle. René veut l'affronter, mais il aurait besoin de s'exercer…

Un soir, il ne résiste pas et propose à Goldman de disputer un match avec lui. Ce dernier lève un sourcil, amusé. René a cinquante-deux ans et un surplus de poids, il n'a rien du profil d'un joueur de ping-pong. Il faut être rapide et avoir des réflexes aiguisés. Goldman accepte, pour lui faire plaisir, certain de le battre facilement. Avec nervosité, René attrape une raquette, puis se place au bout de la table. Les deux compétiteurs échangent un regard de défi. Chacun est bien décidé à gagner. Surtout René. Le jeu, c'est sérieux. Goldman se rend vite compte que René est un joueur de haut calibre. Ce soir, il s'incline trois fois devant Angélil. Et tous les soirs suivants… René a pensé lui donner une chance et le laisser gagner une fois. Mais Goldman l'aurait su. Et René ne triche pas.

Les deux hommes apprennent à mieux se connaître par cette activité qui les passionne tous les deux. Eux qui sont si différents. René aime être sous la lumière, Las Vegas, les caméras. Goldman préfère une vie tranquille à la campagne, faire de la moto… Il a beaucoup appris en discutant avec le grand imprésario, découvrant avec joie l'artiste derrière l'imposant homme d'affaires. Avec lui, l'émotion l'emporte toujours. Il carbure aux sentiments.

L'histoire ne dit cependant pas ce qui se serait passé entre eux si Goldman avait gagné tous les matchs…

25

Le matin du 17 décembre 1994, Céline se réveille à l'aube. Ce qui n'est pas dans ses habitudes. Elle ne se lève jamais avant l'heure du dîner. Elle n'aime pas le bruit, ni même parler avant seize heures. Rien à faire, elle est un oiseau de nuit depuis toujours. Enfant, Céline restait éveillée jusqu'à ce que tout le monde soit au lit. Elle était la dernière à fermer l'œil dans les fêtes de famille. Elle ne voulait rien manquer !

Pas question de traîner au lit ce matin, une longue journée l'attend.

Elle prend le temps d'étirer ses bras, ses jambes. De frotter ses yeux... René a dormi chez ses parents alors qu'elle s'est réfugiée chez les siens. Elle tenait à la vieille tradition d'une dernière nuit de jeune fille. Et puis la journée du mariage, le couple ne doit pas se voir avant la cérémonie, ça porte malheur ! Céline a si hâte que René voie sa robe... Elle a dû mal à croire que tout ça est vrai ! Seule dans sa chambre, elle soupire. Chaque jour, son amour pour René est un peu plus fort que la veille. C'est le bon, elle le sait depuis toujours. Ce qu'ils ont développé ensemble est plus grandiose qu'elle n'avait osé espérer. Des hauts et des bas. Des coups durs, mais jamais elle n'a douté de la solidité de leur relation. C'est à toute épreuve. Ils ont un parcours si peu commun… Plus de quatre ans à s'aimer en silence. Voilà enfin le grand jour, celui où leur union deviendra officielle. Son rêve d'un mariage princier se réalise. Un autre rêve d'accompli sur sa liste.

Doucement, Céline se redresse dans le lit. Il fait un peu froid dans la pièce. D'ailleurs, elle frissonne en posant un pied sur le plancher. Elle se rend à la fenêtre pour regarder à l'extérieur. Il neige sur Montréal. Le temps est gris, glacial. Céline contemple le paysage, repensant aux heures passées en compagnie de son futur mari chez les carmélites, l'avant-veille, pour se recueillir. Disons que c'était un cours de préparation au mariage en accéléré. Elle repense ensuite à la journée d'hier, où elle a partagé avec sa mère et ses huit sœurs un moment de rêve au spa. Massage, épilation, manucure… Comme elle rigole souvent en le clamant: «Il faut souffrir pour être belle!»

Entourée de sa mère et de ses sœurs, qui sont ses demoiselles d'honneur, Céline passe des heures à se faire coiffer. C'est que le coiffeur doit faire des miracles pour fixer la tiare sur sa tête.

— C'est trop lourd, ça va te blesser! grogne-t-il.

— Peut-être, mais je la porte quand même.

La tiare perlée est une création de Mirella Gentile. Le coiffeur réfléchit à une solution qui n'arrachera pas les cheveux de Céline.

— Je vais t'ajouter un chignon postiche…

Céline est prête à tout. On l'habille, elle fait son maquillage elle-même. C'est vrai que la tiare pèse lourd, ça lui donne un peu mal à la tête… Tant pis ! Elle a toujours rêvé d'en porter une. Sa robe aussi est très encombrante. Il ne sera pas facile de se déplacer ! Pas grave, elle assume, car tout est parfait, exactement comme elle le voulait.

Des milliers de fans sont agglutinés le long du trajet de la limousine qui part de l'Hôtel Quatre Saisons pour se rendre à l'église, précédée d'une escorte policière à moto. Un tapis bleu avec les initiales des futurs époux naît sur la rue, traverse le perron de l'église et s'arrête devant l'hôtel, car on voulait que les invités – surtout la mariée ! – entrent dans l'église les pieds au sec. D'ailleurs, les escarpins de Céline n'auraient pas fait long feu dans la gadoue ! Cependant, toute cette neige accumulée dans la journée a retardé les derniers préparatifs et les organisateurs ont dû construire un faux trottoir en bois afin de pouvoir y dérouler le long tapis à la dernière minute.

La limousine de Céline se pointe avec vingt minutes de retard. Tradition oblige, la mariée doit toujours se faire attendre. Se laisser désirer. Autour de la voiture, la foule crie et sautille d'un pied sur l'autre pour se garder au chaud. Des nuages de buée se forment autour des visages au sourire radieux. L'espace d'un instant, tout le monde oublie ses orteils gelés ; on veut voir Céline, la princesse du Québec. La chanteuse sort de la voiture avec l'aide de son père, Adhémar, et du chauffeur. Une étape qui n'est pas simple ! Il ne faut pas s'emmêler dans la robe, ni accrocher la tiare contre le toit au passage… Son voile doit bien retomber sur son visage. Céline est plus énervée en ce moment que lorsqu'elle se retrouve sur la scène du Forum de Montréal. Son cœur bat à tout rompre, elle est heureuse, nerveuse et impatiente. Elle est émue aussi. Très émue.

Les gens poussent des « oh ! wow ! » de stupéfaction en la voyant. Le mot princesse n'est pas assez fort pour la décrire. Elle est une reine ! Avec son manteau de fourrure blanc de style boléro, sa traîne de plusieurs mètres, sa tiare de perles et son bouquet, elle envoie quelques signes de la main rapides à la foule et aux caméras qui sont massées le long du tapis bleu pour la photographier sous tous les angles. Les flashs fusent de partout et ont l'allure d'éclairs dans la noirceur déjà bien installée. Seul le magazine *7 Jours* est autorisé à entrer dans l'église bondée pour prendre des photos de la cérémonie. Oui, Céline avait bien dit six cents invités…

Au bras de son père, Céline entre rapidement à l'intérieur, suivie de ses huit sœurs qui portent sa traîne. Un moment historique, des images saisissantes… Un mariage royal, rien de moins. Au son du grand orgue, elle avance lentement vers l'hôtel dans l'allée où des boucles blanches sont accrochées au bout de chacun des bancs. René l'attend avec ses garçons d'honneur : son frère André, son cousin Paul Sara ainsi que ses amis Marc Verreault, Vito Luprano, Pierre Lacroix, Guy Cloutier, Ben Kaye et Jacques Desmarais. Les gens entassés dans les bancs étouffent des cris d'étonnement, Céline reçoit une touchante ovation. Oui, elle est une reine.

Céline a peine à retenir ses larmes lorsque René soulève le voile qui retombe sur son visage. Il est si élégant dans son complet foncé. Elle n'entend plus la musique, ni les soupirs de la foule, elle ne voit que le regard sans fond de son homme. L'instant tant attendu de dire « oui » à son amour. Il sera à elle. Elle sera à lui. Céline prend de grandes respirations pour ne pas se laisser emporter par le torrent d'émotions qui la secoue. Elle a patienté si longtemps ! Elle oublie les caméras, oublie les admirateurs dehors, oublie les perles et les diamants… Elle oublie qu'elle est une vedette. Elle n'est qu'une jeune femme de vingt-cinq ans le jour de son mariage. L'échange des anneaux est magique, comme tout le reste. Le célèbre baiser encore plus. À l'image d'un couple heureux.

Le cœur gonflé de bonheur, les nouveaux mariés, souriants et détendus, sortent de l'église en se tenant la main. La robe de Céline est si volumineuse que René ne peut se coller à elle sans risquer de marcher sur le précieux tissu. Il fait noir et très froid à l'extérieur, mais la foule est toujours là pour voir le sourire radieux sur les visages de Céline et René. Les flashs dans la nuit qui tombe donnent l'effet d'une pluie d'étoiles. Monter à bord de la limousine est une épreuve tout aussi périlleuse que d'en sortir. Le chauffeur ferme la porte avec l'horreur au fond de la poitrine de coincer le tissu de valeur. Il imagine la traîne de Céline pendouiller à l'extérieur pendant que la voiture roule. Il perdrait son boulot…

Les mariés se dirigent vers l'Hôtel Quatre Saisons, où aura lieu la réception. Ils offrent généreusement une conférence de presse devant la cohue de journalistes. Céline – surtout sa robe ! – est alors photographiée sous toutes ses coutures. Devant, derrière, de côté. Avec un sourire. Pas de sourire. Le regard joyeux. Le regard nostalgique. Céline donne, ils prennent tout.

Pendant ce temps, les six cents invités reçoivent le programme de la soirée. Celui-ci fait huit pages ! Le menu, le programme musical, la liste des organisateurs, les activités… Tout est en place pour vivre un moment grandiose. Le but était de dépayser les gens, de les transporter dans un nouvel univers… C'est mission accomplie ! Un couloir dont le plancher est recouvert de pétales de fleurs les dirige dans une salle aux murs cachés par des soieries serties de pierreries à laquelle succède une pièce toute blanche où dans de nombreuses cages, volent des colombes. Les gens passent donc d'un décor digne d'un château de princesse à un petit salon de style anglais, puis à un bar western ou à un petit bistrot à la française. Il est possible de déguster des sushis, des tapas… Monté en sapin de Noël, un croquembouche contient deux mille six cent soixante-dix-sept choux à la crème. Et il y a beaucoup de champagne. Du rosé, le préféré de Céline.

La musique aussi diffère d'une pièce à l'autre. On peut s'arrêter devant un quatuor qui interprète les plus grands classiques ou un orchestre rock qui joue les succès de l'heure… Il y a un casino aussi, avec des tables de blackjack et des roulettes. Les invités jouent avec de faux billets, mais ils peuvent vraiment gagner !

Lorsque Céline fait son entrée dans la salle où aura lieu le repas principal, des bouquets de fleurs descendent du plafond – un ciel étoilé ! – pour se poser au centre de chaque table. Un moment magique. Magnifique. Elle n'a que le temps de s'émerveiller que le grand Warren Wiebe, venu de Los Angeles pour l'occasion, vient chanter la chanson *The Colour of My Love*. Trente musiciens dirigés par David Foster l'accompagnent. Une interprétation magistrale.

Il y a bien sûr quelques discours – plus touchants les uns que les autres –, des anecdotes, le rappel de certains moments marquants du parcours amoureux des mariés, puis les treize frères et sœurs de Céline se lèvent en même temps. Émue et surprise, elle les regarde s'avancer vers elle et l'entourer. En chœur, ils entament la chanson *Qu'elle est belle, la vie*! Céline éponge le coin de ses yeux avec un bout de tissu qui sert de serviette de table…

Oh ! que oui, elle est belle, la vie.

26

Le célèbre couple s'était promis une vraie pause après leur mariage. Des vacances ! Un voyage de noces... Pourquoi pas ? Les nouveaux mariés s'envolent donc pour la Floride avec un seul but en tête : ne rien faire. Deux mois juste à eux dans leur maison de Palm Beach. René joue au golf, Céline fait du magasinage, prend des bains de soleil. Elle passe aussi de longues heures à dessiner des plans pour une maison qu'elle veut faire construire à Jupiter Island...

Tout ça est bien beau en apparence. En théorie. Toutefois, lorsqu'on vit avec le stress et la pression de performer depuis si longtemps, ce n'est pas si simple de s'arrêter. L'adrénaline est une drogue. Le s*how business*, la discipline, le travail acharné... Comment mettre tout ça entre parenthèses pour ne *rien faire* ? Surtout lorsqu'on est une étoile montante et que des occasions en or se présentent pour nous pousser encore plus loin dans l'univers des grands de ce monde.

Un soir de février, Céline et René sont à la cuisine. Elle prépare une sauce bolognaise – sa spécialité ! – pendant que René regarde le Super Bowl à la télévision. Tout en tranchant ses champignons, elle lui jette des regards inquiets. Il est songeur. Il regarde l'écran sans intérêt, ce qui ne lui ressemble pas lorsqu'il est question de sport !

— Quelque chose te tracasse ? demande Céline doucement.

Il est beau avec sa chemise blanche et son teint bronzé. René étire la main pour baisser le son du téléviseur. *Merci, Seigneur !* Céline n'en pouvait plus d'entendre l'animateur crier. Elle n'aime pas les sports violents. René lui répète que le football est un jeu très stratégique. Tout ce qu'elle voit, ce sont des hommes se foncer dessus pour attraper un ballon.

— Paul Burger, le patron de Sony UK a téléphoné, lui apprend René d'un ton léger.

Il a son air détaché, comme s'il ne voulait pas accorder trop d'importance à cet appel. Pourtant, Céline sait très bien que les ventes de ses albums en Angleterre plafonnent. Un des seuls marchés qui lui reste à conquérir. René est déconcentré par San Diego qui vient de faire un touché.

— Mais encore ? insiste Céline.

Alle !, que voulait Paul Burger ? S'il prend la peine de les joindre ici, c'est sans doute important. René a un petit sourire en coin, car il sait qu'il a piqué la curiosité de sa femme. Il se lève, puis avance jusqu'au comptoir où elle se tient debout, un couteau à la main.

— Il y aura beaucoup de champignons dans la sauce…, constate-t-il en pointant la montagne de légumes dans un bol.

Céline observe son travail. Oui, il a raison, elle était perdue dans ses pensées et a coupé presque tout le paquet.

Tant pis, c'est bon, des champignons ! Elle regarde René avec insistance, l'air de lui dire : « Parle ! Sinon, j'ajoute encore plus de champignons… » L'homme prend son temps, il pèse ses mots :

— Paul pourrait nous avoir un passage à l'émission britannique *Top of the Pops*. Je lui ai dit qu'il tombait mal, que nous sommes en vacances.

En fait, Paul Burger a insisté. Il est prêt à leur envoyer, à l'aéroport de West Palm Beach, le jet privé de Sony, qui les emmènerait directement à Londres… En quarante-huit heures, ils seraient de retour à la maison pour poursuivre leur voyage de noces. Une présence à cette populaire émission, diffusée à une heure de grande écoute, est une chance inespérée. C'est même un coup de promotion génial.

Céline se remet à couper des champignons en silence.

— Rappelle Paul, je vais le faire.

René sourit. Voilà la réponse qu'il espérait. Céline le savait. Et il sait qu'elle savait. La chanteuse réalise alors qu'elle est devenue avec le temps aussi ambitieuse que son mari. Il est hors de question de laisser une chance pareille lui glisser entre les doigts. Elle doit le faire. Et elle n'a pas envie d'être en vacances, de s'arrêter, de laisser passer la parade. Son bonheur se trouve dans le travail, non dans la préparation d'une sauce bolognaise avec trop de champignons. Tous les deux veulent aller plus loin, un tremplin plus haut…

Céline est incapable de se laisser aller à la paresse et de simplement profiter du temps qui passe. Ici, à regarder le paysage magnifique, les couchers de soleil spectaculaires, elle ne fait qu'éternuer, tousser, se racler la gorge. Elle a horreur du vide, elle aime les horaires serrés et bien définis. Elle ne regarde jamais derrière, toujours devant.

René contourne le comptoir pour s'approcher d'elle et met sa main sur la sienne pour la forcer à cesser de couper ses champignons. Il y en a déjà beaucoup trop !

— Es-tu certaine ? L'occasion se représentera…

Céline sait très bien que ce genre d'occasion ne se présente pas deux fois. Elle n'a pas le droit de la refuser. L'idée de chanter devant des gens crée déjà une excitation dans ses doigts, ses pieds, sa poitrine…

— Certaine !

Elle se le répète : chanter est une drogue. L'amour du public aussi. C'est difficile de s'en passer une fois qu'on y a touché. Presque instantanément, elle sent l'énergie revenir, elle se sent moins lourde, moins enrhumée. René pose ses lèvres sur les siennes. Un baiser qui se voulait tendre et rapide. Il a un appel à faire ! Mais Céline le retient, s'accrochant au tissu de sa chemise. La musique la rend vivante, joyeuse. Elle passe ses bras autour de son cou, il la pousse légèrement contre le comptoir.

— Je dois vraiment téléphoner à Paul, souffle-t-il entre deux baisers. Il est sûrement en train de pleurer en boule dans son lit à la suite de mon refus de tantôt.

Céline rigole en se détachant de lui à regret.

— D'accord, vas-y ! Je m'occupe des champignons…

L'homme roule les yeux, puis s'éclipse après l'avoir embrassée une dernière fois. Céline le regarde sortir de la pièce, le dos droit, la démarche assurée. Elle comprend pourquoi il arrive à créer de si bons contacts avec les gens importants. Il a cette façon d'inspirer le respect, la confiance. Elle est si heureuse de l'avoir dans sa vie !

Quatrième partie
La consécration

27

René et Céline ne forment pas un couple ordinaire. Leur réalité n'a rien à voir avec celle des gens qui travaillent de neuf heures à cinq heures pour payer leur hypothèque tous les mois. Ils vivent dans un autre monde, un quotidien parsemé de salles de spectacle, de limousines, de suites d'hôtel, de gardes du corps… Partout où ils passent, leur histoire d'amour fait rêver. Un vrai conte de fées ! Toutefois, comme tout le monde, il leur arrive de se disputer. Pour des raisons si insignifiantes que Céline a toujours du mal à s'en souvenir. N'empêche, la jeune femme boude parfois. Un peu. Jamais longtemps, car René déteste la chicane et essaie toujours d'arranger les choses. Il la fait rire.

Pas ce soir.

René semble bien décidé à bouder pour la soirée. Il ne l'accompagne même pas en studio, ce qui n'arrive jamais. Céline ne sait pas trop quoi en penser. Et surtout, elle est désemparée, voire morte de peur. Le réalisateur David Foster a modifié les arrangements initiaux de la chanson *All by Myself*. À la dernière minute, on lui apprend qu'elle doit pousser la note *fa* et la tenir pendant plusieurs secondes. C'est de la folie ! Cette note est à la limite de son registre ; elle va se briser la voix.

Se sentant amputée de la moitié d'elle-même, Céline tourne en rond dans le studio. Elle a l'impression que Foster fait exprès de prendre son temps pour tout mettre en place à l'enregistrement. Il branche quelques fils, lit les paroles de la chanson, donne ses ordres aux techniciens... Il finit par lui adresser la parole comme s'il s'apercevait enfin qu'elle est là :

— Ne t'inquiète pas pour le fa, lance-t-il avec nonchalance, on retournera aux arrangements originaux si ça ne fonctionne pas. À moins que je demande à Whitney Houston de la faire ? Je sais qu'elle est capable.

La chanteuse enregistre en ce moment même dans un studio voisin. Céline plisse les yeux, piquée à vif. Elle a son orgueil. C'est donc une femme déterminée qui s'installe derrière le micro. Elle glisse sur ses oreilles les écouteurs d'un geste familier et décidé. Céline est tendue, elle attend les premières notes avec l'impatience d'un coureur sur la ligne de départ. Elle y arrivera, elle n'en doute pas. Ou presque. La chanson *All by Myself* est un grand classique qu'elle interprète avec une sensibilité hors pair. Céline donne tout, elle jette son âme dans cette mélodie comme si elle allait y perdre son dernier souffle. C'est beau. Magistral. Elle arrive à tenir le fa haut la main. Sans broncher. Sans hésiter.

David lui lance un sourire en coin victorieux pendant que les techniciens applaudissent. Furieuse que le réalisateur ait utilisé la ruse de la comparer à Houston, Céline sort du studio sans le regarder. Il était certain que ce détail la pousserait à se dépasser. La chanteuse n'attend même pas qu'il lui dise que tout est parfait. Elle le sait. Elle a fait un coup de circuit. Son travail est terminé.

Encore sur l'adrénaline du moment, Céline essaie de se rappeler la raison de sa dispute avec René plus tôt aujourd'hui. Lui avait-elle reproché de trop manger ? Ils se chicanent, parfois, lorsqu'elle lui interdit une double portion de dessert. René doit faire attention à sa santé ! Il n'aime pas que sa femme surveille son assiette… Non, ce n'était pas au sujet du pouding au chocolat. Qu'est-ce que c'était ? Céline réfléchit alors qu'une voiture la ramène à l'hôtel. Puis elle a un flash. Oui, c'est ça ! Elle frappe sa paume sur son front. Maudit Foster… Elle ne se souvient pas de la raison de son accrochage avec René, mais elle croit comprendre pourquoi ce dernier a boudé si longtemps et ne l'a pas accompagnée en studio. Elle imagine déjà Foster au téléphone avec son mari : « Je te l'avais bien dit de ne pas venir, René, elle était enragée ! »

René l'attend dans le hall de l'hôtel, souriant et rasé de frais.

— Un messager à moto m'a fait parvenir la cassette de la chanson que tu as enregistrée tantôt, commence-t-il avec fierté. C'est plus beau que tout ce que tu as fait jusqu'à maintenant !

Sans réfléchir, Céline se jette dans ses bras.

28

Quelques jours plus tard, Céline fait ses ongles sur la table basse du salon, assise par terre à l'indienne. René regarde le golf à la télé, installé dans un fauteuil. Il lui jette un regard de biais :

— Qu'est-ce qui ne va pas ? demande-t-il pendant que Tiger Woods fait un *birdie*.

Céline se concentre sur l'application du vernis rouge sur ses ongles.

— Je ne suis pas contente de l'enregistrement de la chanson *Falling Into You*.

Voilà, c'est dit. Elle a chanté la chanson en studio il y a deux jours et ne cesse d'y penser depuis. Quelque chose cloche et elle croit avoir trouvé ce qui lui déplaît. Elle ne savait cependant pas si elle devait en parler ou non. Elle n'a pas l'habitude de se mêler de l'aspect musical des chansons. René baisse le son de la télévision. Comme s'il avait besoin d'entendre l'animateur commenter le swing de Tiger Woods ! Rien de plus ennuyant qu'une partie de golf à la télévision ! Céline souffle doucement sur le bout de ses doigts.

— Les arrangements sont trop durs, c'est une chanson toute en nuances…

Céline étire ses longues jambes sous la table et pose ses mains à plat sur la table pour faire sécher le vernis. Elle chante la chanson à René tout en lui expliquant ce qu'elle voit à chaque mesure. L'homme l'écoute, émerveillé.

— Tu as raison ! s'exclame-t-il. Tu aurais dû le dire.

La jeune femme hausse les épaules, grattant méticuleusement le vernis qui dépasse de son ongle.

— Je croyais que ce serait trop compliqué ou impossible de refaire les arrangements avec l'orchestre.

Le temps passé en studio est compté, il n'y a pas de place pour de la fantaisie ou des caprices d'artiste. Céline a longtemps cru que si les arrangements d'une chanson étaient prévus d'une façon, c'est ainsi qu'ils devaient être. Ce n'est pas elle l'experte. Du moins, c'était le cas jusqu'à maintenant. Elle développe de plus en plus ses goûts, sa propre idée de la musique qu'elle veut faire. D'un bond, René se lève. Il la rejoint en deux enjambées et essaie de la serrer dans ses bras, mais Céline le repousse.

— Hé ! Attention à mes ongles !

L'homme glisse les mains dans ses poches, incline la tête en souriant.

— Tu dois oser dire ce que tu penses, mon amour. C'est une très bonne idée ! La chanson sera bien meilleure.

Il est heureux de la voir prendre des initiatives sur le plan artistique.

— Tu vas téléphoner toi-même à Foster pour lui expliquer ce que tu as en tête.

Tout le monde est emballé par les propositions de Céline, ce qui lui donne une solide confiance en ses moyens. Le coup de fouet qu'il lui fallait pour oser donner son opinion. L'expérience acquise depuis des années porte ses fruits. Elle en sait même plus qu'elle ne le croyait ! Enfin, la chanteuse prend un peu de pouvoir sur les décisions musicales. C'est un tournant dans sa carrière. Elle s'impliquera de plus en plus, elle apportera des suggestions. Cette nouvelle attitude d'artiste mature et autonome est bénéfique. René est toujours à la barre, mais il écoute maintenant dans quelle direction elle veut aller. L'équipe qu'ils forment depuis toujours est plus solide que jamais, plus efficace. L'un ne va plus sans l'autre.

29

Debout au centre de l'immense douche vitrée, Céline offre son visage au délicat jet d'eau. Une pluie chaude et fine se répand alors sur ses joues et détend ses muscles, créant un nuage de vapeur autour d'elle. Un moment de grâce. Elle pourrait y passer la journée, piétiner dans l'eau comme une petite fille et dessiner des fleurs avec ses doigts sur les vitres embuées. Doucement, elle fait quelques rotations avec sa tête. Céline se prépare, telle une athlète, à éveiller sa voix après quarante-huit heures de silence.

Un souffle, un soupir, un grognement…

Lentement, la chanteuse sort du mutisme où son instrument de travail, si précieux, se reposait afin de faire vibrer la foule ce soir. Deux jours complets seule avec elle-même à regarder des magazines de mode et de décoration. Des heures durant, elle découpe des images qu'elle place dans un album. Des idées de costumes de scène, une jolie piscine qu'elle aimerait dans la maison qu'elle veut faire construire, un tableau magnifique… Si le silence était un trou vide et noir pour elle il n'y a pas si longtemps, il est maintenant un doux refuge. Là où le temps s'écoule au compte-gouttes, où la colère et la peine n'existent pas.

L'amour existe encore

Les yeux fermés, Céline se laisse bercer par la chaleur de l'eau. Sa voix est enfouie si loin qu'elle doit la libérer à petite dose. De loin, n'importe qui pourrait dire qu'elle fait le bruit d'un moteur. Elle se demande même si le son traverse les conduits de ventilation. Si Céline ne la retenait pas, sa voix pourrait faire sauter le toit de l'hôtel avec sa puissance, heureuse d'être enfin libre. Ce n'est plus un grognement qui sort de sa bouche maintenant, mais de vraies notes, une mélodie, des vocalises. Elle a toujours adoré chanter dans une salle de bain en raison de l'écho qui rend les sons clairs et précis. Les stationnements souterrains donnent un peu la même impression…

Depuis combien de temps est-elle sous l'eau à chanter à pleins poumons ?

Céline ferme la douche d'un coup, mettant également fin à ses vocalises. La pièce est si humide que des gouttelettes glissent sur le miroir, lui retournant son reflet flou. Elle enroule ses cheveux dans une serviette, puis enfile un peignoir blanc. Excitée, elle retrouve sa sœur Manon qui l'attend au salon. Cette dernière lui a commandé un repas : du gruau avec de la cassonade, une baguette grillée et de la confiture de fraises… Céline lui sourit. Que ferait-elle sans sa sœur pour voir à son bien-être partout où elle va ? Plus qu'une sœur et une confidente, Manon la coiffe, l'épile, la soigne, la fait rire…

— J'aimerais tellement être là-bas pour voir son expression ! s'écrie Céline en se précipitant sur le téléphone.

Aujourd'hui, le 2 mars, c'est l'anniversaire de leur père, Adhémar. Toute la famille est réunie au restaurant Nickels de Repentigny pour célébrer son soixante-quatorzième anniversaire. Même à l'autre bout de monde, alors qu'elle complète une tournée en Australie, Céline ne rate pas l'occasion de lui souhaiter bonne fête au téléphone. D'ailleurs, elle a une surprise de taille pour lui.

Énervée, Céline compose le numéro de téléphone, sa sœur derrière son épaule. Elle demande à parler à son père. Ses doigts parfaitement manucurés pianotent sur la surface du bureau. Plusieurs voix animées se font entendre dans l'appareil et soudain, la jeune femme se sent bien loin…

— Allô ?

— Pôpa ! Bonne fête !

Cet homme qu'elle aime tant, encore si droit et si fier à son âge. Céline ferme les yeux, essayant d'imaginer son visage lorsqu'il apercevra la Mercedes couleur sable garée devant le restaurant. C'était son rêve d'en posséder une comme celle-là un jour. N'est-ce pas le plus beau pouvoir que la richesse lui donne, celui de réaliser des rêves ? Céline aurait voulu être présente pour ce moment magique, mais ainsi est sa vie : elle prend le bonheur à petite dose au bout du fil sur un autre continent.

30

René Angélil est adossé au mur bordé d'une imposante boiserie de bois qu'il touche pour la centième fois aujourd'hui. *Pour la chance.* Les gens vont et viennent autour de lui, mais il ne s'en préoccupe pas. Son visage affiche, comme d'habitude, une éternelle assurance ; il faut laisser croire que tout est sous contrôle. Pourtant, là, tout de suite, ses mains sont moites et son cœur cogne dans sa poitrine. Il est nerveux. Trop. Si Céline savait ça, elle serait folle d'inquiétude. Ce n'est pas le moment de se claquer une deuxième crise cardiaque ! Du coin de l'œil, il fixe sa femme. Lentement, elle passe ses doigts sur ses lèvres, le regard vague. Il sait qu'elle a peur, même si elle tente de le cacher à tout le monde.

Dans quelques minutes, on viendra la chercher. L'attente est interminable. Céline chantera devant son plus vaste auditoire à vie ! Quatre-vingt-cinq mille personnes autour d'elle dans le stade, quatre milliards de téléspectateurs partout dans le monde… Elle interprétera la chanson de David Foster, *The Power of The Dream* à la cérémonie d'ouverture des Jeux olympiques d'Atlanta. Une expérience inespérée !

Le défi est plus gros encore que tout ce qu'ils ont fait jusqu'à maintenant. Céline est sur la dernière marche; dans quelques instants, elle atteindra le grand sommet tant convoité. Ce pour quoi elle travaille si dur depuis des années. C'est ce soir que ça se passe. Qu'est-ce qui viendra ensuite? Quel but auront-ils désormais? René se le demande. C'est sans doute la raison de la nervosité inhabituelle qui lui tiraille les entrailles. Que peut-on faire alors qu'on a réalisé tous nos rêves? À partir de maintenant, ils sont dans le vide. Il n'y a plus de plan. L'ascension de la montagne est terminée, Céline est connue sur la planète entière.

Assise sur un divan, Céline croise le regard de René au loin. Elle sait à quoi pense son homme. Ensemble, ils ont tout réussi. Ce soir est le plus haut tremplin duquel elle n'aura jamais sauté. Elle sera maintenant en chute libre, surfant sur sa notoriété à maintenir. Si ses rêves se sont réalisés, l'amour du public n'est jamais acquis. Elle devra poursuivre son chemin, mais où? Comment? Quelqu'un retouche ses cheveux, une fille lui tend un verre d'eau salée dont elle aspire quelques gorgées avec une paille. Une gorgée qu'elle recrache dans un verre vide. Tout le monde bourdonne autour d'elle. Pourtant, Céline se sent seule, prise avec sa peur. La jeune femme joue le jeu de la fille en contrôle, joyeuse et en pleine forme. Cacher sa terreur, la fuir, est son unique façon de survivre à ce trac sans précédent. Elle songe surtout à sa chanson, répétant les paroles dans sa tête. Ce soir, elle sera accompagnée d'un chœur, ce sera magnifique. Elle chantera pour tous ces athlètes qui vivent un rêve en même temps qu'elle.

Le pouvoir du rêve.

Suffit-il de rêver pour avoir ce que l'on désire dans la vie ? Céline y réfléchit depuis que David Foster lui a présenté la chanson. Dans son cas, il lui semble que oui. Elle avait un rêve ultime. Il est sur le point de se réaliser. Elle le voulait tellement ! Mais elle avait le talent. Elle avait René. À eux deux, ils ont saisi les occasions, ils ont été bons au moment où il le fallait. Les étoiles étaient alignées pour mener Céline là où elle est ce soir. La plupart des gens n'ont pas sa chance, comme sa nièce Karine, décédée si jeune, emportant avec elle ses rêves. Au fond, la chanteuse se dit que son parcours n'est pas si différent de celui des athlètes pour qui elle chantera sous peu. Elle a travaillé fort et avec acharnement pour se rendre à la ligne d'arrivée. Plus que les autres ? Difficile à dire. Cependant, les places au sommet sont limitées. Il n'y a qu'une médaille d'or convoitée de tous. Oui, peut-être que c'est la recette : travailler fort et savoir sauter vers l'inconnu malgré l'impression anxiogène de se jeter dans une piscine vide. Et avoir de la chance. Beaucoup de chance.

Ce soir, elle se jettera dans le vide. Et plus il y a de monde, plus le vide semble immense.

Sa sœur Manon, qui croise, décroise et recroise ses jambes depuis tantôt se décide enfin à parler pour détendre l'atmosphère :

— Est-ce que tu te souviens d'un spectacle que tu avais donné il y a environ dix ans dans le Vieux-Port de Québec ?

Céline fronce les sourcils, pas certaine d'avoir envie de se concentrer sur des détails enfouis loin dans sa mémoire. Hé ! oh !, se retient-elle de répliquer à Manon, je vais chanter devant la moitié de l'humanité dans cinq minutes et tu me parles d'un vieux spectacle !

Puis, comme un éclair, une image lui vient en tête. Oui, le Vieux-Port de Québec. Elle se souvient ! Un fou rire secoue les épaules de Céline qui tape sur sa cuisse, la bouche ouverte, le regard animé. Rire en silence fait aussi partie d'une discipline essentielle pour préserver sa voix.

— Il y avait tellement de moustiques, des éphémères, je crois, se souvient-elle.

— Tu étais perdue au centre d'un nuage d'insectes ! ajoute Manon.

— J'en avais dans le nez, dans la bouche, sous ma jupe ! J'en ai avalé des dizaines en faisant semblant de rien pendant que je chantais la chanson !

— Tu en avais plein les cheveux ! rigole Manon.

— *Mrs. Dion, two minutes.*

Tel un vent d'hiver qui vous glace le sang, les paroles de l'homme jettent un froid dans la pièce. Céline cesse de rire, Manon aussi. Le calme revient autour d'elles. On pourrait entendre une mouche voler – ou une éphémère ! – et cette seule pensée fait sourire Céline. Elle a envie de faire une nouvelle blague de moustique à Manon, mais elle n'en fait rien. Ce n'est pas le moment, tout le monde est sur la corde raide. Surtout René.

On la dirige dans la jungle. Enfin ! Céline n'en pouvait plus d'attendre. Tout de blanc vêtue, elle se concentre sur chacun de ses pas, priant pour que ses genoux ne tremblent pas, que ses mains ne soient pas trop moites et glissent sur le micro. La scène est immense. La foule est plongée dans le noir, mais les flashs fusant de partout donnent l'impression de milliers d'étoiles qui scintillent. Un spectacle magnifique. Un paysage unique. Céline contourne le piano à queue. Dans son dos, un chœur géant formé d'enfants remonte l'allée. À ses pieds, un tapis d'athlètes brandissent les bras, les yeux remplis d'espoir. Chacun lui donne une telle force… Céline a envie de les serrer contre elle, de leur souhaiter bonne chance, de leur dire d'aller au bout de leur rêve, d'y croire ! C'est si beau, si magique. Elle refuse de se laisser envahir par ses émotions. Il faut chanter. Et le faire bien.

Son trac s'envole dès la première note. Céline se sent en pleine possession de ses moyens, solide sur ses pieds surélevés par des escarpins, sa voix en confiance. Une douce euphorie la gagne petit à petit, elle est transportée par l'énergie des quatre-vingt-quatre mille personnes autour d'elle, qui sont pour leur part littéralement pendues à ses lèvres. Un sentiment qui ne la quittera pas pendant des jours. Ce n'est qu'une fois la pression tombée que la chanteuse est frappée de plein fouet par une grande fatigue. Un bloc de ciment. Boum ! Comme si cette peur qu'elle refoulait tant se répand maintenant dans tout son corps. Elle n'a plus d'énergie. Céline se compare aux marathoniens qui, malgré une médaille d'or, sont épuisés à la ligne d'arrivée. La nuit, elle ressent un étrange serrement autour de son cœur. On dirait une main qui se referme sur ce dernier, lui donnant le poids d'une roche. Une sensation étrange qui l'empêche de bien respirer. Au lever du jour, le mal disparaît avec la lumière.

Un malaise qui passera avec le temps.

Sans doute.

31

Le mal de Céline dure depuis plusieurs semaines déjà. Elle a tout fait pour l'oublier, pour se convaincre que ce n'était rien, qu'il disparaîtrait aussi vite qu'il s'était incrusté dans sa poitrine. Toutefois, un soir, devant le public du Caesars Palace à Las Vegas, elle réalise que quelque chose ne va pas et qu'il est temps de prendre la chose au sérieux. Parfois, il faut se rendre à l'évidence : ça ne tourne pas rond. Une équipe de Radio-Canada est dans la salle pour capter sa performance et la diffuser le lendemain sur les écrans géants du Centre Molson où aura lieu un spectacle-bénéfice pour venir en aide aux sinistrés du Saguenay. Pendant qu'elle touchait la médaille d'or aux Jeux olympiques d'Atlanta, le Québec croulait sous la pluie. Les lacs et les rivières étaient sortis de leur lit, des routes étaient endommagées, des barrages avaient cédé. Des maisons entières avaient été fauchées au Saguenay. Pour tous les gens touchés par cette tragédie, elle interprétera *Quand on n'a que l'amour*.

— Je voudrais juste vous dire que mon cœur est avec vous autres, que je vous aime super gros et que je vous offre, ce soir, la prochaine chanson.

Son micro planté sur un pied devant elle, Céline se laisse envahir par la mélodie. Elle est toujours émue lorsqu'il est question du malheur des gens de chez elle. Malgré sa célébrité, sa gloire et sa richesse, elle se sent si impuissante. Si loin. Pendant un instant, elle se demande si elle arrivera à terminer la chanson. Sa voix est chevrotante, un énorme poids lui serre le cœur. Céline avait préparé un petit mot d'encouragement à livrer aux gens du Saguenay après sa prestation, mais elle est incapable d'en prononcer une seule parole, de peur de fondre en larmes. Que lui arrive-t-il ? Horrifiée, elle abrège son spectacle et quitte rapidement la scène.

Le mal qui l'assaille la nuit depuis un moment l'a rejointe sur la scène, sous les projecteurs, à la lumière du jour. Là où Céline se sent chez elle, si bien et en possession de ses moyens. Comment ne pas avoir peur ? La scène, c'est toute sa vie ! Elle qui est toujours si performante, elle est désemparée. À court de moyens !

Les jours passent, le malaise persiste.

C'est de mal en pis.

La semaine suivante, à Denver, Céline a du mal à se tenir debout à cause de vertiges. Elle est incapable d'avaler quoi que ce soit, l'odeur de la nourriture lui donne la nausée. Si elle s'allonge, elle est prise de reflux gastrique. Si elle arrive à dormir, elle fait des cauchemars. Des images troublantes où elle se jette dans le vide du haut d'un édifice pour se réveiller en sueur juste avant de s'écraser au sol. De quoi rendre fou !

Mais ça va passer, elle en est certaine. Pas besoin d'alerter René avec ça…

C'est Manon et Suzanne qui préviennent son mari lorsqu'un matin du mois d'août, alors qu'elle loge au Ritz-Carlton de San Francisco, l'état de santé de la chanteuse bascule. Fiévreuse, Céline est secouée par des nausées et des étourdissements. Elle ne résiste même pas lorsque sa sœur lui dit qu'elle doit voir un médecin. Elle se sent tellement mal !

— Depuis combien de temps est-elle malade ? grogne René au bout du fil. Pourquoi vous ne m'avez rien dit ?

Manon lève les yeux au plafond, faisant les cent pas dans le couloir devant la chambre où Céline vient d'être hospitalisée. L'endroit est calme, ce qui l'incite à murmurer dans l'appareil.

— Tu la connais, elle ne voulait rien savoir !

— J'arrive. D'ici là, reste auprès d'elle.

La communication est interrompue. René saute dans un avion et s'occupe d'annuler les quatre spectacles sur la côte ouest-américaine que Céline devait donner dans les prochains jours. Inquiet et préoccupé, il déboule quelques heures plus tard dans le corridor de l'hôpital, avançant à grandes foulées. Manon vient vers lui, ce qui l'agace. Il ne veut personne sur son chemin ; il veut voir sa femme et vite.

— René, les médecins sont passés, lâche-t-elle d'un ton sérieux.

Voilà, à voir l'air crispé de sa belle-sœur, c'est grave. D'un regard, il la prie de ne pas le faire languir. La journée a été longue et il n'a plus de patience.

— Stress et surmenage, annonce Manon. Ça lui cause du reflux gastrique.

Les épaules de René se soulèvent d'un soupir. Merci Seigneur, ce n'est pas une tumeur quelconque. Ou tout autre trouble qui mettrait subitement fin à sa carrière. Avec son pouce et son index, l'homme frotte doucement ses tempes en espérant y voir plus clair. Après tout, le mot surmenage est sérieux et il ne le prend pas à la légère.

— Elle a besoin de repos, René, sinon, la médication prescrite ne donnera rien.

L'homme acquiesce distraitement. Du repos, il veut bien lui en donner, sa santé lui tient à cœur. Cependant, la roue du *showbiz* n'est pas facile à arrêter. Elle tourne même à une vitesse folle. René contourne Manon et fonce dans la chambre. Céline n'est jamais malade, il n'y croira vraiment qu'une fois qu'il l'aura vue de ses propres yeux. Il s'arrête net sur le seuil. Céline est recroquevillée en boule sur un banal lit d'hôpital. Son visage est aussi pâle que les murs, ses doigts agrippent le drap qui recouvre ses épaules. Elle dort. René s'appuie au cadre de la porte pour mieux l'observer. Elle est si forte et pleine d'énergie sur une scène qu'il oublie parfois qu'elle a ses limites.

D'un pas chancelant, René s'approche doucement du lit. L'image lui arrache le cœur. Il dépose une main sur la joue de la jeune femme. Il retire au passage une mèche de cheveux blonds qui retombe sur ses yeux clos. Il reste là, immobile, à la regarder dormir d'un sommeil agité. Ses sourcils se froncent par moments, ses lèvres remuent… René réfléchit à une solution, puis un sourire se dessine sur le visage de l'homme. Il sait à qui faire appel pour veiller sur sa femme durant son repos bien mérité.

Un coup de fil et ce sera réglé.

32

Céline entrouvre les yeux, l'esprit encore embrumé par le sommeil. Elle ne bouge pas, son corps est lourd, imprégné dans le matelas. Depuis deux semaines, elle dort en moyenne douze heures par jour. Elle perçoit des voix au loin. Il y a quelqu'un dans le couloir derrière la porte. Céline tend l'oreille, mais n'arrive pas à savoir de qui il s'agit. Sa mère semble s'obstiner avec un homme. Elle sourit. Sa mère est ferme : personne n'est autorisé à la déranger. Un vrai chien de garde ! Elle a même interdit à René de lui parler de travail, et ce, sous aucun prétexte. Silence sur la tournée suspendue, les albums en français et en anglais reportés et les dizaines de projets sur la glace… Motus et bouche cousue !

Afin de prendre soin de sa fille, madame Dion a sauté dans un avion en direction de la Floride tout de suite après le coup de fil de René. Elle n'est pas trop inquiète, seulement bien décidée. Céline sera au repos complet, parole de Dion. Elle la borde le soir avant d'aller dormir, lui cuisine ses plats favoris. Elle passe des heures à lui raconter encore et encore l'histoire de son enfance. La scène qu'elle a faite à Adhémar lorsqu'elle a appris sa dernière grossesse. Comment elle est tombée amoureuse de cette petite fille la première fois qu'elle l'a tenue dans ses bras. Céline connaît le récit par cœur, mais elle aime toujours autant entendre sa mère le lui raconter.

La poignée tourne, puis un léger clic se fait entendre dans le silence de la pièce. Un œil apparaît dans l'ouverture. Celui de sa mère. Céline lève la main pour lui faire un signe. La porte s'ouvre et madame Dion entre, une tasse de bouillon fait maison à la main. L'odeur délicieuse se répand dans la grande chambre.

— Bien dormi ? demande Thérèse en s'assoyant sur le lit.

Céline se redresse et se glisse jusqu'à sa mère. Elle saisit la tasse, soupire en humant l'odeur réconfortante.

— Oui !

Avec prudence, elle trempe ses lèvres dans le liquide chaud. Comme toujours, elle se brûle la langue avec la première gorgée.

— Qui voulait me voir tantôt ? demande-t-elle, le nez dans sa tasse.

Sa mère croise ses doigts sur sa cuisse et fait la moue.

— René, souffle-t-elle en roulant les yeux.

Céline rigole, imaginant sa mère empêcher René d'entrer dans la chambre. Elle est sans doute la seule personne à ne pas le craindre, ni à être impressionnée par sa prestance. Thérèse finit par rire avec sa fille, consciente qu'elle fait un peu de zèle. Tant pis, c'est son rôle de maman de veiller sur ses louveteaux.

— Allez, va te changer, c'est l'heure de la promenade au grand air !

33

Céline reprend peu à peu des forces, mais Thérèse Dion ne lâchera pas son bébé d'une semelle avant qu'elle ne soit assurée de la savoir en santé. Elle accompagne donc le couple en voyage d'affaires à Las Vegas en ce mois d'août 1996. Cette ville nocturne, qui est une véritable boule de lumière au milieu du désert, la fascine. Ici, les gens vivent la nuit tellement il fait chaud le jour. Ils jouent au golf et au baseball, ils se promènent dans les parcs… Une ville de jeux et de *show business*. Madame Dion ne peut s'empêcher de penser que cet univers est fait sur mesure pour Céline et René.

Ils sont débarqués dans une suite du Caesars Palace. La plus grande qu'ils n'ont jamais vue, songe René. Elle est magnifique. Du marbre, des colonnades, de nombreuses plantes… Il y a même une terrasse avec une piscine et un minigolf juste pour eux. Et que dire de la cuisine ! Madame Dion est subjuguée ! La cuisinière à gaz compte six feux, le réfrigérateur a des portes en verre transparent. C'est impressionnant.

Enveloppée dans un long peignoir blanc, Céline est seule dans la cuisine en compagnie de sa mère. Elles sont autour de l'îlot en train de se faire des sandwichs aux tomates. Céline met la mayonnaise, madame Dion ajoute la laitue… Une tasse de café de fruits pour accompagner le tout. Il est passé minuit et ce sera délicieux. Et Céline respire beaucoup mieux depuis qu'elle a fait installer un humidificateur dans chaque pièce. L'air sec du désert est mauvais pour sa voix.

— Comment un homme qui prend le risque de perdre des milliers de dollars au jeu peut-il se pencher pour récupérer les pièces de monnaie tombées par terre! se questionne madame Dion en secouant la tête.

Évidemment, Las Vegas veut dire casino. René est descendu jouer. Il reviendra au petit matin, épuisé… Céline rigole en mordant dans son sandwich, elle passe sa langue au coin de sa bouche pour essuyer la mayonnaise qui dégouline. Il y a longtemps qu'elle a cessé d'essayer de comprendre la passion de son mari pour le jeu.

— C'est ça, le respect de l'argent, ajoute Thérèse Dion. On ne crache pas sur une pièce de monnaie sur le trottoir! C'est avec des sous noirs qu'on fait des piastres! Et puis, c'est un signe de chance…

Pour René, le jeu est sérieux. C'est la vie qui ne l'est pas vraiment. Il n'a aucun problème à jeter son argent à tout vent, mais lorsqu'il se retrouve devant une table de jeu, il est un homme différent. Il ne laisse de chance à personne. Il veut la victoire à tout prix. D'ailleurs, il a des rituels très précis, exactement comme Céline avant de monter sur scène. Première règle: ne jamais arriver en retard. Ni se lever avant la fin du jeu. Sinon, vaut mieux ne pas se faire voir par monsieur Angélil. À l'homme, on peut tout demander, nous aurons affaire à l'être généreux. Mais il vaut mieux ne pas contrarier le joueur. Même ses amis l'ont compris depuis longtemps. Au jeu, il n'y a pas d'amitié. Surtout, gare à eux si Angélil leur demande de jeter les dés pour lui…

Entre le pot de mayonnaise et les assiettes vides, il y a sur le comptoir une pile de photos de Céline que la chanteuse doit signer. Une signature devenue célèbre avec le temps. On l'utilise à toutes les sauces sur les objets promotionnels qui sont proposés aux *fans*. Elle repousse les photos du bout des doigts pour ne pas les salir. L'une d'entre elles attire l'attention de la jeune femme. Elle a été prise lors d'une séance à Paris l'automne dernier. Elle avait encore les cheveux très courts et le visage un peu plus rond que maintenant.

— J'adore ce portrait ! s'exclame Céline.

Madame Dion se penche pour mieux voir. Pour elle, les photos de Céline sont toutes sublimes.

— Quand je la regarde, je m'imagine enceinte, ajoute doucement Céline.

Sur cette photo, il y a quelque chose de serein dans ses yeux, la même expression qu'affichent toutes les femmes qui attendent un enfant. Elle a si hâte de vivre la maternité ! La mère et la fille rangent la cuisine, puis continuent de bavarder appuyées au comptoir. La suite compte plusieurs salons, une terrasse magnifique avec une vue sur cette mare de lumières qu'est Las Vegas. Pourtant, elles préfèrent rester là, debout dans la cuisine. Madame Dion lui raconte des souvenirs d'enfance à Saint-Bernard-des-Lacs… Lorsqu'ils cueillaient les bleuets ou pêchaient la truite dans le ruisseau. Céline aime se rappeler les sentiments qui l'habitaient lorsqu'elle n'avait rien d'autre à faire que de tendre des collets à lièvre. C'est si loin de l'univers dans lequel elle baigne maintenant. Imaginer René Angélil avec une canne à pêche dans les mains ou en train de jardiner provoque chez elle un violent fou rire.

Ce dernier rentre à l'aube. Il est maussade et fatigué, Céline en déduit qu'il n'a pas gagné. Elle ne lui demandera pas combien il a perdu. Elle ne veut pas le savoir, ça ne l'intéresse pas. Elle sait que leur comptable prévoit un budget pour le jeu et que René s'y tient. De toute façon, il jouera encore demain, puis le jour d'après… jusqu'à ce qu'il gagne. Il dormira quelques heures, ira jouer au golf avant de retourner au casino. Céline n'a pas un grand pouvoir contre Las Vegas. C'est ainsi. Il ne prend pas soin de lui et c'est ce qui inquiète le plus la jeune femme. Lorsqu'il se retrouve ici, René va au bout de ses capacités. Il gagne ? Il veut gagner encore. Il perd ? Il veut se refaire. Il aime la vie à Las Vegas, un lieu mythique pour lui. Le King a vécu dans cette ville. Les chanteurs qu'il admire le plus se sont produits sur les scènes de ces prestigieux casinos.

René est passionné par les vedettes, par la façon dont on mène leur carrière, les négociations, les transactions. Il aime analyser les bons coups, les erreurs, les frimes. L'homme s'est longuement documenté sur le légendaire colonel Thomas A. Parker, celui qui s'occupait de la carrière d'Elvis Presley. Il l'a même rencontré une fois et ce dernier lui avait donné le plus beau conseil qu'il n'avait jamais reçu : « Ne compare jamais ta chanteuse à une autre artiste. » Selon René, l'homme a su amener Elvis au sommet, mais il a été incapable de le laisser s'épanouir. Le travail d'un imprésario est de viser haut pour son artiste, mais aussi de s'assurer qu'il soit heureux, qu'il ne craque pas et qu'il reste une bonne personne.

Encore une chose qu'Angélil a réussie avec brio dans la carrière de Céline.

34

Comme on le dit si bien dans le milieu : « *The show must go on !* » Céline reprend donc la tournée qu'elle avait laissée en plan et s'envole pour Paris à la fin septembre. Elle va mieux, même si son étrange poids au cœur l'empêche encore de dormir la nuit. Il n'est plus vraiment douloureux, mais il est là dans le détour, lui rappelant sa grande fatigue. Une vulnérabilité qu'elle ne se connaissait pas. Elle est sonnée, comme un boxeur qui aurait reçu un coup en pleine figure. Son premier spectacle ne se passe pas très bien. La foule conquise n'a rien vu, mais Céline se sentait absente, distraite…

Le lendemain, la chanteuse est assise sur le divan en cuir de sa suite à l'hôtel Bristol. Seize heures approchent à grands pas, elle doit se rendre à l'amphithéâtre pour un test de son. Céline grimace, une main posée sur sa poitrine. Elle n'a rien avalé depuis les deux craquelins grignotés la veille. Deux minuscules craquelins sans sel même pas bons. C'est le mieux qu'elle pouvait faire, car tout lui donne des brûlures d'estomac !

D'un signe discret, René fait signe à l'équipe présente de les laisser seuls. Comme des lucioles voulant échapper à la lumière, tout le monde s'éclipse en silence. René s'assoit sur le divan à côté de sa femme, puis passe un bras protecteur autour de ses épaules.

— C'est con de te laisser souffrir comme ça. On va tout annuler !

Choquée par ses paroles, Céline tourne vivement la tête dans sa direction. Annuler ? Il lui propose d'abandonner ? De baisser les bras, de ne pas se battre ? De ne pas se dépasser ? Depuis quand est-ce une option pour René Angélil ? Pour être la meilleure, il faut parfois avoir mal.

— Je ne me sentirai pas mieux même si on annule ! lâche-t-elle sèchement.

Sans lui laisser le temps de répliquer, la chanteuse repousse son bras et se lève. Elle rejoint sa sœur Manon dans la pièce à côté, laissant son mari en plan. La discussion est close. Elle n'abdiquera certainement pas, elle est de nature combative, une soldate prête à monter au front. René connaissait déjà sa réponse. Maintenant seul sur le divan avec le parfum de Céline qui embaume la pièce, il secoue la tête. La santé de sa femme est une priorité, mais le spectacle est la priorité de l'imprésario. Porter les deux chapeaux n'est pas toujours facile ; c'est même déchirant lorsqu'il s'agit de faire certains choix.

À l'extérieur, les admirateurs de Céline Dion s'agglutinent autour du chic hôtel. La plupart connaissent ses habitudes et savent qu'elle sortira bientôt pour s'engouffrer aussitôt dans une limousine. Ils auront alors quelques secondes pour l'apercevoir à la volée entre le moment où elle traversera le trottoir jusqu'à la voiture en compagnie d'Eric Burrows, son garde du corps. Certains ont un appareil photo à la main, d'autres un calepin et un stylo. Ils espèrent un sourire, un regard… Au mieux, ils pourront toucher le bout de sa main ou le tissu de sa veste.

La limousine est rangée plus haut sur la rue du Faubourg-Saint-Honoré. Le chauffeur est appuyé contre la tôle noire. Il attend le signal dans l'écouteur bien ancré à son oreille. La foule s'agite chaque fois que la porte de l'hôtel ouvre. Des cris, des murmures. Il y a beaucoup de va-et-vient autour d'un hôtel qui loge de grandes vedettes ! Lorsqu'Eric apparaît enfin, tout le monde sait que Céline suivra dans peu de temps. Ce colosse de trente ans au crâne rasé ne sourit jamais lorsqu'il est en service. Il a même l'air un peu menaçant avec sa mâchoire carrée couverte d'une barbe naissante. Les mains jointes, il parcourt la foule des yeux. Les admirateurs de Céline sont calmes et gentils. Il les qualifie même de respectueux comparés à ceux de Madonna, par exemple. Il y a bien un ou deux énervés qui crient plus fort que les autres, mais il cherche surtout à repérer les paparazzis. Ces derniers feraient n'importe quoi pour capter le cliché qui ferait mal paraître l'artiste. Un regard vague, une mèche de cheveux dans les airs, une bretelle tombante… N'importe quoi pour faire courir une rumeur dans les magazines à potins. Eric est à l'affût et se méfie de tout le monde. On ne sait jamais comment les choses peuvent tourner si une personne mal intentionnée se mêle aux vrais admirateurs.

Lorsque la limousine – entourée de policiers à moto – s'avance pour bloquer la rue, la foule devient de plus en plus bruyante. Le grand moment approche. Manon Dion et son mari, Gilles Hacala, apparaissent dans l'air frais de septembre. Le couple travaille maintenant étroitement avec l'équipe de Céline. Ils gèrent tous les déplacements de l'entourage de la *star*. De la réservation des billets d'avion à celle des chambres d'hôtel en passant par la gestion des bagages, ils voient à tout. D'un pas rapide, ils se dirigent vers une voiture. René et Céline se pointent enfin, précédés par Eric. Six mètres les séparent de la limousine. Malgré son humeur massacrante, la chanteuse s'attarde pour dire quelques mots à l'un, sourire à l'autre. Elle signe des autographes, touche les mains qui s'étirent devant elle. Céline est généreuse de son temps, elle sait qu'Eric est près d'elle pour la protéger, pour repousser ceux qui insistent un peu trop, qui bousculent les autres au passage. D'ailleurs, il la dirige rapidement vers la limousine, refermant la porte derrière elle dans un claquement sourd. Pouf ! Céline disparaît comme dans un rêve. L'instant magique est terminé. Les gens ont attendu tout ce temps pour… ça.

La limousine démarre en direction de la place du Palais-Royal, puis tourne sur la rue de Rivoli. Certains audacieux courent derrière la voiture en criant le nom de Céline. D'autres, carrément fous, essaient de se jeter sur le pare-brise. Peu à peu, la foule se disperse. Jusqu'à la prochaine fois.

René saisit doucement la main de Céline, qui regarde devant elle.

— Je crois qu'il serait temps de penser à une année sabbatique, dit-il d'une voix si posée que Céline le sait sérieux.

Elle pince les lèvres, incapable de parler. Cesser de chanter pendant une année ? Voilà quelques fois qu'ils évoquent l'idée ensemble. Son corps lui parle. Il lui envoie des signes de grande fatigue depuis quelque temps. Le mal au creux de sa poitrine qui ne la lâche pas gruge toute son énergie. Pourtant, songer à s'arrêter lui donne encore plus le vertige.

— Peut-être, souffle-t-elle alors que la limousine s'engage sur l'autoroute sous la pluie.

— Qu'est-ce que tu aimerais faire si on prenait une pause ?

Céline incline la tête sur le côté comme si ça l'aidait à réfléchir. Puis un léger sourire se dessine sur ses lèvres.

— Je voudrais avoir un enfant. Et apprendre l'espagnol.

René demeure immobile sur son siège, sa main figée dans celle, délicate, de sa femme. Il y a un moment déjà qu'il songe à une pause stratégique dans la carrière de Céline. Ils ont atteint tous les sommets, ils ont réalisé tous leurs rêves. Il est temps de savourer leur parcours, de se forger d'autres objectifs. Il a besoin de réfléchir, de planifier la suite des choses.

— J'aimerais voyager aussi ! ajoute Céline avec un enthousiaste nouveau. Je n'ai jamais le temps de visiter les villes où l'on passe comme Venise, Prague, Barcelone ou Kyoto… Je veux passer du temps à la maison à ne rien faire !

René passe un bras derrière ses épaules pour l'attirer contre lui. Déposant un doux baiser sur la tempe de la jeune femme, il murmure :

— Mais tu es incapable de ne rien faire.

Céline lève les yeux au ciel. Si seulement cet homme pouvait avoir tort parfois !

L'arrivée à l'amphithéâtre est toujours un grand moment de fébrilité. Ici, tout le monde s'active sans relâche pour la mettre en valeur, *elle*. Céline descend de la voiture en tapotant l'avant-bras du chauffeur.

— Merci Xavier !

Le jeune homme bafouille « bonne soirée », étonné que la grande vedette se souvienne de son prénom. René lui glisse un pourboire généreux dans la main. En fait, chaque personne que le couple croise sur le chemin jusqu'à la loge de Céline se fait interpeller par son prénom. « Comment va ta mère ? » « Félicitations pour le bébé ! » Des bisous sur les joues. Des « mon amour » et « ma chérie » lancés à la volée. Ici, c'est une famille. La grande famille de Céline.

Elle est chez elle. Même si la salle change de soir en soir, le décor reste le même. Sans prendre le temps de déposer son manteau dans sa loge, Céline se rend directement sur la scène. L'épais rideau noir tout au fond – là où elle trouve un peu de réconfort dans ces jours difficiles – l'appelle. Son mal se fait plus discret, presque silencieux, lorsqu'elle se retrouve sur les planches. La chanteuse s'arrête à la console de Daniel Baron qui lui tend ses écouteurs. D'un signe, elle salue ses six musiciens et ses trois choristes qui sont déjà à l'œuvre.

René se plante devant la console d'où il assistera au test de son. Un pli soucieux traverse son front. Il est incertain, ce qui ne lui ressemble pas. À la dernière seconde, il retient la main de Céline, la forçant à se retourner vers lui.

— Es-tu sûre que tu veux le faire ?

Il s'inquiète pour sa santé, pour sa voix. D'un claquement de doigts, il pourrait rappeler le chauffeur et lui ordonner de la ramener à l'hôtel. René s'en veut de ne pas avoir le courage de l'obliger à se reposer, à prendre le temps qu'il faut pour revenir en force. Il serre les poings si fort que ses bras tremblent un peu. *Foutaise.* Les salles sont louées. Dix-huit spectacles sont prévus en octobre, dix-neuf en novembre. Le train fonce à toute vapeur et le ralentir ne sera pas une chose facile.

— Tu le sais bien, René Angélil, que je ne peux pas m'arrêter !

Souriante, Céline se dirige vers cette scène qui l'attend comme une vieille paire de pantoufles confortables. Ici, chaque affaire a sa place. La rampe sur la droite qu'elle peut emprunter, la tablette fixée juste dessous avec une bouteille d'eau et des mouchoirs, la baie vitrée de son batteur Daniel qu'elle touche pour se repérer à gauche. C'est son univers et ses musiciens, sa deuxième famille. Accolades, bisous sur les joues. Elle les adore. Grâce à eux, le spectacle est solide. De bons musiciens savent mettre un artiste en valeur. Elle a les meilleurs !

Après quelques pas de danse avec Mégo pour rigoler et des vocalises avec sa choriste Élise Duguay, Céline porte le micro à ses lèvres, balayant d'un regard la salle vide. Ces milliers de bancs rouges déserts, ces immenses poutrelles, ces drapeaux qui pendouillent du plafond entouré de structures d'acier… Elle ferme les yeux quelques secondes, laissant l'écho de sa voix lui répondre. Dans quelques heures, lorsque la place sera bondée, la réverbération sera adoucie, son micro captera les applaudissements et les cris.

Pour l'instant, elle ne pousse pas sa voix, il faut se garder de l'énergie pour la longue soirée. Déjà, elle se sent un peu faible sur ses jambes. Elle grimace à la pensée des hauts escarpins qu'elle devra enfiler. Il faut vraiment essayer de manger quelque chose pour prendre des forces, mais la brûlure au creux de son estomac lui coupe le souffle. René réfléchit, bien conscient que Céline n'est pas bien. Ses doigts pianotent sur la console de son. Puisque annuler une série de spectacles serait un vrai bordel, il y a sans doute une façon d'alléger le programme de la soirée. S'il veut que Céline passe à travers le reste de la tournée, c'est essentiel d'agir.

Après quelques chansons, l'homme s'avance vers la scène d'un pas posé. Aussitôt, Céline le repère et remarque son visage sévère, celui qu'il arbore lorsqu'il a pris une décision importante. Irrévocable. Elle se tait, les musiciens cessent un à un de jouer, ce qui donne l'effet d'un vieux disque qui déraille. Soudain, c'est trop silencieux et la chanteuse a l'impression que la douleur à son estomac vient de redoubler. Tout le monde sait que les mots qui sortiront de la bouche de René Angélil seront indiscutables.

— On va retirer deux chansons au spectacle, lance-t-il. *River Deep*, *Mountain High* et *Quand on n'a que l'amour* sont exigeantes, on va les mettre de côté pour un certain temps.

Céline se contente de jeter un regard à Mégo. C'est noté.

Avec le poids du monde sur ses épaules, elle dépose son micro sur le pied, puis tourne les talons. La jeune femme se dirige vers sa loge la tête haute, ses bottillons claquant sur le sol luisant. Les gens s'écartent un à un sur son passage, la reine des lieux est contrariée. En effet, elle est déçue d'elle-même. Son mauvais état va jusqu'à perturber la routine du spectacle. Céline ne voulait pas en arriver là. Elle qui travaille toujours avec acharnement, à contre-courant, peu importe la tempête qui souffle. Pourquoi René ne l'a-t-il pas laissée faire son travail ? Ce n'est pas la première fois qu'elle doit chanter avec la douleur. Elle en a vu d'autres ! Un mal de tête de fatigue, des crampes mensuelles au ventre, des talons trop hauts qui lui écorchent le bout des orteils… Mais Céline ne s'est pas obstinée cette fois. Ça n'aurait rien donné, René était intraitable sur la question. Elle l'a lu dans son regard.

On a retiré les bouquets de fleurs de sa loge, car elles y consomment trop d'oxygène. On a branché un humidificateur et des radiateurs. C'est donc une chaleur réconfortante qui accueille Céline lorsqu'elle franchit la porte au centre d'un long couloir. Ses costumes de scène pendent sur des cintres, son maquillage est étalé sur la table devant l'immense miroir. La jeune femme contourne Suzanne et sa sœur Manon pour s'installer sur la chaise en cuir sous le reflet des lumières qui entourent le miroir. Elle adore se maquiller elle-même avant de monter sur la scène. C'est comme si, subtilement, cette étape importante lui permettait de se glisser dans la peau de cette chanteuse populaire. Crème, poudres, pinceaux, rouge à lèvres… Céline se concentre sur sa tâche, tentant de faire le vide et d'oublier la brûlure dans sa poitrine. Comme les athlètes, elle doit y aller coûte que coûte, avec ou sans douleur. Lorsqu'on travaille si fort, on ne peut pas reculer sur la ligne de départ sous prétexte d'un malaise. On se lance, on fait de notre mieux et on espère marquer des points. Tamponnant ses joues de fond de teint, elle commence ses respirations, puis des exercices pour réchauffer sa voix. On lui apporte de l'eau chaude avec du miel…

Eric fait le guet devant la porte de la loge. Il attend que l'artiste soit prête avant de laisser entrer les gagnants d'un concours. Quelques chanceux rencontreront Céline Dion avant le spectacle. Manon lui donne le signal lorsque la chanteuse est maquillée, coiffée et qu'elle a enfilé son costume de scène. Céline sait alors que son moment de solitude est terminé et que, dans un instant, sa loge deviendra un cirque. Il y aura les gagnants du concours, puis cette fillette atteinte d'une maladie rare qui rêve de la rencontrer. Il y aura sans doute aussi quelques vedettes qui viendront la saluer au passage, heureuses d'assister à la représentation.

Céline s'invente un sourire, elle prend des photos… La chanteuse soutire une larme à tout le monde avec ses paroles encourageantes et chaleureuses pour la petite fille malade. Elle rigole avec Gérard Depardieu en échangeant des répliques de *Cyrano*. La routine, quoi. C'est René qui interrompt la mascarade. Il est presque vingt heures cinquante-cinq. C'est l'heure de se lancer seule dans la mêlée. Et on ne fait pas attendre la foule.

— Salut, mon beau Gérard ! Fais attention à toi, lance-t-elle à Depardieu en lui soufflant un baiser.

D'un geste théâtral, ce dernier quitte la pièce avec toute l'exubérance qu'on lui connaît. C'est à ce moment que Céline croise le regard soucieux de René et s'empresse de s'approcher de lui.

— Ne fais pas cette tête-là, tout se passera bien.

L'homme attrape sa main pour entremêler ses doigts aux siens. Il n'ajoute rien. C'est évident que son mari se fait du mauvais sang à cause de ses problèmes de santé qui traînent depuis des semaines. Il n'est pas seulement son conjoint, il est aussi son imprésario. Celui qui attend le meilleur d'elle-même, peu importe les circonstances. Elle ne le décevra pas. Comme à son habitude. René se penche vers elle alors qu'elle baisse les yeux. D'un frôlement d'abord, puis avec plus de chaleur, il l'embrasse, espérant lui donner la force nécessaire pour passer à travers la soirée. Céline se détache de lui et recule de quelques pas en formant avec son pouce et son index les lettres «L» et «V». René lui retourne le même signe.

— Je t'aime.

Céline boit une dernière gorgée d'eau salée pendant qu'Eric piétine à ses côtés. La chanteuse suit à travers les couloirs le bruit de la foule qui l'acclame impatiemment, inspirant un bon coup pour reprendre son aplomb. Elle n'a pas souvent le trac, mais ce soir, elle est vulnérable. Elle entrera dans l'arène, seule au combat. Elle ne peut compter sur sa force et son énergie habituelles. Céline s'oriente avec les flèches blanches collées sur le plancher lui indiquant le chemin. Elle avance à la lueur des écrans d'ordinateur… Toujours dans l'ombre, la chanteuse se tourne vers Manon. Cette dernière lui tend un biscuit soda et un peu d'eau tiède. Le rituel avant d'entrer en scène pour nettoyer sa gorge.

— On est dans quelle ville? demande Céline la bouche pleine.

Elle est presque certaine de le savoir, mais parfois, un instant de panique la submerge juste avant de monter sur scène. Et si elle se trompait en souhaitant bonsoir aux gens?

— Paris, ma chérie, la rassure sa sœur.

— C'est ça…

Pour rigoler, Céline souffle quelques miettes de biscuit devant elle. L'art de gâter son rouge à lèvres. Tant pis, rire la détend. Elle s'essuie la bouche, Manon lui tend à nouveau son tube rouge framboise. La silhouette de René se découpe dans la pénombre. Elle est toujours soulagée de le retrouver en coulisses. Elle s'approche, il lui tend sa main gauche, paume tournée vers le haut. Céline la saisit de sa main droite. Mais René est inattentif, son geste manque de conviction et la jeune femme s'agite.

— Hé ! Regarde-moi.

Un léger sourire apparaît enfin sur le visage de René. Sa femme ne tolère pas qu'il soit distrait lors de cette étape importante. Il replace donc sa main que Céline emprisonne avec soin entre les siennes. Ce moment est sacré avant qu'elle monte sur la scène. Une superstition parmi tant d'autres… La chanteuse se tourne ensuite vers chacun de ses musiciens et ses choristes en levant les pouces. À tour de rôle, ils font de même.

Debout derrière le rideau noir, Céline ferme les yeux quelques secondes. Elle écoute la foule. Au moins, ici, les gens au parterre sont debout. Rien de mieux pour l'ambiance d'un spectacle. Lorsqu'ils sont confortablement assis dans leur siège, les gens sont passifs et elle doit redoubler d'efforts pour enflammer la place, pour les faire lever. Chaque foule a son propre son, selon la ville où elle se trouve. Certaines sont euphoriques, d'autres calmes et réservées comme au Japon. Ce soir, elle est particulièrement impatiente.

Le régisseur donne enfin le signal, la salle plonge dans le noir. Céline se jette dans la cage aux lions. Le public s'anime aux premières notes de *The Power of Love*. Une chanson maintenant incontournable. On sait déjà qu'elle fera partie du spectacle très longtemps. D'abord dans la pénombre, la chanteuse voit la lumière se braquer sur elle pendant le refrain, son visage transperçant les écrans géants. Céline sait que René est quelque part dans la salle. Très haut dans les gradins ou dans une loge. Parfois, il se faufile au parterre et s'installe parmi la foule tel un pilier de béton inébranlable. Lorsqu'elle chantera *Pour que tu m'aimes encore*, elle le cherchera des yeux. C'est rassurant de le savoir là, jamais loin. Encore plus ce soir où elle a du mal à garder le « focus », à trouver la flamme en elle. René regarde toujours le spectacle comme si c'était la première fois. Il mémorise les images, la réaction du public. Il prendra ensuite des heures à lui décrire la soirée comme on raconte un film à quelqu'un.

— Bonsoir Paris, ça va bien ?

Sa question soulève une multitude de cris. Les planches sous les pieds de Céline vibrent, lui donnant un regain d'énergie. Devant la scène, Eric fait face à la salle pleine. D'un simple regard, il ramène à l'ordre une jeune fille qui essaie de dépasser la ligne de sécurité. Cet homme, si doux et si gentil, a des allures de motard. Avoir un air bête fait partie de son travail. Tout le contraire de Céline.

— Ce n'est pas seulement mon *show*, ajoute Céline, c'est le vôtre aussi !

Pendant près de deux heures, la chanteuse se bat, *round* après *round* comme un chat sauvage qui ne veut pas abandonner. Ses jambes sont un peu molles, son estomac brûle, mais tant pis. Elle peut le faire. Pour ceux qui se sont déplacés pour l'entendre. Pour René. Elle se penche pour ramasser un toutou, des fleurs, des lettres… Ces bouts de papier où les gens lui racontent leurs rêves. Elle les lira tous avec attention. Céline termine la chanson *Seduces Me* assise sur le bord de la scène, les pieds croisés dans le vide, si près du vrai monde. Le public s'assagit, comme si la chanteuse récitait une prière.

L'ambiance feutrée est alors brisée par les premiers accords de *All by Myself*. La chanson la plus exigeante que Céline fera ce soir. Lentement, elle remonte l'allée centrale de la scène. Cette chanson touche toujours beaucoup les gens. Debout, les mains jointes au niveau de leur poitrine, ils l'écoutent comme si une voix venait du ciel. Les paroles sont percutantes. L'interprétation que Céline en fait aussi. Au dernier refrain, elle poussera la plus haute note de la soirée. La foule est silencieuse et patiente. Elle attend LE moment. Cette note de ce drame déchirant que leur chanteuse préférée tiendra pendant plusieurs secondes jusqu'à l'ovation. Elle se laisse tomber sur les genoux, recevant un tonnerre d'applaudissements.

— N'enchaîne pas tout de suite, Mégo. J'ai envie de leur parler un peu.

Céline aime chanter, mais elle adore aussi parler. Après avoir fait vibrer son public en grande chanteuse qu'elle est, elle enfile son statut de jeune femme mariée et raconte toutes sortes d'anecdotes sur sa vie, son magasinage, sa famille. Elle fait preuve d'une telle simplicité que les gens dans la salle arrivent à croire qu'elle est une des leurs. Qu'elle passe l'aspirateur en rentrant du boulot, qu'elle fait la vaisselle… Céline les fait beaucoup rire. Elle fait aussi sourire René dans l'ombre. Puis elle leur parle du Québec, de ses racines. La foule boit ses paroles. Ce petit monologue anime les spectateurs de sorte qu'ils sont déjà survoltés lorsqu'elle enchaîne avec la chanson *J'irai où tu iras*. Elle court d'un bout à l'autre de la scène, transportée par l'énergie de ses admirateurs qui chantent avec elle.

Elle donne tout ce qu'elle a.

Tellement, qu'elle anticipe la prochaine chanson, *Where Does My Heart Beat Now.* Une chanson qu'elle a jadis aimée passionnément, mais qui pourtant, ce soir, lui apparaît comme une corvée infernale. Voilà sept ans qu'elle la chante soir après soir. Ce succès que les gens réclament, que les gens attendent. Le défi est d'y mettre du cœur, de vivre chaque mot comme si c'était la première fois. Oui, là, tout de suite, elle en a marre. Puiser à l'intérieur d'elle-même afin de faire vivre cette chanson à sa juste valeur lui demande un effort. Mais il le faut. Le public ne mérite rien de moins qu'une performance sentie.

Mégo fait les premiers accords. Le temps de deux secondes, Céline déteste cette maudite chanson qu'elle a déjà interprétée plus de trois cents fois. Elle inspire profondément en songeant aux paroles. *Où mon cœur bat maintenant? Pour qui? Pour quoi?* Céline sourit. Cette chanson dévoile exactement ce qu'elle vit. Son cœur bat pour faire vibrer son public. C'est son travail, ce qui lui permet de respirer. Cette simple prise de conscience lui donne une nouvelle vision de la chanson, elle vit le moment comme jamais. Elle retombe amoureuse de la mélodie. Du moins pour ce soir. L'ovation monstre qu'elle reçoit à la toute fin lui assure qu'elle a gagné.

Céline emprunte la rampe sur la droite, puis sort de scène. Elle attrape une bouteille d'eau et reste tout près. La *star* écoute le son de la foule enthousiaste une dernière fois. Le public réclame un rappel. Bien sûr, une dernière chanson est prévue pour les satisfaire, une dernière bouchée de chocolat qu'elle leur offrira avant de disparaître. Elle attend qu'ils crient son nom, qu'ils s'impatientent. *Céline, Céline, Céline…* Les murs tremblent lorsqu'elle réapparaît dans la lumière. *Because You Loved Me* viendra clore le spectacle. Une chanson de circonstance suite à laquelle l'éclairagiste allume les lumières de la salle de sorte qu'elle puisse voir les milliers de visages lui hurler en retour qu'ils l'aiment. Survoltée par l'énergie du public, Céline frappe sa poitrine puis lève son poing bien haut.

— Merci, bonsoir !

Un dernier signe de la main, un baiser soufflé avec les mains… Ce moment où elle doit dire au revoir. Cette fraction de seconde où elle resterait ici toute la nuit à s'imprégner d'amour. Mais le spectacle est terminé. Jusqu'à la prochaine fois. Pendant que les applaudissements fusent de toutes parts, Céline s'élance en coulisses. Elle donne son micro à un technicien, elle enlève ses écouteurs. Quelqu'un lui jette une mante sur le dos, puis elle court jusqu'à la limousine qui l'attend. La voiture fonce aussitôt qu'on referme la porte derrière elle. René y est déjà. Il regarde fièrement sa femme.

— Tout un *show* !

Céline se laisse aller contre le siège de cuir, la tête et le cœur encore sur la scène avec ces milliers d'admirateurs. Le corps transporté par l'adrénaline de ces deux dernières heures effrénées, elle chantonne pendant tout le trajet, sa main dans celle de son homme.

Elle l'a fait. Elle a réussi.

C'était tout un *show*.

35

Dans la nuit du 21 octobre, le Lear Jet fonce entre Amsterdam et Hambourg. Céline incline la tête, les mains posées sur ses genoux. À chaque décollage, elle fait une prière silencieuse qu'elle seule connaît dans le but ultime de les protéger, elle et son équipe. Une *autre* superstition. Si elle ne le fait pas, elle craint que le malheur ne s'abatte sur eux. Installés autour d'elle, Eric, Manon et Suzanne se taisent, presque heureux d'assister à cette bénédiction. Ils reprennent leur conversation seulement lorsque Céline tourne son regard vers le hublot. Comme d'habitude. Ils prennent l'avion comme certains montent dans un taxi, c'est la routine pour eux.

Céline profite souvent de ce moment pour se plonger dans le silence et ainsi reposer sa voix. Elle passe le temps en feuilletant des magazines de décoration. René et elle ont acheté un grand terrain le long d'un canal qui donne sur la mer à Jupiter, au nord de Palm Beach, pour y faire construire une maison. Un immense terrain désert, bordé de deux châteaux avec des yachts accostés devant. Céline s'est lancée cœur et âme dans ce projet. Exactement comme elle l'avait fait pour sa robe de mariée. Elle cherche maintenant sa maison de rêve dans les magazines, les boutiques d'antiquaires, les hôtels… Elle fait des plans, prend des notes et découpe des photos de ce qui lui plaît. Le choix des meubles, des rideaux, la piscine… Elle a le nez partout.

Elle a le champ libre et, surtout, un budget illimité. Depuis peu, le célèbre couple a basculé du côté des gens riches. Très riches. Trop ? Peut-être.

Céline a donc tout à portée de main. Sa maison de rêve, elle la bâtira. Parfois, lorsqu'elle contemple un tableau à plusieurs milliers de dollars, la jeune femme s'interroge à savoir si elle ne devient pas un peu capricieuse. Elle l'avoue, elle aime les belles choses. Les chères. L'argent s'est imposé dans sa vie. Peut-on réussir dans l'industrie du spectacle sans faire de l'argent ? C'est le prix à payer. Ou à gagner. Sa richesse lui permet de produire des albums de qualité, de donner des spectacles à grand déploiement. Ce qui est tout un privilège. Pour le reste, la chanteuse espère ne jamais perdre ses valeurs, ni oublier d'où elle vient.

Cette maison du bonheur, elle la fera donc construire avec de grands moyens. Elle aime le style Louis XV, un décor romantique, enveloppant. Avec beaucoup de blanc. Les téléviseurs seront dissimulés dans des armoires ou derrière des tableaux, il n'y aura pas de chaudrons ni d'ustensiles qui pendouilleront partout. René n'est pas tellement d'accord avec son projet de nouvelle maison. Celle de Palm Beach lui convient parfaitement. Et puis, il y a ce terrain de golf, le Mirage, dans les Basses-Laurentides, qu'il a acheté. Il y a beaucoup de travaux à faire là-bas aussi, alors René ne s'implique pas vraiment dans le développement de leur nouvelle maison.

Tournant lentement les pages de son magazine, Céline lit chaque ligne. Elle veut savoir d'où provient chaque objet, qui est le peintre de cette toile… Puis soudain, elle s'arrête. Ses doigts lâchent le magazine, qui s'écrase à ses pieds. Elle pivote brusquement la tête vers Suzanne et Manon qui parlent de cuisine. Surexcitée, elle pointe sa poitrine et tente de leur faire comprendre que le point douloureux qui perturbe sa vie depuis des semaines est parti. Elle ne le sent plus ! Toujours silencieuse, elle fronce les sourcils, cherchant au fond d'elle-même. Non, il est bel et bien parti !

Depuis combien de temps ?

— Oublie ça, ma chérie, c'est du passé maintenant ! s'exclame Manon.

Céline réalise qu'il y a un moment déjà qu'elle avait oublié son mal. Elle dort mieux, mange normalement et chante bien. Elle a presque envie de pleurer tellement elle est soulagée.

Enfin, elle est guérie.

Céline a hâte d'annoncer la nouvelle à René. Il est rentré à Montréal, car il doit recevoir le trophée hommage au gala de l'ADISQ pour l'ensemble de sa carrière. Ce soir-là, seul dans sa voiture, René entend la chanson *Qui ?* de Charles Aznavour. Il monte le son en s'engageant sur l'autoroute des Laurentides. Cette chanson lui va droit au cœur. Elle raconte l'histoire d'un homme amoureux d'une femme plus jeune. Depuis sa crise cardiaque, René se sait en danger. Il mange moins, dort plus, va marcher… parfois. L'exercice dans la vie de René Angélil se résume au golf. Souvent, Céline lui sourit en disant : « Je t'aime pour la vie ! » Ce soir, une main sur le volant de cuir, l'autre sur le bras de vitesse, il a le cœur en miettes. Lui aussi, il aimerait bien aimer

Céline toute SA vie à elle. Hélas, il sait qu'un jour il ne sera plus là, qu'elle aura un grand bout de chemin à faire sans lui. Sa vie à elle est encore jeune.

Sa femme est forte, elle s'en sortira. Elle a assez d'argent pour que son avenir soit assuré. Ils sont millionnaires plusieurs fois et l'argent entre à la vitesse grand V. Mais Céline est une artiste d'un naturel heureux. Elle n'est pas de ceux qui doivent vivre drame après drame pour interpréter une chanson. Certains disent que ça prend du vécu pour être une bonne chanteuse, plusieurs la critiquent en soufflant au passage que dans un tel conte de fées, il est impossible de pouvoir livrer toutes les émotions. Peut-être. C'est sans doute pour cette raison que Céline préfère les chansons d'amour. Qu'adviendrait-il de sa voix dans le malheur ? René fera tout pour préparer son départ, lui monter une équipe solide afin qu'elle puisse continuer à chanter, peu importe ce que l'avenir lui réserve.

L'homme soupire, se passant une main sur le visage pour chasser ses idées noires. C'est ce foutu trophée hommage qu'il recevra dans quelques jours qui lui met les nerfs en boule. Pendant des années, il a dicté à Céline quoi dire lors de chaque occasion. Chaque mot qui sortait de sa bouche, il le lui soufflait. Pourquoi est-il si nerveux lorsqu'il est question de faire un discours de remerciement ? Ce n'est pas comme s'il manquait d'expérience ! Il s'adresse à un public régulièrement. D'ailleurs, il le fait toujours avec plaisir. Il est calme, sûr de lui. Il aime expliquer et il le fait bien, avec des mots justes. Partout où il passe, on raconte qu'il aurait pu être un excellent politicien. Ironie du sort, c'est Céline qui l'aidera à composer son discours pour le trophée hommage qui lui sera remis le 3 novembre prochain.

36

Le temps froid s'abat sur le Québec lorsque l'avion de Céline se pose à Dorval à la mi-décembre. Elle est excitée de rentrer à la maison ! Elle était encore malade lorsqu'elle était partie en septembre… Dans la voiture, elle demande au chauffeur de s'arrêter devant un dépanneur. Ce dernier lui lance un regard interrogateur dans le rétroviseur.

— Ici, vous êtes certaine ?

— Oui, certaine ! réplique-t-elle avec la voix d'une petite fille.

Une minuscule enseigne au néon indiquant « Ouvert » clignote en rouge dans la vitrine. Il y a à peine de l'espace pour garer la limousine dans la rue devant la bâtisse. Céline pousse René dehors.

— Va me chercher du pain blanc et du similipoulet !

Une main sur la poignée, René sourcille.

— Ça ne goûte rien, du similipoulet…

— Exactement ! Mais ça me rappelle mon enfance. Allez ! Et n'oublie pas le pain au lait, celui qui colle aux dents et au palais.

René rit, n'ayant d'autre choix que de s'exécuter. En quelques minutes, il revient les bras pleins. Ils ont assez de pain et de charcuterie pour nourrir une armée.

— On est seulement tous les deux, mon amour !

L'homme hausse les épaules, impatient de se retrouver dans leur maison de Rosemère. Depuis un an, ils ont passé plus de temps à l'hôtel Bristol de Paris et au Bel- Air de Los Angeles que chez eux. René avait profité de son arrêt au dépanneur pour se procurer les journaux montréalais. Il n'aurait pas dû. Pendant que Céline rêve à ses sandwichs au similipoulet, René lit attentivement les articles au sujet des derniers Billboard Awards. La plupart racontent que Céline a mordu la poussière en repartant les mains vides.

— Ils n'ont rien compris, peste-t-il pour lui-même.

— Qu'auraient-ils pu écrire d'autre ? défend Céline. Ils ont raison ! Je n'ai rien gagné.

René referme le journal d'un coup sec, retournant une bourrasque à Céline dans son geste brusque.

— Tu as dépassé le stade de mordre la poussière ! C'est déjà un exploit d'être en nomination. Voilà ce qu'ils auraient pu écrire.

— Ouais, c'est ça. Tu aurais dû être journaliste, toi !

René se renfrogne dans son siège, bien conscient que Céline n'a rien à faire de ce qu'on dit à son sujet. Surtout ce soir. C'est le début de six jours de vacances avant son spectacle au Centre Molson. Elle a la tête ailleurs. Elle veut dormir dans son lit et bouffer des sandwichs. Un repas au lit, tiens. À part ses parents et les enfants de René, elle ne veut voir personne. Ni chauffeur, ni journaliste, ni cuisinier, ni femme de ménage.

Personne.

Mais René est incapable de s'arrêter. Dès le lendemain, il passe de longues heures au téléphone avec ses associés du Mirage, puis avec l'architecte des bureaux qu'il fait construire à Laval. Céline comprend rapidement que ces six jours de pause tant rêvés ne seront pas des vacances. Il y a son spectacle au Centre des congrès au profit de l'Association québécoise de la fibrose kystique à préparer. Et une conférence de presse… Qui avait parlé de vacances ?

Comme toujours, le passage de la chanteuse à Montréal cause un véritable chaos. Céline est fébrile avant de monter sur la scène du Centre Molson, et la conférence de presse en début de soirée prend une tournure cacophonique. La pièce est bondée, les flashs attaquent de partout et le mélange des parfums lui monte au nez. Avec un sourire figé, la chanteuse s'assoit sur la chaise droite que quelqu'un lui a précédemment tirée. Peut-être René, elle ne sait pas. Ce dernier s'installe à ses côtés. Un verre d'eau est posé sur la table près d'elle. En quelques mots habiles, Céline résume à quel point c'est spécial de revenir en ville.

— Montréal est l'un des seuls endroits sur la terre qui me donne le trac avant un spectacle. Chaque fois, ce sont des retrouvailles avec mon premier public. C'est magique !

Les journalistes les bombardent de questions. Certaines d'entre elles, plutôt inappropriées, font sourciller le célèbre couple :

— Bonsoir Céline, lui lance une femme. Vous avez une grande différence d'âge avec votre mari, René. Croyez-vous que vous cherchez votre père en lui ?

Céline sent René se crisper sur sa chaise. Elle voit son mari regarder la carte de presse accrochée au cou de la journaliste. Cette dernière recevra sans doute un appel ou elle se verra refuser l'accès à une prochaine conférence de presse. René déteste ce genre de journalisme. Sans attendre, Céline réplique un peu sèchement :

— J'ai déjà un père. Il s'appelle Adhémar Dion. Pourquoi en voudrais-je un autre ? René, c'est l'amour de ma vie.

Des murmures traversent le groupe de journalistes devant elle. On dévisage même la femme pour sa question malvenue. Céline reste toujours polie. Trop. René est fier de sa réponse. D'ailleurs, il n'aurait pas fallu que *lui* réponde ! Il aurait pu être cinglant. René répète souvent à Céline qu'elle a le droit d'exprimer son opinion. Si elle aime, elle ne doit pas se gêner pour le mentionner. En revanche, si elle est contrariée, elle peut le faire savoir. C'est exactement ce que la chanteuse vient de faire. Il faut dire ce qu'elle pense, non ce que les journalistes veulent entendre !

Céline oublie rapidement l'incident lorsqu'une adolescente au visage d'ange prend le micro.

— Moi, Céline, je veux devenir la plus grande chanteuse au monde. Seras-tu fâchée si je deviens plus populaire que toi ?

Touchée par ce discours si innocent, Céline porte une main sur son cœur.

— Oh ! Tu sais, dans ce métier, il ne faut jamais se comparer aux autres. Chaque artiste est unique et a sa place dans le milieu. La compétition, elle est avec nous-mêmes.

Céline a toujours pensé que la plus grande chanteuse n'était pas nécessairement celle qui vend le plus de disques. Savoir interpréter un texte et toucher un public ne se mesurent pas en position dans un palmarès ou en trophées sur une tablette. À son avis, Barbra Streisand restera toujours la meilleure, même si elle ne fait presque plus de spectacles et vend beaucoup moins de disques maintenant. D'ailleurs, René se fait un devoir de ne jamais comparer son artiste, ni de dire du mal d'une autre personne. Chaque chanteur, chaque vedette gère sa carrière de la meilleure façon possible. L'imprésario analyse plutôt pourquoi un s'est trompé ou réfléchit sur les raisons de la réussite d'un autre.

Les questions, toujours les mêmes de conférence de presse en conférence de presse – comme un vieux disque qui joue en boucle – se succèdent pendant… trop longtemps. En fait, les gens défilent au micro jusqu'à ce que René prenne la parole pour faire une annonce importante :

— Céline part en tournée en Asie à la fin janvier. Elle s'arrêtera dans dix villes du Japon.

C'est une grande nouvelle puisque ce sera une première pour elle. Céline, qui n'était pas au courant de ce récent développement, fronce les sourcils. On dirait bien que l'année sabbatique qui devait commencer le 1er janvier est partie remise. Encore une fois. Devant les journalistes et les caméras, la chanteuse se permet de l'agacer un peu.

— Tu n'aurais pas quelque chose à me dire, mon amour ?

Céline n'est pas vraiment fâchée, elle joue la comédie. Elle se doutait depuis un moment que quelque chose se tramait, que cette sabbatique dont ils parlent depuis maintenant un an n'arriverait pas de sitôt. Au fond d'elle-même, elle est très heureuse de ce nouveau défi. Conquérir l'Asie sera fantastique ! La chanteuse ne sait même plus si elle a envie d'une année de pause. Sa voix est au sommet de son art, elle se sent en pleine forme et, surtout, elle ne peut se passer de ce stress si grisant. Au fond, René la connaît tellement qu'il avait deviné ce qu'elle voulait réellement. Il y a longtemps qu'elle souhaite chanter en Asie, son mari le savait. Elle rêve d'aller au Brunei ! Elle imagine déjà les paysages magnifiques et les châteaux de princesse. Elle est impatiente de se retrouver dans un décor complètement étranger.

Beaucoup de gens se sont massés dans sa loge avant le spectacle. Parents, amis, connaissances. Montréal reste Montréal. Sa maison. Ici, il y a toujours un nouveau trophée qui lui tombe dans les mains, des cadeaux, des photos… Céline se sent comme une poupée qu'on tire à gauche et à droite. Plus que quelques minutes avant d'entrer en scène, elle aimerait…, elle aimerait… Oui, être seule un moment. Comme toujours, René n'a qu'à apparaître dans le cadre de la porte pour que les personnes présentes s'éclipsent une à une. D'un signe de tête, les hommes le saluent poliment, les femmes lui lancent un sourire en coin, impressionnées par sa prestance.

Mais René n'a que Céline dans sa mire.

— Tu te sens prête ? Le spectacle est un peu compliqué, ce soir…

La chanteuse boit une gorgée d'eau salée.

— Je sais ce que j'ai à faire.

En fait, non, elle ne sait pas comment se déroulera la soirée. Il y a plusieurs contraintes. Elle doit faire une apparition en direct à la télévision à vingt et une heure cinquante avec la chanson *It's All Coming Back to Me Now*. C'est la quinzième chanson du spectacle, il faudra être précis. Plusieurs athlètes canadiens la rejoindront aussi sur la scène alors qu'elle interprétera *The Power of The Dream*, la chanson thème des Jeux olympiques d'Atlanta. Tous ces petits détails apportent une pression supplémentaire au déroulement du spectacle.

Les caméramans qui suivent Céline tout au long de la soirée afin de retransmettre les images sur les écrans géants ont toujours plus de boulot lors des prestations à Montréal. Plus une tournée avance, plus le spectacle est rodé et les mouvements de la chanteuse finissent par se ressembler soir après soir. Mais pas à Montréal. Ici, Céline sort de sa zone de confort, comme si elle voulait créer un nouveau spectacle pour son public chouchou. Elle change ses pas, ne fait pas les mêmes gestes. Elle cherche parfois ses mots entre les chansons. Ce soir, elle leur parle de ses sandwichs au similipoulet… Techniquement, il y a des erreurs, mais il existe une telle intimité entre elle et les gens dans la salle que tout ça est presque mignon. Comme une vieille relation de couple où l'on admire l'autre pour ce qu'il est réellement. Ici, plus que nulle part dans le monde, Céline se permet d'être elle-même.

Pendant son interprétation de *Love Can Move Mountains*, une femme étire le bras et dépose un sac cadeau sur la scène. Il est minuscule, donc fort intrigant. Aussitôt la chanson terminée, Céline se penche pour attraper les cordes du bout des doigts.

— Des biscuits Félix & Norton ! s'exclame-t-elle en fouillant à l'intérieur du sac.

La chanteuse s'assoit sur le bord de la scène pour déguster un biscuit qui lui rappelle tant de souvenirs. Planté au sol, Eric lui lance un regard sévère. Il n'aime pas qu'elle ouvre innocemment les cadeaux comme elle vient de le faire. On ne sait jamais ce qu'il peut y avoir à l'intérieur ! La bouche pleine, Céline hausse les épaules. *Désolée.* Elle se sent toujours si en confiance sur une scène qu'elle a l'impression que rien ne peut lui arriver. Et puis le biscuit est tellement bon ! Un goût si familier…

— Je t'en garde un, mon amour !

René, assis au parterre avec sa fille Anne-Marie s'avance en souriant alors que Céline s'étale de tout son long sur la scène pour être à sa hauteur. Elle lui tend le biscuit.

— Je te donne la permission de le manger ; on a quelque chose à fêter, ce soir ! Pas de régime !

En effet, nous sommes le 17 décembre 1996. C'est leur deuxième anniversaire de mariage. Céline a déjà reçu en cadeau un cœur en diamant cinq carats de la maison de disques Sony !

René aussi lui réserve une surprise plus tard en soirée. Il a loué la chambre de l'Hôtel Quatre Saisons – maintenant appelé Westin – où ils ont passé la nuit de leur mariage. De plus, il a fait préparer, à la réception, le même menu, qu'ils mangeront seuls tous les deux. Ce sera un rare moment d'intimité pour le couple.

37

À Tokyo, sur le quai de la gare, il y a une énorme grenouille en peluche au milieu d'un paquet de valises. Des petites, des grosses. Avec des roulettes, pas de roulettes. Céline et son entourage ne voyagent pas léger. Oh ! non ! Même si la plus grande partie des bagages de son équipe est partie la veille, il y a encore beaucoup de choses à transporter. Ils s'apprêtent à monter à bord du *Shinkansen*, le train pour Nagoya. Les gens autour sont curieux, conscients qu'il y a sur le quai quelqu'un d'important, mais Eric veille au grain. Il ne fait pas si froid, pour un 18 février… Environ quinze degrés sous un ciel couvert de nuages.

Céline, qui s'ennuie déjà de René – obligé de rester un moment encore à Las Vegas –, songe à son magasinage d'hier avec sa sœur Manon. Des souliers, des foulards, des vêtements de la marque *Céline*. Évidemment. Dans un épisode de silence complet depuis deux jours, les pensées de la chanteuse voguent çà et là vers le voyage qui l'attend en Asie, puis sur son après-midi dans les studios de Fuji TV. Elle a rencontré monsieur Seijiro Udo, le producteur de sa tournée au Japon. Avant de partir, il lui a remis un cadeau qu'elle n'a pas eu le temps de regarder. Elle se demande ce que c'est…

Elle a toujours ce foutu cadeau en tête lorsqu'elle s'installe sur une banquette du train, qu'on dit être l'un des plus rapides sur la planète. Pendant que celui-ci fend l'air entre les montagnes à une vitesse de deux cents kilomètres à l'heure, Céline étale sur le siège à côté d'elle des photos de sa famille. Il y en a de toutes sortes. Des vieilles, des plus récentes. La plupart sont touchantes, d'autres sont comiques. Ses frères et sœurs, ses parents, ses neveux et nièces… En fait, elle veut fabriquer un montage photo pour la chambre de sa mère dans la maison de Palm Beach. Un projet parfait pour ses jours de silence. Parfois, elle se tourne vers Manon et lui mime quelque chose en lui pointant un portrait. Avec le temps, Céline est devenue habile pour se faire comprendre par de simples gestes. Elle arrive même à être drôle.

Une fois à l'hôtel Hilton de Nagoya, Céline s'empresse de déballer le cadeau que monsieur Udo lui a remis. Toujours silencieuse, elle fronce les sourcils. Qu'est-ce que c'est ? On dirait un très grand manteau. Eric et Gilles, le mari de Manon, poussent quelques meubles afin de pouvoir voir l'ensemble du vêtement. C'est un *uchikake*, un manteau que les nobles gens passaient par-dessus leur kimono. Céline l'enfile, émerveillée par les couleurs vives du tissu. C'est exactement le genre de chose qu'elle aime de l'Asie : tout pour la dépayser ! Elle portera le vêtement pendant toute la durée de sa tournée.

Pendant ce temps, René prépare avec quelques complices une tournée des grands stades d'Europe. Ce qui signifie de prolonger – encore une fois – la tournée *Falling Into You* jusqu'en juin. C'est évident qu'il n'y aura pas d'année sabbatique au programme. Qui croyait à cette histoire, de toute façon ? Céline essayait de se convaincre que ce moment approchait, comme un rêve qu'on fait au petit matin et qui disparaît au réveil.

Un jour, peut-être. Pas maintenant.

38

Céline vit un mois de mars complètement effréné. Les pires semaines depuis longtemps ! Ainsi, la chanteuse n'a dormi qu'une heure lorsqu'elle se pointe dans les studios de NBC vers onze heures du matin pour participer à l'enregistrement de l'émission d'Oprah Winfrey. La veille, elle avait chanté dans les studios de Disney World pour une émission au profit de l'Association québécoise de la fibrose kystique. Un hélicoptère l'avait amenée à l'aéroport pour un vol à bord du jet de Sony vers Chicago. La voici donc, malgré cette nuit presque blanche, prête pour une longue journée de tournage chez Oprah. Elle n'aurait pas dû revêtir des vêtements de couleur pâle, elle a l'air blême et malade. Le maquilleur devra être créatif pour camoufler ses cernes !

Mais parfois, la fatigue apporte son lot d'adrénaline et Céline parle beaucoup. Elle fait même rire la foule à plusieurs reprises en racontant sa façon de magasiner les souliers : lorsqu'elle aime, elle achète, peu importe la grandeur ! Elle les veut et tant pis pour les orteils écorchés. Même chose pour les vêtements. Au pire, une couturière lui arrange tout ça ! Céline est généreuse de son temps avec Oprah et répond aux questions du public avec une familiarité touchante. Ce n'est pas tous les artistes qui ont cette simplicité. Céline Dion est l'amie qu'on voudrait tous avoir. Elle sait écouter, divertir, émouvoir…

Elle chante, aussi. *Because You Loved Me* était sélectionnée dans la catégorie « chanson de l'année » aux derniers Grammy Awards. La chanteuse croyait bien se sauver avec la victoire, mais c'est plutôt Eric Clapton qui avait remporté le prix pour *Change the World*. C'était mérité, Céline adore cette chanson. René aussi, même s'il était déçu à s'en mordre la lèvre jusqu'au sang. Pas grave, sa chanteuse s'était finalement vu remettre le prestigieux trophée de l'album de l'année pour *Falling Into You*. Ce fut une surprise pour tout le monde ! Gagner contre les Fugees, les Smashing Pumpkins et Beck, ce n'est pas rien. Il y avait eu tout un remous dans les journaux, qui critiquaient ouvertement le choix de l'Académie de donner le prix à un produit « conventionnel », à une *Canadienne*. Céline et René étaient fièrement repartis avec le trophée, la tête haute. L'album *Falling Into You* valait cet honneur ! Après tout, n'avait-il pas été le plus gros vendeur de l'industrie au cours de la dernière année ?

Lorsque Céline participe à une émission de télévision, René est toujours caché à la régie afin de regarder les images sur un moniteur. Il aime savoir ce que les téléspectateurs verront sur leurs écrans à la maison. Mais pas aujourd'hui. Il est dans la salle, juste devant Céline, assis dans la troisième rangée. La jeune femme en est grandement déstabilisée. Elle a l'habitude que René soit quelque part dans la foule lors de ses spectacles, elle le sait, mais elle ne le voit jamais. Pour une fois, Céline a l'occasion de souder son regard au sien, de ne chanter que pour lui. C'est un moment privilégié. Du coup, elle oublie la fatigue qui lui crispe les épaules, elle se déploie comme une fleur au printemps, pousse chaque note avec assurance et émotion.

Son homme en est fort ébranlé.

René l'observe à la dérobée, d'un œil différent. Il arrive à se laisser prendre au jeu, à sortir de son rôle d'imprésario et à regarder sa femme chanter avec les yeux d'un mari ébloui par la performance de sa douce moitié. Qu'est-ce qu'elle en a fait, du chemin, Céline Dion, depuis ce jour où elle avait chanté *Ce n'était qu'un rêve* dans son bureau avec un stylo comme micro ! Déjà, à cette époque, Angélil savait qu'il tenait un trésor entre ses mains. Il avait très bien vu tout son potentiel, toute son ambition. Elle ne cesse de l'émerveiller depuis…

Oprah aussi est émue et essuie quelques larmes. Avec cette émission, l'animatrice souhaitait créer un moment intense de télévision, montrer à l'écran les sentiments que le couple chéri a l'un pour l'autre. Elle voulait capter des images que l'on ne voit pas souvent. Mission accomplie.

Mais ce n'est pas tout.

L'animatrice a une surprise de taille pour la chanteuse. Un suspense intrigant plane dans le studio ; quelque chose se prépare. Céline trépigne sur son siège, certaine de voir apparaître Diane Warren, celle qui a écrit *Because You Loved Me*, la belle chanson qu'elle vient d'interpréter. Ou David Foster. Ça aurait du sens. On lui montre plutôt des images de sa mère sur un écran géant. Oprah la questionne sur l'importance du rôle de Thérèse Dion sur sa carrière… Après tout, c'est elle qui l'a poussée dans le *show business*, qui a écrit sa première chanson, qui a cru en René Angélil.

Céline manque de s'évanouir lorsque l'animatrice coupe l'une de ses phrases pour lui demander de regarder là-bas, dans un coin. La bouche entrouverte, Céline se lève, puis cligne des yeux. Un brouillard s'installe dans son esprit déjà épuisé... Ce sont bien ses parents qui entrent dans le studio ! Ses parents se trouvent à Chicago ? C'est incroyable ! Ils sont entourés de Michel, Ghislaine, Daniel, Clément, Linda et même Louise, qui habite à Sept-Îles. Tous les autres sont là aussi, à l'exception de Claudette, qui est en voyage dans le Sud. Céline les serre un à un dans ses bras, se retenant de fondre en larmes. Ce n'est pas le moment, il faut se contenir encore un peu. L'émission n'est pas terminée !

La chanteuse lance avec enthousiasme qu'elle n'avait pas eu le temps de téléphoner à sa mère la veille pour lui souhaiter un joyeux anniversaire et qu'elle aura l'occasion de se reprendre en personne. Quel cadeau extraordinaire que vient de lui faire la célèbre animatrice ! Son cœur bondit à une vitesse folle dans sa poitrine, elle regarde tous les membres de sa famille sans vraiment y croire. Oprah se faufile dans le clan pour les saluer avec un « Bonjour » en français. C'est irréel, comme situation ! Il est si rare qu'ils soient ainsi tous réunis. Céline lance un baiser à René, car elle se doute qu'il est un complice important dans cette histoire.

Ensemble, ils chantent *Ce n'était qu'un rêve*. Un incontournable. La famille debout, Céline est tournée vers eux. Elle se met à genoux pour paraître toute petite. Pour leur laisser le plancher. Son conte de fées, elle en doit une grande partie à cette famille qui a cru au rêve en premier. Ils se voient beaucoup moins depuis quelques années. Sa vie est tellement différente de la leur... La distance s'est imposée naturellement. Leurs retrouvailles sont souvent joyeuses, parfois teintées d'une certaine gêne de ne plus savoir quoi se dire, mais toujours émouvantes. Elle les adore. Sincèrement.

Céline s'étrangle avec sa salive lorsque sa sœur Liette prend place dans un fauteuil tout près d'une caméra. C'est que la chanteuse doit interpréter *Fly*, la version anglaise de *Vole*, la chanson écrite en l'honneur de sa nièce Karine, la fille de Liette. La petite est décédée depuis plusieurs années de la fibrose kystique, mais elle est encore si présente dans le cœur de Céline qu'elle se demande comment elle arrivera à chanter devant sa mère sans pleurer. *Inspire, expire, inspire*… Si elle éclate en sanglots, le spectacle est terminé. Céline est assise sur un tabouret, entourée de sa famille. Les lumières sont tamisées pour créer une ambiance plus intime. Évidemment, la caméra capte de gros plans du visage de Céline, tordu par l'émotion, puis de sa sœur, les yeux humides. À la fin, même Oprah est en larmes. Plusieurs personnes dans la salle aussi, incluant René, qui essuie le coin de ses yeux…

Tout le monde pleure. Tout le monde sauf Céline. Pour une fois.

Ne pas se laisser submerger par les émotions fait partie des qualités d'une chanteuse qu'elle s'efforce de développer. Savoir rendre le texte à sa juste valeur sans se laisser envahir par celui-ci est toujours un défi de taille. La ligne est mince. Ça demande de la concentration, de la retenue, de la sensibilité…

On s'éponge les yeux pendant la pause publicitaire.

— Est-ce que la famille Dion peut nous chanter une autre chanson ? demande Oprah, transportée par l'énergie de la troupe sur son plateau.

Le moment est si beau, si magique que l'équipe a rapidement décidé de remettre au lendemain l'entrevue prévue avec une comédienne afin de consacrer l'émission entière à Céline. Dans le milieu, il faut saisir les occasions de faire un bon *show* et Oprah a du flair. Avoir la famille Dion au complet qui chante *Les Cloches du hameau* en chœur, un classique folklorique français, devant un auditoire anglophone, c'est du jamais-vu. Céline est la première chanteuse qui intègre au moins une chanson en français dans tous ses spectacles, même ceux aux États-Unis. Elle tient à partager ses racines. Un hommage à ses origines.

L'émission se termine sur des allures de party de Noël ! Une famille de musiciens, ça « swigne » ! Ils sont tous invités à manger de petits sandwichs, des croustilles et du fromage. Un vrai buffet du temps des Fêtes en plein mois de mars au fin fond d'un studio de télévision. Mais Céline n'a que trente minutes pour faire le plein d'amour avec ses proches. Ça lui semble si court… Le temps s'écoule à grande vitesse. Il y a tellement de choses qu'elle aimerait leur dire ! Elle doit repartir en direction de Los Angeles. La chanteuse n'aura passé que douze heures à Chicago.

Elle serre sa mère très fort.

— Bonne fête, môman !

Thérèse Dion met les mains autour du visage de sa fille chérie.

— Bonne fête, à toi aussi.

Céline sourit. Dans le tourbillon, elle avait presque oublié son anniversaire, dans neuf jours.

Dans l'avion, la jeune femme est complètement vidée. Ses piles sont à zéro. Elle se sent courbaturée comme si un autobus lui avait roulé sur le corps. Assise près d'un hublot, elle regarde au loin le paysage qu'elle reconnaît. Les Rocheuses américaines.

— Dors un peu, tu es épuisée, lui répète René pour la troisième fois.

Elle picore un peu de saumon fumé pour lui faire plaisir. Malgré sa fatigue, elle n'a pas sommeil. Elle n'a pas vraiment faim non plus. Ni soif.

Elle a le cafard.

Et ce n'est pas seulement parce qu'elle a quitté rapidement sa famille. Certes, revoir tout le monde apporte une certaine nostalgie. C'était un peu comme se retrouver devant un énorme morceau de gâteau au chocolat et avoir le droit d'en goûter une seule bouchée avant de devoir partir en vitesse. L'arrière-goût enveloppant du chocolat, Céline le sent presque dans sa bouche. Des bonjours, des embrassades, des au revoir en coup de vent… Le temps de quelques minutes, elle était une petite fille qu'on arrachait à sa mère à sa première journée de garderie.

Mais il y a autre chose.

Tout en regardant sans grand intérêt un magazine de mode, elle tente de comprendre ce qui lui arrive. On dirait qu'elle s'ennuie. Qu'elle s'emmerde, comme on dit au Québec. Peut-être qu'une fois tous les sommets atteints, tous les rêves réalisés, tout le reste paraît fade et sans intérêt. Elle manque d'action, de trac, de danger… Elle a besoin de sauter dans le vide, d'avoir un défi. À partir de maintenant, les journaux à potins peuvent cesser de dire qu'elle est épuisée. Céline a plutôt l'âme en peine.

— Est-ce que tu aimes cette robe ?

De son index, Céline pointe à René une jolie robe Chanel dans le magazine.

— Le décolleté est trop prononcé pour l'occasion, répond-il. Trop vulgaire.

— Moi, je l'adore ! Et ça me prend une robe pour la soirée des Oscars !

Elle aime bien les robes un peu provocantes. Cette robe Chanel a de la classe, un peu légère, oui, mais de bon goût. Céline observe René du coin de l'œil. Il semble intraitable sur la question, et elle se demande si c'est le mari ou l'imprésario qui donne son opinion.

— Tu as la plus belle voix au monde, marmonne René entre ses dents serrées, tu n'as pas besoin de te dénuder pour te faire aimer.

Piquée au vif, la jeune femme réplique du tac au tac :

— J'aimerais bien l'essayer, juste pour voir…

— Ce n'est pas une bonne idée !

Céline se renfrogne, le nez dans son magazine. Tiens, bouder un peu la divertira jusqu'à Los Angeles.

Ce vide et cette lassitude que Céline vit, René aussi le ressent depuis un certain temps. Le gala des Oscars auquel Céline chantera en est un bon exemple. La chanteuse s'apprête à se produire sur la scène du plus gros événement télévisuel américain et, pourtant, elle n'a pas peur. La peur et le stress constituent le moteur de performance de Céline et René. C'est ce qui les pousse toujours plus loin. Que faire lorsque tout paraît facile ? Plus aucune foule n'effraie Céline, ni aucun micro, ni aucune caméra. Elle a fait le tour.

Ce que tous deux ne savent pas, c'est que côté défi, ils seront servis dans les prochaines heures.

Le lendemain soir, alors que Céline est enfermée dans la chambre depuis de longues minutes afin de se préparer à sortir souper avec Ellen et Kim, ses deux attachées de presse américaines, René regarde distraitement la télévision. Tous les quatre ont rendez-vous dans un restaurant japonais, le Matsuhisa, avec une représentante de chez Chanel. Celle-ci se déplace spécialement à Los Angeles pour présenter une robe et des bijoux à Céline pour la soirée des Oscars.

La sonnerie du téléphone retentit dans la suite de l'hôtel, venant interrompre la conversation des deux filles. D'un regard, René demande à Ellen de répondre. Rapidement, il réalise qu'elle s'entretient avec l'assistante de Gil Cates, l'homme derrière les Oscars. Aussitôt, il bondit en éteignant la télévision. Il ne comprend rien des bribes de conversation d'Ellen. Des noms surtout ! Whitney Houston, Mariah Carey… De quoi parlent-ils ? Les mains dans les poches, René attend. Il ne sait pas ce qui se passe, mais il est certain que c'est gros. Le visage d'Ellen est figé par la surprise !

— Je vais en discuter. Si on a une idée de qui pourrait la remplacer, je vous fais signe, dit Ellen avant de raccrocher.

Un sourcil haussé, René lui demande silencieusement des explications. L'attachée de presse fait deux pas.

— Natalie Cole est malade. Une grosse grippe ! Elle restera à Montréal.

René reste calme, mais dans sa tête, tout s'active. Natalie devait chanter *I Finally Found Someone*, la chanson thème du film *The Mirror Has Two Faces* de Barbra Streisand. Cates est paniqué : il a besoin d'une remplaçante dans les vingt-quatre heures !

L'imprésario est déjà dans la chambre pour retrouver Céline. Elle le regarde entrer en trombe, son mascara en suspens entre ses longs doigts manucurés.

— Qu'est-ce qui se passe ?

Son cœur s'emballe, ça a l'air grave ! Il s'appuie contre la commode.

— Natalie Cole est malade, elle ne pourra pas chanter demain soir.

Il a parlé de sa voix basse qui la fait vibrer. Céline repasse plusieurs fois dans sa tête les paroles de René. Puis le couple échange un sourire complice.

— Que penses-tu de ça ? lui demande René.

— La même chose que toi, mon amour !

René se penche pour déposer un long baiser sur ses lèvres. Voilà ce qui fait leur force : se comprendre sans se consulter. Enfin, un beau défi. Ils cherchaient une nouvelle dose de stress – quelque chose pour les secouer –, la voici qui vient de les frapper de plein fouet. Céline a vingt-quatre heures pour apprendre la chanson et se préparer. Ce qui lui plaît ! Saisir les occasions, être là au bon moment. René le dit toujours : « Il faut être bon quand c'est le temps ! »

Céline a l'aplomb et le cran nécessaires pour plonger.

— Je peux faire la chanson, confirme la chanteuse avec assurance.

— Tu sais que ce n'est jamais arrivé dans l'histoire des Oscars qu'une personne chante deux fois dans la même soirée ? jubile René, les yeux brillants.

Céline l'embrasse une dernière fois, sachant combien son homme aime le «jamais fait». Eux, ils le feront. Gil Cates est emballé par la réaction positive du couple. Maintenant, il faut passer en mode solution. De quelle façon Céline présentera-t-elle cette chanson ?

— Tu pourrais chanter avec un lutrin devant toi pour jeter un œil sur les paroles, propose René.

Céline hoche la tête. Elle n'a pas vu le film de Barbra Streisand, ni même jamais entendu la chanson. Mais la chanteuse aime tout ce que fait Streisand ; elle sait qu'elle ne sera pas déçue. De plus, leurs voix ont des tonalités semblables. Céline devrait s'en sortir sans trop de mal.

— Bonne idée, le lutrin. Je pourrais aussi être assise sur un tabouret, puisque j'aurai chanté *Because You Loved Me* debout un peu plus tôt.

En chemin vers le restaurant japonais, René demande au chauffeur de s'arrêter devant un magasin de musique. L'homme entre en coup de vent dans la boutique pour se procurer le disque de la chanson de Streisand. Ils n'ont pas de temps à perdre ! Seule dans le jardin chez Matsuhisa, Céline prend le temps d'écouter quatre ou cinq fois la chanson. *I Finally Found Someone* est un duo magnifique de Barbra Streisand et Bryan Adams. Beaucoup de nuances, une tonalité feutrée. Ce ne sera pas facile à rendre. Ce n'est jamais simple de chanter seule une pièce qui est d'abord écrite pour une interprétation à deux.

La chanson en tête, Céline passe une partie de la soirée à discuter avec la représentante de Chanel. La chanteuse lui vante subtilement la beauté de la robe qu'elle a vue dans le magazine. Celle que René, lui, n'aimait pas du tout. L'homme a la tête ailleurs, il ne dit rien. En fait, il les écoute à moitié. Lui, la mode et le maquillage… Il est énervé par les derniers développements, l'ambiance est à la fête et il est heureux. Enfin, un nouveau défi se présente pour lui et Céline. Bill Conti, le directeur musical du gala les rejoint au restaurant vers minuit afin de leur remettre une copie des arrangements de la nouvelle chanson que Céline interprétera. Ces arrangements avaient été conçus pour Natalie Cole et cette version diffère de celle que Céline avait entendue sur la bande-annonce originale du film que René avait achetée plus tôt. Sur celle-ci, la voix de Bryan Adams a été remplacée par une trompette !

Conti traîne René et Céline chez lui afin de répéter une partie de la nuit. Pas le choix, c'est une course contre la montre. À son retour à l'hôtel, la chanteuse écoute à nouveau – et en boucle – la chanson. Puis encore une fois à son lever le lendemain. Lorsqu'elle aime une pièce, elle en retient très rapidement les paroles, ce qui est le cas ici. Enfin, ce retournement de situation la déstabilise. Céline est secouée, elle doit sortir de sa zone de confort. Elle retrouve le stress familier qui la motive à se dépasser, qui la garde alerte.

Un stress excitant la rend impatiente de monter sur la scène même si elle a peur. Les heures avant un événement sont toujours les plus longues. La nervosité bouillonne dans sa poitrine. L'attente est plus pénible que la situation elle-même. Elle a hâte de se jeter dans la gueule du loup, de réussir un nouvel exploit. Un de plus à son actif ! Se préparer l'aide à patienter.

— Est-ce que tu aimes ma robe, mon amour ? demande Céline en marchant devant lui, les mains sur les hanches.

René recule sur sa chaise, passant une main sur son menton en l'observant de la tête aux pieds. Il est très chic, lui aussi, dans son complet noir.

— Elle est magnifique, souffle-t-il de sa voix rauque.

La robe est beige et brillante, avec un décolleté prononcé. Elle ne ressemble en rien à ce que Céline a déjà porté avant pour un gala.

— Et cette robe, elle te dit quelque chose ? insiste Céline, l'œil moqueur.

René regarde sa femme à la dérobée. Il fouille dans sa mémoire, puis hausse les épaules :

— Non, pas du tout !

Céline disparaît dans la chambre quelques secondes avant de revenir avec un magazine à la main. Elle lui pointe une photo. C'est LA robe Chanel qu'il refusait de la voir porter lorsqu'elle la lui avait montrée. Un rire nerveux s'échappe des lèvres de son homme. Il avoue que le résultat est époustouflant. Cette robe lui va bien. Très bien. Classique et *sexy* à la fois. Plus jamais il ne se mêlera des décisions concernant sa garde-robe !

René et Céline font une entrée remarquée au Shrine Auditorium. Main dans la main, ils déambulent sur le tapis rouge avec les grandes vedettes. C'est impressionnant et ils n'ont pas assez d'yeux pour tout voir ! Les frères Cohen, Quentin Tarantino, Nicole Kidman… Plus tôt dans la journée, ils ont entendu à la radio que Barbra Streisand serait présente à la soirée. Aussitôt, le stress de Céline avait grimpé d'un cran. Barbra Streisand, c'est… c'est… Les mots lui manquent pour décrire le sentiment qui l'habite alors qu'elle s'apprête à chanter devant son idole. Une de ses chansons, en plus.

Ce n'est qu'une fois rendus à leurs sièges que René donne un coup de coude à Céline.

— Regarde, elle est là !

Céline tourne la tête discrètement. En effet, Streisand est assise juste là, deux rangées plus haut, à leur gauche. Voilà de quoi ébranler la jeune femme. À partir de cet instant, il n'y a qu'un mot d'ordre : concentration. *Il faut être bon quand c'est le temps.* Et dire que Céline s'ennuyait de cette nervosité… Un léger sourire déride ses traits ; bien sûr qu'elle s'ennuyait ! Le stress qu'elle vit en ce moment même la fait sentir si vivante !

À la quatrième pause publicitaire, quelqu'un vient chercher Céline pour sa prestation. C'est enfin le moment. René lui serre la main, mais il n'ajoute rien. Il est nerveux, lui aussi. Chanter *I Finally Found Someone* devant Barbra Streisand, c'est encore plus gros que d'interpréter deux chansons aux Oscars. C'est énorme. Une chance inespérée ! Cependant, lorsqu'Angélil se retourne pour jeter un coup d'œil à Streisand, il constate avec horreur qu'elle se lève de son siège et marche vers la sortie. Les vedettes vont et viennent pendant les pauses. Ils vont se rafraîchir, passent à la salle de bain… René tape du pied. Si Streisand ne fait pas vite, elle ratera la chanson de Céline ! Pendant le spectacle, il est strictement interdit de circuler dans la salle et il faut attendre la prochaine pause pour regagner son siège. Quel mauvais moment pour Streisand pour sortir de la salle !

Merde.

Les lumières s'éteignent sans Streisand. L'animateur annonce l'absence de Natalie Cole pour des raisons de santé et présente Céline comme celle qui a accepté de la remplacer. La chanteuse apparaît devant l'orchestre dans sa robe Chanel, assise sur un tabouret. Portant quelques regards au lutrin où les paroles de la chanson sont étalées, Céline fait une interprétation très personnelle de la célèbre mélodie. Un ton plus joyeux que Streisand, plus jeune et insouciant. Elle se sent bien, profitant de chaque seconde. René est soufflé. Les gens dans la salle aussi.

Lorsque Streisand revient enfin à sa place, René voit son fiancé se pencher pour lui dire quelques mots à l'oreille. La chanteuse se frappe la tête, visiblement déçue. L'imprésario est rassuré : Streisand a manqué la performance de Céline par un concours de circonstances. Un hasard malheureux. Pendant un instant, il avait cru que sa sortie était calculée, qu'elle ne voulait pas assister au numéro. Elle s'empresse de venir les saluer un peu plus tard dans la soirée. Avec chaleur, elle saisit les mains de Céline en lui disant qu'elle aime ce qu'elle fait.

Ça vaut tous les Oscars du monde.

Ce n'est pas Céline, mais bien Madonna qui repart avec l'Oscar de la meilleure chanson pour *Evita*. Cependant, au bout du compte, avec la prestation de ses deux chansons et les quelques paroles échangées avec la grande Barbra Streisand, Céline Dion est la grande gagnante de ce gala 1997.

39

À peine remis de leurs émotions, Céline et René se retrouvent enfermés dans une suite du Caesars Palace avec un compositeur du nom de James Horner. Pas très grand, cheveux en bataille, une barbe de plusieurs jours… Il a écrit plusieurs mélodies de films, René a donc hâte de savoir ce qu'il a à leur proposer. Fidèles à leur habitude, tel un mur de briques indestructible, la chanteuse et son mari sont assis l'un près de l'autre sur un divan en cuir. Horner leur fait face, assis sur le bout de son fauteuil, nerveux.

— Le réalisateur James Cameron travaille sur le film *Titanic*, commence-t-il en un souffle. Une histoire d'amour classique, mais il a le plus gros budget jamais vu à Hollywood ! J'ai écrit une chanson avec Will Jennings, qui jouerait à la fin du film.

René le laisse parler. Il est toujours prudent lorsqu'il est question d'un film. Il a encore sur le cœur sa mauvaise expérience avec ces deux mêmes auteurs-compositeurs. Il y a quelques années, ils avaient offert à Céline d'interpréter la chanson *Dreams to Dream* du film *An American Tail (Fievel Goes West)* produit par Steven Spielberg. Le projet était tombé à l'eau et ça avait été une grande déception pour René.

— Tu sais, trop souvent, les films avec un budget démesuré sont un fiasco, dit Angélil, posément.

Horner s'anime.

— Pas cette fois-ci ! *Titanic* passera à l'histoire, j'en suis certain ! Mais Cameron ne veut pas de chanson pour le film, précise-t-il. J'arriverai à le faire changer d'idée si Céline chante celle que nous venons d'écrire !

— On doit d'abord vérifier l'intérêt des maisons de disques, lance René, toujours trop calme pour Horner.

— Non, avant, il faut convaincre Cameron, réplique-t-il.

Ah ! oui ! Vraiment ?

René fixe l'homme droit dans les yeux pendant plusieurs secondes.

— Il faut d'abord nous convaincre, nous, le corrige-t-il.

Déterminé, Horner se lève d'un bond pour se diriger d'un pas rapide vers le piano au fond de la pièce. Il s'assoit sur le banc, faisant dos à René et Céline. L'homme prend un temps fou à frôler les notes blanches et noires du bout des doigts comme si elles étaient douces et précieuses. Il avance son siège, puis le recule aussitôt. Le couple l'observe, intrigué. Horner se met enfin à jouer, le dos courbé, faisant de grands gestes avec ses bras comme si la mélodie le transportait. Un style à faire peur. *Il est possédé*, songe Céline. Lorsqu'il commence à chanter, elle se raidit et un frisson d'horreur la traverse de la pointe des cheveux jusqu'aux orteils. Une voix sèche, terne et si saccadée qu'elle a peine à comprendre les mots. Céline se tourne vers René avec de gros yeux. Elle lui fait un signe que non avec sa tête et ses mains. Elle l'aurait aussi fait avec ses pieds si elle avait pu ! Elle ne veut pas de cette chanson. Jamais !

Mais René fait semblant de ne pas voir la moue horrifiée de sa femme.

Quoi ? Hé ! Céline se retient de sauter sur lui pour le secouer. Elle doit faire la roue latérale pour qu'il lui accorde un peu d'attention ou quoi ! René n'entend pas l'atrocité, *lui* ? C'est si mauvais ! Bon, c'est vrai, Horner est un brillant compositeur, mais pour chanter, ça ne passe pas du tout. La musique se tait pour faire place à un lourd silence… Horner refait surface comme s'il avait plongé au fond des abîmes pendant quatre minutes. Il sort de sa chanson, revient à la réalité. Et cette réalité le frappe de plein fouet lorsqu'il se retourne vers le couple.

— Prépare-nous une piste d'orchestre et Céline pourrait faire une maquette. Ce serait sans doute la meilleure façon de convaincre James Cameron d'intégrer la chanson à la bande sonore du film.

Le visage d'Horner s'illumine. Céline a des éclairs dans les yeux. Elle est fâchée. René ne l'a pas écoutée ! Une fois seule avec son mari, elle éclate :

— Qu'est-ce qui te prend ? C'est n'importe quoi, cette chanson !

Évidemment, René a réponse à tout, ce qui l'énerve encore plus lorsqu'elle est en colère.

— Tu t'es arrêtée à la voix de Horner… Elle est fade, je sais. As-tu vraiment écouté la chanson ? Fais-moi confiance, elle est extraordinaire. Ce sera ton plus gros succès !

L'enregistrement de *My Heart Will Go On* se fait un mois plus tard à New York au studio Hit Factory. Céline s'y rend à reculons avec l'impression de perdre son temps. Peut-être parce qu'il sent la chanteuse réticente face à sa chanson, Horner s'approche d'elle.

— Je peux te parler, un instant ?

Le compositeur se balance d'une jambe sur l'autre comme s'il était nerveux. Pourtant, son regard est brillant, sûr de lui.

— Bien sûr !

Céline l'embrasse sur les joues, se montre chaleureuse malgré un début de rhume qui l'épuise. Elle a la tête lourde et se demande comment elle arrivera à pousser une note… Elle emmène Horner à l'écart du brouhaha des techniciens qui s'affairent dans le studio. L'homme commence son discours. Il s'exprime bien, avec des mots précis. On dirait qu'il a répété pendant des jours. Il raconte à Céline l'histoire du film *Titanic* avec passion et enthousiasme. Le scénario, les acteurs, les détails de la production… Il lui explique aussi la vision du réalisateur James Cameron sur ce qui deviendra sans l'ombre d'un doute un film classique de ce siècle. Plus Horner parle, plus Céline sourit. Elle est conquise.

— Pour interpréter la chanson d'un film, il faut d'abord en connaître les dessous, termine-t-il en souriant.

Les lèvres pincées, la jeune femme hoche la tête. Il a raison. Elle s'en veut : elle aurait dû faire un peu plus de recherches sur le projet avant de le balayer d'un futile geste de la main. C'est grandiose. Intrigant. Avec un œil nouveau, Céline écoute la piste d'orchestre que Horner a préparée pour la chanson. René avait raison, cette mélodie est merveilleuse, poignante. Unique.

Dommage que Céline ne soit pas au sommet de sa forme. Le virus qu'elle couve depuis quelques jours donne une fragilité à sa voix et lui enlève son élasticité habituelle.

— Va me chercher un café, demande-t-elle à René avant l'enregistrement.

Étonné, son mari la dévisage. C'est que Céline ne boit jamais de café avant de chanter, car la caféine affecte le trémolo dans sa voix.

— Es-tu sûre ?

— Oh ! oui ! Sinon, je n'arriverai jamais à avoir l'énergie pour rendre cette chanson.

Tant pis pour le trémolo. Après tout, ce n'est qu'une maquette pour permettre à Cameron de voir à quoi ressemblera la chanson. Ils doivent arriver à le convaincre d'intégrer la pièce à la bande sonore du film. Cette dernière est trop grandiose pour passer à côté. Céline se concentre sur chacune des paroles, un texte brillant à rendre. Cette mélodie est riche et puissante, il faut maintenant lui donner une âme. René ne s'inquiète pas ; Céline fait des miracles en studio.

Comme prévu et comme toujours, la magie opère. En moins d'une heure, la chanteuse sort de sa cage vitrée, plutôt satisfaite de l'enregistrement même si sa voix n'était pas à son meilleur. Reste à connaître l'opinion de Cameron sur la chanson et l'interprétation qu'en a faite Céline.

Il n'est pas long à rappliquer. Quelques semaines, en fait. Cameron est emballé par ce qu'il a entendu et non seulement il veut la chanson, il souhaite se déplacer en personne à New York pour un visionnement privé du film avec Céline, René et quelques invités. Un geste généreux qui émeut la chanteuse. Ça prouve que Cameron désire vraiment qu'ils soient impliqués dans le projet. C'est un peu comme leur dire : « Bienvenue dans la famille ! » Céline et René en sont grandement touchés. Ils sont très enthousiastes ! Le réalisateur laisse même sous-entendre qu'il veut garder l'enregistrement de la chanson tel quel. La maquette vite faite dans un studio, la veille d'une grippe foudroyante et avec un trémolo trop rapide en raison du café plaît à Cameron. Il veut cette version pour son film. Au fond, c'est peut-être un mélange de tout ça qui donne le côté si romantique à la chanson.

Pour faire suite à l'invitation de Cameron, Céline et René se présentent à la salle de projection afin de visionner le film en primeur.

— Je meurs de faim ! se plaint René pour la troisième fois.

Céline passe un bras autour de sa taille en rigolant.

— Je sais ! Dis-toi que c'est pour une bonne cause.

Elle lui a strictement interdit de manger quoi que ce soit depuis le milieu de l'après-midi. Un supplice pour lui. Lorsqu'il mange trop, il s'endort devant la télévision. Elle ne se souvient pas de la dernière fois où il a vu la fin d'un film. *Titanic* dure trois heures, elle veut son homme alerte jusqu'au générique. C'est hors de question qu'il ferme les yeux pendant une projection privée du film de l'année !

Elle lui avait permis de manger une salade de légumes et des fruits pour le dîner. Par la suite, il n'avait eu droit qu'à de l'eau…

Un vrai calvaire.

Comme pour narguer René, un énorme buffet se trouve à la disposition des invités dans la salle de projection. L'odeur est à faire saliver n'importe qui ! L'homme reluque les tapas à s'en arracher les yeux, mais Céline lui enjoint de presser le pas. Il ne touchera à rien. Pas même à une branche de céleri. Et il verra le film du début à la fin. L'imprésario est satisfait ; il est maintenant convaincu que *Titanic* aura un succès monstre et que la chanson interprétée par Céline, *My Heart Will Go On*, fera le tour du monde !

René a confiance en son instinct, la chanson fera un malheur. Toutefois, à ce moment, jamais il n'avait imaginé qu'elle serait la plus vendue de toute l'histoire du disque.

Ce sera ton plus gros succès, avait-il dit un jour à Céline.

40

La journée est jeune, mais le soleil de la Floride est déjà chaud. La pluie de la veille a laissé une certaine quantité d'eau sur le sol et le gazon est spongieux. Sous l'œil attentif de René, Céline examine méticuleusement les bâtons de son sac de golf en les frôlant un à un du bout des doigts. Lequel choisir pour son coup de départ ? Finalement, elle sort le fer 7. Vêtue d'un pantalon blanc moulant, d'un polo et d'une casquette qui recouvre ses cheveux retenus par une queue de cheval, elle se dirige vers l'allée. Le sixième trou, un par 3, est toujours le plus difficile à réussir, car il faut faire passer la petite balle blanche par-dessus un lac qui crache de jolis jets. Un mouvement trop brusque, un coup de vent, une minuscule imprécision et, plouf ! elle tombe dans l'eau.

Céline dépose la balle au sol, puis se concentre pour placer ses pieds au bon endroit. Une fois les genoux légèrement pliés, les épaules doivent être parallèles à ses pieds. Elle prend le temps de positionner ses mains sur le bâton comme René le lui a enseigné.

— Ça te va bien, le *look* de golfeuse.

Elle se retourne. René l'observe de son regard malicieux, appuyé nonchalamment sur son bâton. Céline lui envoie une grimace.

— Cesse de te moquer !

Elle fixe sa balle des yeux, exécute une longue torsion avec son corps. L'élan doit se faire dans tout le corps et non seulement avec les bras. Céline apprend vite et bien. Elle a même du plaisir.

Qui l'aurait cru.

Lorsqu'ils sont rentrés de tournée au début de l'été, Céline était dans le néant. L'adrénaline des longs mois à sillonner l'Europe tombait peu à peu. Sa visite dans les plus grands stades avait été éreintante et magique à la fois. Le pays était secoué par les alertes météo, la pluie faisait des ravages et, pourtant, chaque fois que Céline mettait le pied sur la scène, les averses cessaient et faisaient place à un soleil timide ou à quelques étoiles. Ce qui était beaucoup mieux pour les stades à ciel ouvert.

Bref, Céline avait maintenant un vide à combler. La construction de leur nouvelle maison à Jupiter avance bien, le chantier suit son cours. Elle a donné ses instructions et son avis sur le plan de chaque pièce, sur les meubles, la décoration… Tout est choisi, sélectionné avec soin. Son travail était fait. Il faut donc attendre que les ouvriers s'affairent à la construction de son château. L'enregistrement d'un prochain album n'est prévu qu'à l'automne. Plus rien au programme pour quelques semaines. René en a profité pour la traîner au golf. Depuis le temps qu'il souhaitait l'initier à ce sport ! Le simple fait de la voir sur un vert est une victoire personnelle pour lui.

— Je ne me moque pas ! réplique l'homme, amusé. Je te l'ai toujours dit, tu es faite pour le golf. Tu es grande, tu as de la souplesse et beaucoup de concentration. En plus, on se promène sur des terrains magnifiques avec du soleil, de l'eau, des fleurs…

Céline ne sait pas vraiment si elle aime le golf, mais elle a retrouvé dans ce sport la discipline et la rigueur dont elle a besoin pour entraîner sa voix. Pour réussir un bon coup au golf, il faut de la détermination. C'est la recherche de l'équilibre, de la perfection et une façon d'apprendre à contrôler ses émotions, sa force, sa respiration. Il faut évaluer le degré du vent, la forme du terrain, la distance. Il faut être zen, mettre de côté sa mauvaise humeur ou avoir le pouvoir de freiner son excitation. Il est essentiel d'être calme. C'est presque une méditation. Un état qui plaît beaucoup à Céline.

Elle joue maintenant au golf tous les jours. Avec le soleil ou sous la pluie. Elle travaille ses exercices de visualisation, elle aime se retrouver seule avec elle-même sur un vert. Il n'y a qu'elle, un bâton, une balle… Un peu de vent, les rayons du soleil qui traversent les nuages. Chaque nouvelle partie est un recueillement. Être en harmonie avec soi-même, voilà la principale qualité des grands golfeurs. Ce sport l'a changée. Subtilement, jour après jour, Céline sent qu'elle apprécie un peu plus les matinées. Le chant des oiseaux, l'odeur du gazon encore humide… Une réalité qu'elle ne connaissait pas du tout.

Elle, un oiseau de nuit.

C'est donc une amoureuse du golf qui fait ses valises pour New York et Los Angeles à l'automne. L'enregistrement de l'album *Let's Talk About Love* s'étalera sur quelques semaines.

René a établi l'horaire de telle sorte qu'ils puissent jouer au golf une journée sur deux. Mais rapidement, la chanteuse remplace la golfeuse… Retrouver le travail – la musique – est grisant. Céline a toujours adoré l'ambiance des studios. Cette fois est d'autant plus excitante puisqu'elle chantera avec les Bee Gees et Luciano Pavarotti. Sans oublier Barbra Streisand. Elle a surtout le souci de protéger sa voix. Elle se tient loin de l'air chargé de pollen, des coups de chaleur ou du froid. Elle doit faire des vocalises, répéter, apprendre de nouvelles chansons. Elle s'oblige à des moments de silence complet. Comme une drogue, elle reprend avec le même acharnement cette discipline qui a fait d'elle la plus grande chanteuse au monde.

Ce n'est que partie remise. Un jour, la golfeuse reviendra.

41

À Noël, lorsque le film *Titanic* envahit les salles de cinéma du monde entier, l'album *Let's Talk About Love* trône déjà au sommet de tous les palmarès. René Angélil avait fait preuve d'audace en utilisant la chanson *My Heart Will Go On* comme extrait promotionnel de l'album. C'est le titre qu'il avait présenté dans les radios. Personne n'y croyait vraiment, pas même Sony. Une chanson de film ! Pourtant, chaque fois que René mise sur quelque chose qui semble à première vue illogique, il gagne. Que dire de la fois où il a lancé deux albums – un en anglais et un en français – simultanément ? Ou lorsqu'il a sorti à la radio deux extraits d'un même disque la même journée ? Dans l'industrie, on le regardait de haut. C'était de la folie, c'était carrément se tirer une balle dans le pied. Il allait se casser la gueule, aucun producteur n'avait jamais osé faire une chose pareille. Lui, si. Un risque trop beau pour le *gambler* en lui. *Des mots qui sonnent* et *L'amour existe encore* avaient alors inondé les radios et les palmarès. Un succès sans précédent.

L'histoire se poursuit : tout ce que touchent Céline et René se transforme en or, en trophée, en disque platine… Le couple est riche et plus célèbre que jamais.

— On a tellement reçu, dit souvent René, il faut maintenant apprendre à donner.

René est dur en affaires, mais lorsqu'il est question de son entourage, de sa famille, de ses amis, l'argent ne compte plus. Il suffit d'un regard, d'une discussion intéressante, d'un projet innovateur pour qu'il prenne une personne en affection. Un chauffeur, un clochard, un croupier. Peu importe. Il donne toujours de généreux pourboires, il envoie des cadeaux aux anniversaires de ses amis, il met des limousines à la disposition de ses invités. René est ainsi fait : superstitieux. Il croit profondément que pour recevoir encore, il faut redonner à la vie un peu de pain béni. Qu'est-ce qu'un billet de cent dollars glissé dans les mains du chauffeur ? Toutefois, lorsqu'il est question de *business*, il est sans pitié. Il se bat jusqu'au dernier sou, fait valoir ses arguments jusqu'à ce qu'on lui donne raison. Même s'il a tort.

Maintenant qu'ils possèdent une fortune colossale, Céline et René sont sollicités de toutes parts. La chanteuse n'a qu'à dire en public qu'elle aimerait une nouvelle piscine qu'une foule d'entrepreneurs s'offrent pour la lui construire. Elle parle de souliers ou de vêtements ? Les compagnies lui téléphonent pour lui proposer leurs produits. Ça fait maintenant partie de leur vie. Et bien sûr, certains ne se gênent pas pour leur souligner au passage qu'en bons riches, ils ont le pouvoir d'aider les démunis, les enfants, les malades…

Ils ont raison.

Le couple n'est pas insensible aux demandes des fondations et des œuvres de charité. Les appels fusent par centaines et il n'est pas toujours facile de trancher. Tout le monde mérite un peu d'aide. Toutes les causes sont importantes et ont leur raison d'être !

Une chose est claire dans la tête de Céline :

— Ma priorité sera toujours l'Association québécoise de la fibrose kystique !

Évidemment, elle est attachée à cette fondation depuis ses débuts. Un petit bout de sa nièce Karine y restera toujours gravé. Mais il y a tellement de misère et de drames dans le monde que la chanteuse aimerait voir disparaître ! La famine, les orphelinats, les écoles, les maladies infantiles… On ne peut sauver tout le monde ; ainsi, parfois, faire des choix brise le cœur. Ensemble, Céline et René ont l'habitude de distribuer des paniers de Noël aux familles de Charlemagne et de Repentigny dans le besoin. Un rituel qu'ils se plaisent à accomplir depuis des années. Cependant, lorsqu'ils les reconnaissent, les gens sont parfois mal à l'aise, et ce, malgré la simplicité du geste.

Les questions sur l'argent sont d'autant plus délicates lorsqu'il s'agit d'amis ou de membres de la famille. La plupart ne demandent jamais rien, même si c'est évident qu'ils en auraient besoin. À qui donner ? À celui qui vient de perdre son emploi ? À celle qui vit un deuil ? Et les autres ?

— Cette année, tu devrais offrir un montant d'argent à chacun de tes frères et sœurs pour Noël, propose René.

L'idée plaît à Céline.

Tous auront une part égale qu'ils pourront utiliser à leur guise. Qu'ils en aient besoin ou non, c'est une façon pour

Céline de les remercier de l'avoir poussée à réaliser son rêve, de lui avoir tout appris. Au fond, à travers sa fabuleuse carrière, la jeune femme transporte un peu de leur rêve aussi. Si elle ne peut leur apporter le bonheur et la paix, elle souhaite rendre leur vie confortable. Même si elle a peur, par ce geste, d'accroître le fossé qui, entre elle et eux, se creuse au fil du temps, Céline tient à le faire.

C'est à l'hôtel Westin à Montréal qu'elle réunit tout son monde pour une belle soirée. Il s'agit de l'endroit où ils ont célébré leur mariage. Un peu nerveuse, elle tient une petite pile d'enveloppes identiques. Sur chacune d'elle, Céline a soigneusement inscrit le nom de ses frères et sœurs. L'émotion est palpable dans la salle. En fait, tout le monde est ému. Le clan se rassemble autour de Céline, chacun veut la prendre dans ses bras, lui dire que c'est trop… Certains sont soulagés par ce cadeau soudain. Une chose est certaine, tous sont reconnaissants. Et la petite sœur se sent bien avec son geste. Comme dans le bon vieux temps, la troupe termine la nuit en chantant en chœur et en canon les grands classiques québécois. Un temps des Fêtes magique. De la musique, de la danse, des rires, des souvenirs…

42

La cérémonie des Oscars de l'année 1998 est marquée au fer rouge par le film *Titanic* qui remporte à lui seul un nombre record de trophées. Onze ! Avec une récolte de plus de trois cents millions de dollars au box-office, c'était à prévoir. Meilleure réalisation pour James Cameron, meilleurs effets sonores, meilleurs costumes… Bien sûr, la chanson *My Heart Will Go On* gagne le titre de la meilleure chanson de bande sonore. Plus de cinquante-sept millions de personnes ont regardé la cérémonie à la télévision le soir du 23 mars, l'auditoire le plus imposant de l'histoire des Oscars.

Pour la durée de la soirée, Céline a la chance de porter le magnifique collier en forme de cœur – le « Cœur de l'Océan » – associé au film. Elle est surprise par le poids du bijou lorsqu'on le lui glisse au cou. Un énorme diamant bleu et étincelant par ses reflets brillants d'une valeur de cinquante-six carats.

— Ne t'inquiète pas, nous gardons un œil sur toi, lui lance un homme avec un écouteur à l'oreille.

Autour de la jeune femme, plusieurs hommes en uniforme se tiennent en position officielle, les pieds légèrement écartés, les mains jointes. Il y a absence de toute expression sur leurs visages. Céline sourit en coin, elle sait très bien que les gardes du corps ne la surveillent pas *elle*, mais bien le collier d'une valeur unique et exceptionnelle qui pend à son cou. D'ailleurs, ils la suivent partout où elle se déplace. Jusque dans les toilettes !

En fait, Céline peine à faire un pas ; il y a toujours quelqu'un pour l'arrêter et la saluer. Ou plutôt, ils se penchent pour admirer le bijou. *Jamais personne ne m'a autant regardé la poitrine*, songe la chanteuse, amusée. Les gens lui envoient un bonjour distrait, leurs yeux rivés sur l'énorme diamant. Le film *Titanic* a créé une véritable fascination pour ce cœur en diamant. Céline elle-même est très impressionnée de le porter. Elle lance même à la blague qu'elle se couchera très tard ce soir juste pour avoir le plaisir de le garder le plus longtemps possible.

Dans sa robe aux allures de sirène, devant un orchestre de musiciens habillés de blanc, Céline éblouit la scène avec son interprétation de *My Heart Will Go On*. Elle n'est pas vraiment nerveuse, elle est simplement heureuse d'avoir l'occasion de chanter cette belle chanson que les gens aiment tant ! Encore plus que ses parents soient bien vivants pour la voir vivre de si grandes choses.

Tout se passe bien jusqu'à ce que, dans un geste familier qui est pratiquement devenu sa marque de commerce, Céline frappe sa poitrine avec sa main. Elle ne sait pas vraiment pourquoi elle fait souvent ce mouvement, elle n'y pense pas. Comme si elle voulait signifier au public qu'elle reçoit leur amour en plein cœur. Or, ce soir, elle porte le précieux bijou à son cou. Elle frappe le diamant, s'écorchant un doigt. Tout en continuant de chanter, elle sent le collier bouger, et les gens dans les premières rangées ont un mouvement de recul. Zut ! s'il fallait que le bijou se détache et se fracasse sur le sol ! Céline pousse les notes en imaginant les gardes du corps sauter dans la mêlée pour le récupérer, la chanson foutue, le moment aussi. L'horreur !

Ouf, le bijou semble bien accroché et Céline arrive à triompher, comme d'habitude.

43

La soirée est bien avancée lorsqu'une limousine s'arrête devant la barrière à l'entrée d'Admiral's Cove, l'unité de voisinage de la nouvelle maison de Céline et René, à Jupiter.

— Attendez avant de passer, ordonne René au chauffeur.

Il regarde sa montre. Ils ont dix minutes d'avance. Céline est nerveuse ! Nous sommes le 28 juillet 1998, et c'est en ce grand jour qu'a lieu l'inauguration de sa maison de rêve. Celle qu'elle a fait construire avec le souci du détail qu'on lui connaît. C'est à minuit et cinq minutes précisément qu'ils doivent franchir le seuil de la demeure. Pas une minute de moins. Superstition oblige.

Pourquoi le chiffre 28 ? Parce que deux plus huit font dix. Dix divisé par deux – car ils sont deux – donne cinq, le chiffre chanceux de Céline. *C'est simple.*

La jeune femme trépigne sur son siège, ne tenant plus en place depuis des jours. Elle est impatiente de voir de ses propres yeux le résultat final de la maison ! Céline est souvent venue sur le chantier, mais elle n'a rien vu depuis trois mois. Elle voulait avoir la surprise de l'ensemble du produit fini. Retrouvera-t-elle, dans la réalité, les images dont elle a tant rêvé ? Elle connaît le plan de la maison par cœur ainsi que la plupart des objets qui s'y trouvent. Céline a chacune des pièces en tête, elle se souvient de la disposition des meubles, des tableaux… Ce sera magique de voir enfin le décor étudié avec tant de soin. Elle n'a rien laissé au hasard, tout a été réfléchi et choisi selon ses goûts. Pourtant, depuis quelque temps, le moment tant attendu l'angoisse. Se plaira-t-elle dans cette maison ? Sera-t-elle à la hauteur de ses rêves ? Et si la jeune femme ne se sentait pas chez elle à l'intérieur de ses murs ? Parfois, même les plus beaux châteaux sont froids, n'ont pas d'histoire, ni d'âme. Elle tente de se calmer en se disant qu'elle trouvera bien un moyen de rendre l'endroit vivant et chaleureux.

La limousine passe enfin la guérite et roule lentement vers la maison, traversant le terrain de golf avant de tourner dans l'allée bordée de palmiers et de fleurs. La grille de sécurité est ouverte, prête à les accueillir. La voiture est à peine immobilisée que Céline met déjà un pied sur le parquet, se dirigeant vers la porte principale, René sur les talons. Il accélère le pas, arrive finalement à la porte avant elle. L'homme attache le bouton de son veston, il l'attend en souriant. Céline est heureuse de le voir aussi fébrile qu'elle. Il n'était pas chaud à l'idée de ce projet de nouvelle maison et il ne s'est pas mêlé aux décisions reliées à la construction. Tel un merci pour sa présence et son enthousiasme, Céline attrape sa main avant de déposer un baiser sur ses lèvres. Elle se sent à la fois si forte et si minuscule devant l'imposante façade de la maison !

À minuit et cinq minutes tapant, ils frappent cinq coups à la porte, le cœur battant. C'est étrange de penser que l'on doit cogner pour entrer chez soi, mais c'était la règle de la soirée, histoire d'annoncer leur arrivée. Le couple piétine sous le porche, impatient d'entrer. Céline pose son regard sur le gardénia, magnifique avec ses fleurs blanches. Elle en voulait un à tout prix. Une croyance populaire dit que son parfum a le pouvoir de changer la nature des rêves. Elle en prendra soin…

La porte s'ouvre enfin. Curieux et toujours immobiles, Céline et René jettent un œil à l'intérieur. Une serveuse s'avance vers eux avec un sourire professionnel et un Coke diète destiné à René, en équilibre sur son plateau. Elle porte le même uniforme que celui du Caesars Palace. L'effet est réussi ; René est impressionné ! De son côté, Céline est émue par l'éclairage tamisé et chaleureux. Des centaines de bougies illuminent chaque pièce de la maison. Elle qui avait peur de rencontrer un décor froid et figé comme dans les magazines… C'est tout le contraire. C'est doux et invitant. Sa main dans celle de René, Céline avance à petits pas, elle regarde chaque détail qu'elle avait rêvé d'abord, puis espéré retrouver ici, chez elle. René, qui était resté en marge de la construction, est bouche bée. Il reconnaît çà et là différents objets qui lui rappellent Las Vegas. Céline est heureuse de le voir s'émerveiller de cette attention qu'elle a tenu à intégrer à la décoration. L'homme lâche sa main pour la poser sur sa hanche. D'une légère pression, il la serre contre lui afin de lui signifier toute sa reconnaissance.

— Tu seras servi, ajoute Céline, j'ai fait installer au moins trente-trois télévisions !

René arrondit les yeux.

— Trente-trois ! Vraiment ? Ça veut dire une dans chaque pièce ?

Céline glousse :

— Presque ! En plus de la salle de cinéma.

La maison compte neuf chambres à coucher, deux salles à manger, deux cuisines, plusieurs salons, un atelier de couture pour sa mère… La plupart des pièces font face au patio. Un endroit à ciel ouvert où l'on retrouve une piscine, un coin anglais, un coin chinois… Céline a fait planter des arbres adultes et des palmiers royaux. Ils sont aussi hauts que la maison ! Et des plantes grimpantes. Et beaucoup de fleurs.

Oui, c'est une maison de rêve.

Lorsque des violons se font entendre à l'étage, une larme roule sur la joue de la jeune femme. Ce soir, ce n'est pas seulement un déménagement ou la prise de possession d'une maison. Ce lieu rassemble sous un même toit tout ce qu'elle a vu de beau dans sa vie. Tout ce à quoi elle s'identifie en tant que personne. Céline a le sentiment d'avoir accompli quelque chose, d'avoir participé à la création d'un endroit unique. Elle est chez elle, dans une demeure qui lui colle à la peau. Elle en sera la maîtresse. Elle occupera cet espace à sa façon. Elle aimait sa maison de Palm Beach, mais celle-ci n'a rien de comparable. Cette nouvelle demeure, elle l'a dans le cœur.

René la sort de ses rêveries en la pressant doucement contre le cadrage en bois massif d'une porte. Céline lève sur lui un regard humide d'émotion.

— J'adore la maison, souffle René. Elle est parfaite !

La jeune femme passe ses bras autour de son cou, admirant la lueur des chandelles dans ses pupilles. Elle est soulagée. René n'est pas très difficile à satisfaire, mais elle tenait à ce que les lieux lui plaisent, qu'il se sente chez lui ici autant qu'elle. Sa poitrine se soulève d'un soupir.

— C'est ici que nous élèverons notre enfant.

René hoche la tête sans rien ajouter. Il le souhaite aussi. Céline désire ardemment avoir des enfants, et ce, depuis longtemps. Il comprend son appel de la maternité. Il a déjà trois merveilleux enfants qu'il aime plus que tout, il sait ce que ça représente de vouloir vivre cet amour inconditionnel pour un être humain ! En avoir un autre avec Céline serait la consécration de leur amour, de leur vie ensemble. Il veut bien lui donner le bonheur et le privilège d'être mère. Un rôle qui lui ira parfaitement, il le sait. Or, le projet tarde à se réaliser. Avec l'argent, on peut tout acheter. Ou presque. Mais donner la vie ne s'achète pas à coup de millions. On ne fabrique pas un bébé comme on construit une maison. La célébrité et la richesse ne donnent pas tous les pouvoirs…

Le stress, le décalage horaire et les longues heures de travail ne sont pas des conditions idéales à la fertilité. Tout ce tourbillon joue sur les hormones de Céline qui n'a aucune régularité dans ses règles. Parfois, lorsqu'elle prend du retard sur son calendrier, un mince espoir naît au fond d'elle-même. Elle se permet de rêver, de faire des scénarios mignons dans sa tête. Elle s'imagine avoir des nausées, passer un test de grossesse et voir apparaître le « + » sur le petit bâton. Elle se demande ce que serait la réaction de René à la nouvelle, elle prépare les mots qu'elle prendrait pour le lui annoncer… Son médecin l'encourage : lorsqu'elle cessera la vie de tournée et reviendra au calme, les choses devraient se replacer. Elle l'espère. Un jour, elle aura une vraie année sabbatique pour réaliser ce nouveau rêve.

Céline se promène de pièce en pièce jusqu'à l'aube. Elle touche à tout, s'émerveille des objets qu'elle n'avait vus qu'en photo. Tout est encore plus beau, plus grandiose en vrai. Elle se sent chez elle. Cette demeure a déjà une âme, une personnalité. La leur.

Un château, c'est magnifique, mais il faut maintenant apprendre à tenir une maison. D'ailleurs, il est plus que temps, à son âge ! Un léger rire secoue les épaules de Céline chaque fois qu'elle s'arrête sur ce détail… Elle qui vient d'une famille de quatorze enfants, qui a été élevée par une femme qui gérait sa maison avec doigté. Dans une autre vie, elle se serait sans doute plu à peler des pommes de terre pour une tablée d'enfants ! Sa destinée a pris une tout autre allure. Elle vit à l'hôtel depuis des années. On la trimballe en limousine, on lui apporte ses repas, on change ses draps… Même son matelas, parfois, lorsqu'il est trop dur et qu'il lui barre le dos. Serait-elle devenue capricieuse avec le temps ? Céline se le demande souvent en examinant le flafla qui l'entoure. Et puis René est là pour lui rappeler que l'argent ne change pas le cœur, aussi longtemps qu'on se souvienne d'où l'on vient.

Elle s'accroche à ces paroles.

Comment se rapprocher des vraies valeurs de la vie dans une telle forteresse ? Surtout avec trois femmes de ménage et une chef privée. Disons que l'image de la femme au foyer qui fait des gâteaux, les deux mains dans la farine ne s'applique pas dans cette maison de Jupiter. La nuit de leur arrivée, Alain, le mari de Linda, la sœur de Céline, leur prépare un repas digne de ce moment unique. Le lendemain, il leur sert des crêpes au saumon fumé et des omelettes. Et puis René fait une demande spéciale : il aimerait manger un osso buco. Rapidement, Alain devient leur chef. Avec Linda, il habite tout près, c'est parfait. Céline compte d'ailleurs sur cette dernière pour lui donner un coup de main avec l'enfant qu'elle aura un jour…

Mais avant, elle doit repartir à la fin de l'été. Une nouvelle tournée prend son envol avec la sortie des albums *Let's Talk About Love* et *S'il suffisait d'aimer*. Une gigantesque scène centrale en forme de cœur, des chansons déjà en tête des palmarès, des musiciens extraordinaires… *Et puis ?* Pour la première fois de sa carrière, son départ la rend nostalgique. Céline aimerait rester à la maison. Dans SA maison.

44

La première de *Let's Talk About Love* a lieu à Boston, au Fleet Center. Céline performera sur une scène centrale de deux cents mètres carrés en forme de cœur. Tout le plancher est lumineux, comme un gros stroboscope multicolore. Chaque chanson a ses couleurs, son thème... Quatre écrans géants sont suspendus au plafond afin de retransmettre les images du spectacle en direct pour les gens dans les gradins. Tout pour faire de chaque soirée un moment époustouflant et repousser les limites techniques de la production d'un tel spectacle.

Tout le matériel a été construit et préparé à Montréal, puis transporté à Boston. Avec un nœud dans la gorge, Céline regarde l'ampleur du travail des techniciens chargés de tout mettre en place. Un millier de morceaux de casse-tête à assembler. René est à ses côtés, l'air tout aussi songeur. Pour se rendre sous la scène avant le spectacle, on enfermerait la chanteuse dans une boîte noire qui ressemble à celles où l'on entrepose des instruments de musique. Un technicien traverserait la salle en poussant la boîte jusqu'aux coulisses sous la scène. Là où il y a des gens devant des ordinateurs, des fils, des écrans... Un décor qui fait peur. Mais ce qui effraie le plus Céline, ce sont les pastilles sur lesquelles les musiciens seront installés. Ces dernières montent et descendent à l'aide de systèmes hydrauliques, de sorte qu'ils puissent entrer ou sortir de la scène. Tout ça semble bien fragile et sur le point de céder à tout moment ! Et si la pastille refuse d'obéir ? Si quelqu'un tombe ou reste coincé ?

— Ça ne va pas du tout, grogne René pour lui-même.

D'un coup, il est happé par le défi technique du spectacle à livrer le lendemain. Céline fera son travail, il en est convaincu. C'est tout le reste qui l'inquiète. L'éclairage sophistiqué, les écrans, la scène lumineuse… Un rien peut faire rater tout le visuel du spectacle. Un fil qui surchauffe, un écran qui s'éteint… René a l'impression qu'il a poussé la machine trop loin. Ce qu'il a mis en place est trop énorme pour leur capacité à gérer les imprévus. Il a perdu le contrôle de son propre navire.

Il convoque illico tout le monde dans une salle du Fleet Center. Une réunion d'urgence à trente-deux heures du spectacle, ça n'augure rien de bon. Affolée par cette pratique inhabituelle, toute l'équipe se masse dans la pièce froide aux murs de briques. Quelques chaises de plastique sont éparpillées. René préfère rester debout, prêt à faire face à la tempête.

— On n'a pas de *show* ! lâche-t-il sans détour. On a un plan de spectacle aussi gros que l'Empire State Building, mais on est encore en chantier. On est à peine au septième étage !

Céline croise le regard de Mégo. « On n'a pas de *show* ! » Une phrase qu'ils avaient déjà entendue trois ans plus tôt à Vancouver. Un souvenir horrible. Ils étaient alors mal préparés. Céline avait eu le temps de répéter quelques heures seulement avec ses musiciens pour se rendre compte qu'il était trop tard. Il n'y avait pas de spectacle. Rien n'était rodé, la mise en scène n'était pas au point. Les critiques avaient été dures. Et avec raison. C'était leur erreur.

Céline a donc une impression de déjà-vu.

On n'a pas de show.

Sous la force des paroles de René, tout le monde est soufflé, figé par le trac. Ils courent tout droit au désastre. Les techniciens, les ingénieurs et les électroniciens passent la nuit à l'amphithéâtre pour revoir le visuel de chacune des chansons. Céline regrette de plus en plus les rallonges capillaires qu'on lui a installées. C'est magnifique, mais les kilos de cheveux bouclés sur sa tête la font souffrir de la chaleur.

— J'aurais dû les garder courts ! panique-t-elle devant la glace.

Sa sœur Manon tente de la calmer à coup de gorgées d'eau salée, mais Céline n'est plus certaine de rien. Une minute, elle aime son nouveau *look*, la seconde d'après, elle le trouve moche. Sa styliste, Annie Horth, avait demandé aux plus grands couturiers de lui dessiner des costumes de scène. Un ensemble noir moulant décoré d'une ceinture rouge, une jupe à velcro pour des changements rapides, un chemisier très court qui lui arrive sous la poitrine, laissant son ventre nu… Elle les trouve soudainement laids. Trop « matante ».

C'est donc avec appréhension et les nerfs en boule que la chanteuse s'installe sur le minuscule banc au centre de la boîte noire qui la transportera jusque sous la scène. De chaque côté, il y a deux petites grilles qui lui permettent d'avoir un peu d'air et de percevoir ce qui se passe autour d'elle. Plongée dans le noir, elle est vulnérable. C'est ainsi qu'elle traverse la foule déjà massée au parterre. Sa tête frappe le plafond chaque fois que la boîte passe sur un fil. Elle entend les cris, les voix des gens impatients… Que se produirait-il si on bousculait la boîte ? Si les gens devinaient qu'elle se trouve à l'intérieur et décident de s'en prendre à elle ? Le temps lui semble suspendu, voire interminable et elle doit se rappeler de respirer !

Enfin, on ouvre la boîte et Céline en sort comme si elle était assise sur des clous depuis une heure. La voilà cachée sous une scène au centre du Fleet Center, entourée de gens. Ici, l'espace est restreint et elle doit se déplacer le dos courbé. Ou s'asseoir sur des chaises avec des roulettes. On lui a aménagé une « loge ». Une chaise, un miroir, de l'eau, un peu de maquillage… C'est à cet endroit qu'elle changera de costume pendant le spectacle. Soudain, elle étouffe. On lui fait du vent. Elle a peur.

C'est lorsque j'ai peur que je donne le meilleur de moi-même.

Céline se répète cette phrase en boucle avant qu'une pastille ne la propulse au centre de la scène. Elle lève les pouces une dernière fois vers Manon. *The show must go on.* Vêtue de son costume noir avec une ceinture rouge et de la jupe à velcro, Céline apparaît au milieu des cris et des flashs. Se retrouver au centre d'une foule qui nous entoure et nous acclame, c'est un sentiment indescriptible. On se sent invincible. Le Bon Dieu ! Sous les premières notes de la chanson *Let's Talk About Love*, son cœur bondit dans sa poitrine alors qu'elle tourne sur elle-même pour voir le spectacle impressionnant qui s'offre sous ses pieds. C'est grandiose. Émouvant.

Outre quelques problèmes techniques, le spectacle se déroule assez bien. Deux heures très exigeantes pour Céline qui doit couvrir les deux cents mètres carrés de la scène. Elle est épuisée, trempée et survoltée comme lorsqu'on sort d'un entraînement physique intense. La chanteuse a surtout l'impression d'émerger d'un long cauchemar. Elle ne pensait pas y arriver.

—Je ne veux plus jamais vivre ça ! dit-elle à René très tard cette nuit-là en parlant du stress vécu avant ce spectacle. On se comprend bien ? Il y a autre chose dans la vie !

Ces paroles lancées impulsivement après une première difficile ont beaucoup de poids. Plus qu'elle ne le réalise elle-même. Pour la première fois, Céline se rend compte qu'il y a une vie à côté du *show business*. Cette réalité lui tombe dessus comme un violent orage au milieu d'un après-midi d'été ensoleillé. Une douche froide. Il existe autre chose que le monde du spectacle pour lequel elle se donne corps et âme depuis plus de quinze ans. Il n'y a pas si longtemps, la jeune chanteuse n'aurait pu affirmer une telle évidence. C'était sa seule vision, une bulle fermée. Chanter et chanter encore. Vivre pour le prochain spectacle, le prochain album, le prochain public. Or, ces derniers mois, Céline a vécu beaucoup de bonheur dans sa nouvelle maison de Jupiter. Elle était triste de quitter cet univers qu'elle s'appropriait un peu plus chaque jour avec plaisir au profit d'une longue tournée… Le mauvais stress de cette semaine et la crainte d'un désastre pour le spectacle de ce soir l'ont grandement affectée. Et René se trouve fort heureux d'entendre son état d'âme. Lui aussi a eu sa dose de pression.

— Tu as raison ! On va prendre une vraie sabbatique après cette tournée.

Ils en parlent depuis si longtemps… Le bon moment pour s'arrêter a été reporté encore et encore, probablement parce que ni l'un ni l'autre n'avait envie de cesser d'avancer. Voilà que la situation vient de changer. Ils frappent un mur. L'ambition qui les avait toujours transportés vers de plus hauts sommets les a finalement dépassés. Ils n'arrivent plus à suivre, ils sont à bout de souffle. Céline n'a plus besoin d'être confrontée au mauvais trac. Elle a envie d'avoir la paix. De vivre autre chose. Mais le lendemain, tout serait à recommencer. Après le prochain spectacle, un autre suivrait. Puis un autre.

La réalité est telle qu'une tournée aussi puissante que *Let's Talk About Love* allait s'étirer sur plusieurs mois. Au moins un an, peut-être plus. On ne produit pas un spectacle de cette envergure pour vingt représentations. C'est une puissante machine qui l'amènera partout dans le monde. Céline devra puiser en elle pour retrouver son amour de la scène. C'est vital. Son feu sacré s'est éteint, cette tournée lui apparaît comme une immense montagne à escalader. Elle se demande seulement à quoi tout ça sert… Pour la mener plus haut encore ? Que peut-il y avoir là-bas qu'elle n'a pas déjà vu ou fait ? Il n'y a personne au sommet ; elle est seule et le vent souffle dans le vide.

Céline se réfugie alors à nouveau dans sa banque d'images, ces images qu'elle continue de recueillir dans les magazines. Elle découpe, elle empile… Pourquoi ne pas construire une nouvelle maison ? Au Québec, cette fois ! Elle n'aime pas tellement le froid, mais les décors hivernaux sont les plus beaux. Elle imagine déjà cette demeure en pierre grise avec des boiseries, de grandes cheminées, des couleurs chaudes… Céline a besoin d'un projet qui l'anime. Ils achètent donc plusieurs hectares d'une île sur la rivière des Mille Îles, située à vingt minutes de Montréal et à dix minutes du terrain de golf de Terrebonne. Il y a des écureuils, des chevreuils, des champs, de l'eau…

— Et si on s'arrêtait le fameux soir de l'An 2000 ? propose un jour René. De gros *shows* se préparent partout dans le monde pour fêter l'événement historique.

Céline sait déjà que René a reçu plusieurs propositions pour cette soirée, mais qu'il misait sur un endroit en particulier : Montréal.

Cette veille du jour de l'An 2000 n'est pas à la porte. Il reste encore un long chemin à parcourir avant cette année sabbatique, et Céline s'amuse à réaliser de petits films sympathiques dans sa tête pour patienter. Elle imagine tout ce qu'ils pourront faire pendant cette pause : voyager, jouer au golf, s'occuper de leurs maisons… N'empêche, le fait d'avoir une date, un mot fin écrit quelque part au programme l'encourage et lui redonne même son plaisir de chanter. La ligne d'arrivée est loin, mais la chanteuse voit le drapeau.

Ils sont si près du bonheur, de l'aboutissement d'un long marathon. Toutefois, leur pire cauchemar reste à venir.

Cinquième partie

Un nouveau rêve

45

C'est en mars de l'année 1999 que tout a basculé. Céline se rend à Dallas pour une dizaine de jours et, dans l'avion, elle remarque que René passe sans cesse la main sur son cou, comme si quelque chose l'agaçait. Son homme est toujours dérangé par les collets de chemise trop serrés, mais cette fois, ça semble pire qu'à l'habitude.

— Qu'est-ce qu'il y a ?

Évidemment, René reste vague. Il hausse les épaules.

— Rien.

Céline fronce les sourcils. Elle n'est pas dupe : depuis le matin qu'il a son air songeur. Un pli soucieux lui barre le front, son sourire est faux. Il a même fait de la fièvre dans les derniers jours. Quelque chose ne va pas.

— Penche-toi que je regarde ça.

Il proteste, essaie de se défiler, mais Céline tire sur sa cravate, ne lui laissant aucune chance de se sauver. René regarde au ciel en soupirant alors que les doigts de Céline frôlent la peau de son cou. Elle sent une masse sur le côté droit, dans le creux sous son oreille. Horrifiée, la jeune femme se redresse.

— C'est quoi, ça? Depuis quand c'est là?

La masse est aussi grosse qu'un œuf. René se replace sur son siège en ajustant une fois de plus le collet de sa chemise. Voilà pourquoi il ne lui a rien dit; il ne voulait pas l'inquiéter.

— Je ne sais pas… C'est rien, ça va passer!

Céline n'est pas contente.

— Attends-tu que ça soit de la taille d'une balle de baseball pour consulter ton médecin? demande-t-elle d'un ton sec, mais à voix basse pour ne pas que les autres entendent.

— Je n'ai pas eu le temps encore! La bosse est apparue en quelques heures…

Le sang de Céline quitte son visage.

— Est-ce que c'est douloureux? demande-t-elle du bout des lèvres.

Elle n'est pas certaine d'avoir envie de connaître la réponse. Une masse qui pousse en si peu de temps et qui ne serait pas douloureuse, c'est mauvais signe.

— Non, pas douloureux.

Céline serre un peu plus fort le magazine qu'elle tient toujours entre ses doigts. Ça n'augure rien de bon, tout ça. Elle a encore l'impression de sentir la texture de cette bosse sur sa peau. Elle sourit pour l'encourager.

— D'accord. Ça ira, on verra le médecin demain…

Pendant tout le reste du voyage, Céline essaie de se calmer, de se convaincre que c'est bénin. Sans doute un simple kyste… Mais c'est peine perdue, son angoisse augmente de minute en minute. Non, cette bosse n'est pas normale. Et si c'était vraiment grave ?

Le couple s'installe au Four Seasons de Dallas, un sympathique hôtel bâti sur un terrain de golf.

René est très occupé le lendemain. Il planifie l'anniversaire de Céline, qui aura lieu dans deux jours ! Il doit voir à la préparation de la salle, prévoir le menu avec le chef. La décoration, le gâteau… Il s'occupe de réserver des billets d'avion et des chambres à l'hôtel pour ses parents et des amis. Un médecin de l'hôtel vient tout de même l'examiner pour voir ce qui en est. René constate avec horreur que la bosse a encore grossi depuis la veille. Elle est plus dure, aussi.

Le lundi matin, Céline est réveillée très tôt par du mouvement dans le lit. Alerte, elle ouvre un œil. René est déjà habillé et prêt à partir.

— On va me faire passer des examens dans une clinique de Dallas, lui apprend-il en se penchant au-dessus d'elle pour l'embrasser.

À moitié éveillée, Céline le retient en passant ses bras autour de son cou, prenant garde de ne pas toucher la fameuse bosse…

— Attends-moi, je me prépare. Je veux venir avec toi.

René se défait de son étreinte et se redresse.

— Pas question, tu as un spectacle ce soir. Il faut que tu dormes pour être en forme. J'y vais avec Martin !

Martin Lacroix est le fils d'un couple d'amis. C'est lui qui s'occupe de la logistique de la tournée *Let's Talk About Love*. René souffle un dernier baiser à Céline, puis disparaît derrière la porte, laissant un grand vide dans la pièce. D'un soupir, la jeune femme empoigne son oreiller pour y enfoncer son visage. Il sent encore le parfum de son homme. Seule dans ce grand lit, elle fait une prière silencieuse. Elle espère que tout se passera pour le mieux. *Fais confiance à ton étoile.*

René est un homme sans détour. Lorsque le médecin l'examine, il va droit au but :

— Est-ce que ça pourrait être cancéreux ?

— Je ne peux pas me prononcer sans avoir fait une biopsie. Nous aurons les résultats dans une semaine environ.

René a un mouvement de recul.

— Une semaine ?

Selon lui, le délai est inconcevable ! Pourquoi ne pas lui faire la biopsie dès maintenant ?

— Oui, car je pars pour Londres demain matin, répond le médecin. Monsieur, la biopsie demande une certaine préparation. Vous devez être à jeun et l'intervention sera pratiquée sous anesthésie générale.

— Mais je suis à jeun ! s'énerve René.

Il veut connaître l'origine de cette bosse le plus tôt possible. Le médecin piétine, puis le regarde droit dans les yeux. Sans doute ressent-il toute sa détermination, car il incline la tête sur le côté.

— D'accord, je ferai votre biopsie à dix-huit heures.

Malgré sa volonté de se reposer pour être en voix ce soir, Céline se tourne et se retourne dans son lit. Elle regarde les minutes s'écouler, elle n'arrive pas à se rendormir. Elle pense à René. Elle veut des nouvelles. Tant pis, elle n'en peut plus de patienter. D'un coup sec du poignet, Céline repousse la couverture qui tombe au pied du lit. Elle s'habille en vitesse et demande au chauffeur de la conduire à l'hôpital. Sa place est là-bas, avec son mari.

Elle trouve René dans une chambre, inquiet.

— Ils vont m'opérer…, lui annonce-t-il, le regard vague.

La carapace de René Angélil vient de tomber. Sa carrure est toujours aussi imposante – faisant par ailleurs contraste avec l'exigüité du lit sur lequel il est assis –, mais une lueur de fragilité danse dans ses yeux. Céline prend doucement sa main tandis qu'un jeune médecin entre dans la pièce comme dans un moulin.

— On va vous préparer pour votre biopsie.

À son ton, on dirait presque un examen de routine.

— C'est ce qui nous dira si c'est malin ou non, ajoute-t-il.

Céline sait bien qu'il n'ose pas prononcer le mot maudit que tout le monde évite. Le cancer. Elle y pense sans arrêt depuis hier soir. René aussi. Une merde qui fait peur et qui peut ruiner tous les rêves en un claquement de doigts. Une petite bosse et puis, paf ! c'est fini. Céline ne saisit pas bien tous les termes techniques anglais qu'utilise le médecin pour décrire la procédure. Elle le fait répéter plusieurs fois pour être certaine de tout comprendre. Elle veut que les choses soient claires, elle n'aime pas les vérités dites à moitié.

— C'est le cancer, c'est ça ? souffle-t-elle, la voix tremblante.

Le médecin la fixe dans les yeux.

— La biopsie le dira. Si c'est cancéreux, nous l'opérerons.

Bref, il n'est pas très encourageant. Ni trop alarmiste. Il se contente d'être prudent. Et un peu bête dans les circonstances. Il fait peur avec tous ces grands termes techniques. Le médecin les informe qu'ils auront les résultats des analyses tard en soirée.

Bon.

Ils ont encore quelques heures à tuer. Mais que faire pour passer le temps lorsque plus rien ne compte ? Leur vie est sur pause. Leur avenir appartient à cette masse, sortie de nulle part, que Céline déteste déjà. Une biopsie et ils seront fixés. D'un côté comme de l'autre. En bon joueur, René essaie d'évaluer les probabilités. Il donne aussi un coup de fil à un ami médecin à New York afin de connaître le nom du meilleur chirurgien. Au cas.

René a une grande admiration pour les médecins et leur savoir-faire. Il a eu besoin d'eux plusieurs fois dans sa vie. Lors de sa crise cardiaque sept ans plus tôt. Lorsque Céline a eu des problèmes avec sa voix. Ou lors de ses reflux gastriques l'an dernier. L'homme leur fait confiance. Il s'est même lié d'amitié avec certains d'entre eux. Comme toujours, dans tous les domaines, René sait s'entourer des meilleurs.

Bouleversée, Céline prend l'avion seule pour Kansas City où elle doit chanter ce soir. Elle ne parle de cette affaire à personne. Pas même à Manon. Pas que ce soit un secret qu'elle tienne à garder, mais elle manque de courage pour mettre des mots sur le malheur qui frappe à leur porte. Elle dit seulement que René a des trucs à régler et qu'il doit rester à Dallas. Personne ne pose de question, puisque c'est monnaie courante. Tant mieux, car Céline se sent incapable d'expliquer la situation à qui que ce soit. Elle doit surtout essayer de se concentrer sur le spectacle à livrer. Ce n'est pas le moment de broyer du noir.

Pendant ce temps, René fait la rencontre d'un homme de petite taille et fort dynamique, le docteur Robert Steckler. Le regard vif, il s'adresse à lui sans réserve :

— Votre cas est sérieux. Je vais moi-même faire la biopsie de la masse dans votre cou.

René l'écoute attentivement. Il sent que son état est grave. Il trépigne, impatient que les choses bougent. Il parle à son bon ami Pierre Lacroix, aussi directeur général de l'équipe de hockey du Colorado.

— Fais tes prières pour moi, pôpa, je passe au bistouri.

Même si Pierre est alors sur le perron d'une église en train d'assister aux funérailles du fils d'un photographe de l'Avalanche du Colorado, il n'hésite pas une seconde à se rendre auprès de René. Sa femme et lui ne prennent pas le temps de faire un détour par la maison ; ils se rendent directement à l'aéroport dans leurs tenues sombres.

Ébranlée, Céline téléphone à l'hôpital pour avoir des nouvelles juste avant de monter sur scène.

— Oui, ils ont fait la biopsie, l'informe René, la voix ensommeillée. Nous aurons les résultats seulement demain matin finalement. À la grâce de Dieu, mon amour.

Seule dans sa loge avec tout le poids de sa peine, Céline trouve la situation complètement aberrante. Qu'est-ce qu'elle fait ici alors que son mari traverse le pire moment de sa vie ? Tout le stress de cette journée lui tombe dessus, elle se sent démolie et si fatiguée… Sa bouche est pâteuse et elle a de la difficulté à parler. Elle voudrait être ailleurs. Être avec *lui*.

Comment faire sortir la bête de scène en elle et donner un spectacle à la hauteur des attentes de ses admirateurs dans un tel état d'esprit ? La seule solution possible est de faire ce qu'elle déteste le plus, c'est-à-dire donner toute la place à la chanteuse de service. Sa pire ennemie. Celle qui pousse chaque note, chaque sourire comme si un film se déroulait sous ses yeux. Plutôt que de vivre chaque chanson, Céline les écoute, l'esprit ailleurs. Elle met une cassette en marche. Elle enfonce le bouton du pilote automatique. Ce n'est jamais très respectueux pour le public de faire ça ; René ne serait pas content. Elle aurait pu – ou dû ! – raconter à ses *fans* ce qui se passait. Ils auraient compris, ils lui auraient retourné une dose d'amour inestimable par des applaudissements ou des cris. Mais elle aurait fondu en larmes. Il fallait se rendre au bout du spectacle.

Il n'y a qu'une chanson que la chanteuse arrive à vivre pleinement : *The First Time Ever I Saw Your Face*. La première fois où j'ai vu ton visage. Elle l'interprète comme jamais elle ne l'avait fait avant, les yeux humides et son cœur à Dallas, avec son homme. Un moment intense que Céline ne partage avec personne d'autre que René, en pensée.

Il est passé minuit lorsque Céline retourne à Dallas. De l'aéroport, elle se rend à l'hôpital sans un détour par leur hôtel. Elle n'en peut plus d'être loin, les dernières heures lui ont paru des semaines. Elle veut seulement retrouver

René, entendre sa voix, toucher sa main. Lui dire qu'elle est là, de ne pas s'inquiéter. En même temps, cette hâte de le rejoindre est brouillée par la crainte de connaître les résultats de la biopsie. Elle appréhende les mots du médecin. Le bruit feutré de ses pas sur le plancher désert du couloir de l'hôpital lui donne des frissons dans le dos. Tout est calme, on entend le bruit des machines ou les plaintes d'un patient. Des chuchotements çà et là. Ça fout la trouille.

Céline murmure un bonjour à l'infirmière souriante qui commence son quart de travail, puis elle pousse doucement la porte de la chambre de René. Aussitôt, elle s'arrête sur le seuil. Dans la lueur de la lumière du couloir, elle voit deux lits collés l'un contre l'autre. René occupe celui de droite. Elle plisse les yeux pour arriver à distinguer qui est couché dans le deuxième. Pierre Lacroix ! Ce précieux ami venu de Denver dans l'après-midi.

Une image émouvante.

René somnole, intubé et avec un large pansement dans le cou, mais Pierre se lève aussitôt qu'il l'aperçoit pour l'entraîner dans le couloir.

— Merci d'être là, lui dit simplement Céline, au bord des larmes.

Il sera un soutien de taille pour René. Pierre passe un bras autour d'elle.

— Il va bien, tu devrais retourner à l'hôtel pour dormir un peu. Je ne le lâche pas d'une semelle.

Du revers de la main, la jeune femme essuie la larme qui glisse sur sa joue. Elle se sent si impuissante ! Elle voudrait retourner quelques jours en arrière… Il n'y avait pas de bosse dans le décor, pas de biopsie, de chirurgie. Il n'y avait que du bonheur, des rêves, des projets. En quelques heures, leur ciel bleu s'est assombri. Pierre a raison: il faut se reposer avant que l'orage n'éclate, on ne peut rien faire, de toute façon, avant de connaître les résultats demain matin.

Céline hoche la tête.

— D'accord, merci d'être là, ça me rassure. Je vais aller le voir quelques minutes avant de partir.

Pierre sourit avant de tourner les talons pour aller se chercher un café. Céline entre dans la chambre et s'approche du lit. René dort, il semble en paix, serein. Elle ne le réveillera pas. Elle se contente de frôler le bout de ses doigts sur son avant-bras. Ce n'est pas naturel pour elle de le voir ainsi couché dans un lit d'hôpital. Le pansement dans son cou ne manque pas de lui rappeler qu'une ridicule bosse peut changer un destin qui semblait si parfait. C'est frustrant.

À partir de maintenant, ce sera un jour à la fois.

C'est Pierre qui, après un long moment, lui secoue doucement l'épaule. Céline comprend qu'elle doit rentrer à l'hôtel. Elle aurait préféré passer la nuit ici avec René, à le regarder dormir. Mais Pierre veille au grain. Sans autres vêtements qu'un boxer et un chandail de l'Avalanche du Colorado, ce dernier s'installe sur le petit lit à côté de René. Cependant, impossible pour lui de fermer l'œil, car René commence à s'agiter. Malgré l'effet des sédatifs, il veut tout savoir:

— Où suis-je?

Pierre lui faire boire un peu d'eau.

— À l'hôpital, tu as eu une petite opération.

— Le médecin a dit quoi ?

— Bah ! tu as le temps de dormir encore avant de le savoir, le médecin va venir seulement demain matin !

Une lueur d'inquiétude traverse le regard de René, mais rapidement, il sombre de nouveau dans le sommeil. Pierre aussi. Ce sont les plaintes de René qui le réveillent plus tard dans la nuit.

— Hé ! non ! C'est moi !

Pierre ouvre un œil et essaie de comprendre ce qui se passe. Il voit alors l'infirmière à ses côtés, qui s'apprête à lui administrer un sédatif plutôt qu'à René !

— Par chance, tes ronflements m'ont réveillé, rigole René. Sinon, c'est toi qui aurais été dans les vapes !

Un moment qui les fera rire longtemps.

46

Cette nuit-là, Céline vient à peine de fermer l'œil lorsque quelqu'un frappe impatiemment à sa porte. Certaine qu'il y a un problème à l'hôpital avec René, elle bondit et empoigne sa robe de chambre. La jeune femme tombe alors face à face avec le directeur de l'hôtel et deux hommes en habit de travail. Des ouvriers. Avec un coffre à outils à la main. C'est à ce moment qu'elle pense à sa tenue de nuit légère et s'empresse de faire un nœud autour de sa taille pour ainsi fermer sa robe de chambre.

— Excusez-nous de vous déranger, madame, il y a un bris de tuyau dans l'hôtel.

Abasourdie, Céline ouvre grand la porte et les laisse passer. La salle de bain est complètement inondée. Ses souliers de la veille et quelques vêtements flottent dans la pièce ! En moins de temps qu'il n'en faut à Céline pour lancer une serviette sur le sol afin d'éponger le dégât, un autre employé se présente avec une chaudière et une vadrouille. Les ouvriers s'affairent à fermer des valves, à raccorder des tuyaux. Tout se fait très vite, à voix basse. Ils repartent avec leurs outils en lui souhaitant poliment bonne nuit et elle arrive rapidement à se rendormir.

Il est cinq heures du matin lorsque le docteur Steckler entre dans la chambre d'hôpital de René. Ce dernier est bien réveillé. Il veut connaître ce que le sort lui réserve. Perplexe, l'homme en uniforme regarde les deux lits.

— C'est qui ? demande le docteur en pointant Pierre.

— Un ami.

— Hé ! bien ! Ça, c'est de la chance !

Pierre et René se regardent sans commenter. Les mains moites, ils attendent avec appréhension les résultats de la biopsie. Encore une fois, le médecin ne les ménage pas et lance la vérité sans aucun avertissement :

— Les choses se présentent mal. Ce type de cancer est ma spécialité et, crois-moi, ça ne va pas bien.

Interdits, les deux hommes demeurent muets de longues secondes. Les mots résonnent en boucle dans la tête de René. Un cancer. Dans sa tête, c'est impossible ! Il doit y avoir une erreur, ça ne peut pas lui arriver à lui ! Il a trop de projets, sa vie est trop belle, il est enfin au sommet d'une carrière dont il a toujours rêvé… Le visage sans expression du docteur Steckler lui confirme toutefois qu'il ne blague pas. Il n'y a pas d'erreur. C'est la réalité. Et ça ne se présente pas bien. Quel cauchemar !

— Je sais que je suis un peu brusque, mais on n'a pas le temps de jouer avec les émotions. Il faut agir et vite. Je te laisse une heure pour prendre une décision. Je peux t'opérer avant la fin de la journée si tu veux.

Le regard du médecin se pose sur Pierre, immobile à côté du lit :

— Qu'est-ce que tu attends pour le réconforter ? C'est à ça que ça sert, les amis !

Pierre sort alors de sa torpeur et donne une tape amicale sur l'épaule de René.

— Ça va aller…

Dire que René se sentait en pleine forme il n'y a pas une semaine ! Ils sont en plein cœur de la tournée *Let's Talk About Love*, la chanson *My Heart Will Go On* est sur le point de devenir la chanson la plus vendue de l'histoire du disque… Et puis, comme ça, en un claquement de doigts, René réalise que le conte de fées pourrait mal se terminer. Ils vécurent heureux et eurent beaucoup d'enfants. Il y croyait encore il y a quelques jours !

— Quelles sont mes chances ? veut savoir René.

Le *gambler* en lui veut connaître ses *odds*, comme on dit dans le langage du jeu. Quelles sont ses chances de s'en tirer vivant ? Le docteur Steckler lance un chiffre sans hésiter, le ton ferme :

— Soixante-dix pour cent.

Mais René n'est pas à une table de jeu. Il ne peut pas rejouer les dés et tout recommencer. Il ne peut encore moins négocier comme il a l'habitude de le faire dans le domaine des affaires. C'est ça qui est ça. Pour une fois, ce n'est pas lui qui a le dernier mot.

Toutefois, il n'a pas besoin de réfléchir longtemps pour en venir à la conclusion que soixante-dix pour cent, c'est une bonne probabilité. C'est même très bon !

— Parfait, alors allons-y !

— Vous savez que René est l'imprésario de Céline Dion ? ajoute Pierre comme s'il voulait donner du poids au patient.

Les infirmières présentes dans la pièce ont un hoquet de surprise et d'excitation, mais le docteur Steckler hausse les épaules. Cette information lui importe peu.

— Je vous conseillerais de vous tenir loin du travail pendant les prochains mois. Il faut penser à votre guérison.

Pierre a laissé quelques secondes à René pour reprendre ses esprits. Il s'est assis près de lui sur le petit lit dur.

— Tu as entendu le médecin ? Tu dois déléguer tes tâches, passer le flambeau à quelqu'un.

Paniqué, René le fusille du regard. Pierre ne bronche pas :

— Donne-moi le nom de quelqu'un de confiance qui peut prendre ta place à partir de maintenant.

René tente de protester. Après tout, ce n'est pas dans sa nature de céder sa place à une autre personne. Perfectionniste, il tient à s'assurer que tout est bien fait dans le meilleur intérêt de son artiste. De sa femme. Mais Pierre est intraitable.

— Dave, finit par dire René, de plus en plus las.

— Parfait. Je veux qu'il vienne ici aujourd'hui même et tu vas lui donner tous les pouvoirs sur la carrière de Céline pendant ton absence.

On réveille à nouveau Céline vers neuf heures. Lorsqu'elle ouvre les yeux, la femme de Pierre Lacroix, une bonne amie, est assise sur son lit. Son regard est empreint de tendresse. Elle se penche, pose ses paumes autour du visage de Céline, ce qui a pour effet d'augmenter son rythme cardiaque. Ses mains sont glacées contre ses joues.

— Tu devrais aller rejoindre ton homme, ma chouette.

Voilà, elle n'a pas besoin d'en dire plus, Céline a saisi l'essentiel. Ils ont eu les résultats de la biopsie.

En moins de trente minutes, elle est à l'hôpital, faible sur ses jambes. Toujours cette même peur qui lui scie le ventre en deux. Elle respire par petits coups, sa poitrine est si serrée qu'elle étouffe. Cette impression épouvantable de perdre le contrôle sur sa vie s'accroît d'un cran lorsqu'elle aperçoit René. Ses épaules sont toujours aussi larges, sa posture est droite, déterminée. Mais quelque chose dans son regard a changé. Il est incertain. Ses mains tremblent un peu. Pierre, son fidèle complice, est avec lui.

— C'est le cancer, Céline. Le docteur a reçu les résultats.

René a parlé d'un souffle, braquant ses pupilles sur elle. Aujourd'hui est le 30 mars 1999. C'est l'anniversaire de Céline, mais personne n'a le cœur à la fête.

— Ils vont m'opérer dans quelques heures, ajoute-t-il avec plus d'assurance.

Un combattant comme René n'abandonne jamais. Céline sait qu'il ne baissera pas les bras, qu'elle peut compter sur lui pour partir à la guerre ! Pierre reste près de lui pendant qu'elle l'entoure, en larmes. Elle manque d'air. Surtout, elle n'a pas de mot. Ce qui est très rare. Combien de temps sont-ils restés là, figés, à essayer de se remettre du terrible choc de leur bonheur brisé ? En fait, ils ont perdu la notion de la réalité. Ils sont dans un épais brouillard qui force Céline à se mettre en mode pilote automatique encore une fois. Malgré sa détresse, elle doit se ressaisir, c'est à son tour d'être forte, de soutenir l'homme qu'elle aime dans l'épreuve. Elle pleurera en cachette, le soir dans sa douche, mais plus jamais devant lui. Il faut garder la tête haute, être le symbole de la détermination. Il a assez de son propre malheur sans s'inquiéter pour elle.

Céline est rassurée de rencontrer le docteur Bob Steckler. C'était l'homme de confiance de l'ami médecin de René à New York. Il l'avait chaudement recommandé en le qualifiant d'impeccable. Tant mieux. En plus, Céline le trouve tout de suite sympathique et très humain malgré la rigidité de ses propos.

— Je ne vous raconterai pas de menterie, le cancer de René est sévère. En opérant rapidement, on met toutes les chances de son côté.

René est entre bonnes mains.

Plus que quelques heures à patienter avant l'opération. René trépigne, il déteste attendre. Il a hâte que ça soit fait, comme si tout ce cauchemar pouvait devenir chose du passé une fois sorti de la salle de chirurgie. Pouf ! plus de bosse. Terminé, le cauchemar ! La vie pourrait reprendre son cours… Ce serait simple, non ? Pourtant, tous savaient que ce serait plutôt le début d'une longue bataille.

Pour l'anniversaire de Céline, René avait invité ses parents et plusieurs amis à les rejoindre à Dallas. Ils sont tous arrivés comme prévu en après-midi, mais la fête prend toutefois une tournure de recueillement dans le bureau du docteur Steckler. Évidemment, les enfants de René ont sauté dans le premier avion pour être auprès de leur père.

C'est une étrange journée. On souhaite bonne fête à Céline du bout des lèvres, la voix tremblante, crispée d'inquiétude. Quelqu'un leur apporte du café et du chocolat…

Lorsqu'une infirmière vient chercher René pour l'opération, il est déjà un peu confus à cause des sédatifs.

— Peu importe ce qui arrive, il faut que tu continues à chanter ! Tu me le promets ? De toute façon, ça ne changerait rien à mon état, que tu arrêtes…

Il sait bien que Céline songe déjà à annuler sa tournée pour être auprès de lui pendant cette épreuve. Pas question d'être loin de René alors qu'il va à la guerre. Mais elle verra ça plus tard. Une étape à la fois.

— Je te le promets, mon amour.

Elle se souvient qu'il lui avait fait la même confidence quelques années plus tôt à Los Angeles, lorsqu'il avait eu son malaise cardiaque. *Si tu arrêtes, je mourrai deux fois.*

— Si tu arrêtes tout, c'est l'empire que nous avons bâti qui risque de s'effondrer !

La carrière bilingue de la chanteuse bat son plein. Un producteur leur propose même deux spectacles au Stade de France devant quatre-vingt-dix mille personnes. Céline sait à quel point tout ça est la fierté de la vie de René, l'aboutissement de toutes ses années de travail. Son œuvre, à l'instar d'un ouvrier qui construit une maison, d'un écrivain qui écrit un roman… Céline chantera toujours. Pour lui.

Céline accompagne son homme jusqu'aux portes battantes puis, en silence, elle rejoint les autres dans le bureau du docteur Steckler. Il faut attendre, maintenant. Elle ignore combien de temps l'opération durera. C'était déjà trop long. Autour d'elle, les gens murmurent entre eux, comme si le bruit dérangeait. On lui offre à boire, à manger... Deux fois, le docteur appelle de la salle d'opération pour leur assurer que tout se passe bien.

— J'ai pu retirer toute la tumeur, lui dit-il d'un ton calme et positif une fois l'opération terminée. René commence maintenant sa guérison !

Il a encore son uniforme de chirurgien, son masque pend à son cou.

— Allez, ajoute-t-il en lui tapotant le bras, c'est votre anniversaire, prenez du temps avec les gens que vous aimez. Et surtout, restez positive !

René dormira toute la nuit. Pierre, qui restera auprès de lui, s'est entretenu avec Dave Platel et il a été convenu que ce dernier prendrait sous son aile la gestion de la carrière de Céline pour les six prochains mois. Sous aucun prétexte, il ne devra parler affaires avec René même si celui-ci veut des détails. Lorsqu'il l'appellera, ce sera en tant qu'ami, sans plus.

Tous les autres rentrent à l'hôtel où une salle à manger décorée de ballons d'anniversaire les attend.

47

René avait pensé à tout. Il avait fait décorer la salle à manger de l'hôtel de ballons multicolores et de banderoles. Il avait aussi demandé au chef cuisinier de préparer un repas d'anniversaire et, bien sûr, un gâteau. Avec cinq bougies. Pour lui, chaque occasion est une excuse pour planifier, organiser, recevoir… Il aime être entouré des gens qu'il aime et les gâter. Avec lui, il y a toujours des cadeaux et de la nourriture à profusion.

Ce soir, il manque au décor. Son absence est palpable. Lourde.

Céline essaie de suivre le conseil du docteur Steckler : être positive. Elle sourit, mange un peu, fait des efforts pour avoir l'air joyeux. Tout ça sonne faux. D'ailleurs, personne autour de la table n'a envie de fêter. Par superstition, la chanteuse tient tout de même à souffler les bougies de son gâteau et d'en avaler quelques bouchées. Ça lui a permis de faire un vœu…

Une pensée horrible traverse toutefois l'esprit de Céline lors de la photo de groupe. Pour la première fois, René n'est pas sur le portrait. *Rester positive.* Comment oublier qu'une épée nous pend au-dessus de la tête ? Que René ne sera peut-être plus jamais sur ses photos d'anniversaire ?

Qu'il peut mourir… À quoi ressembleront leurs prochains jours, semaines, mois, années? Comme un coup de vent venant du nord qui vous glace la peau, Céline réalise que son homme pourrait la quitter. Le regard vague, la jeune femme se retrouve assise au bout de la table entre ses parents. Elle se bat avec elle-même pour ne pas se laisser submerger par un instant de faiblesse et s'effondrer contre leurs épaules telle une petite fille qui veut se faire consoler.

Sa décoratrice, Johanne, tente de changer les idées de tout le monde en ouvrant ses valises remplies d'échantillons et de plans de la maison de la rivière des Mille Îles que Céline projette de faire construire. Mais tout ça lui paraît tout à coup bien éphémère. À quoi lui servirait un nouveau château si René n'était plus là? Comment prendre plaisir à un projet aussi futile alors que la santé de son homme est ébranlée? Céline joue tout de même le jeu, histoire que l'ambiance de sa soirée d'anniversaire ne devienne pas celle d'un salon mortuaire.

Après tout, ils sont loin de ça. René n'est pas mort, il est malade. Et il va guérir!

Avec ses invités, Céline place sur le tapis de la salle à manger les échantillons de pierre proposés.

— Celui-ci est plus beau, dit sa sœur Manon.

— Moi, je préfère celui-là! lance sa mère.

Ils jouent avec l'intensité des lumières pour observer les reflets sur la pierre. C'est sérieux. Pourtant, Céline n'en a rien à foutre du choix de la pierre. N'importe laquelle ferait l'affaire, ça n'a plus d'importance. Elle secoue la tête, répondant aux questions de la décoratrice par des signes – oui ou non –, mais son cœur est ailleurs. Elle se demande comment va René. S'il est réveillé. S'il a mal.

Elle songe aussi au spectacle du lendemain à Houston, que René lui a interdit d'annuler.

48

L'état de santé de René Angélil est gardé secret, aucun communiqué de presse concernant sa maladie n'a été diffusé. La chanteuse juge toutefois qu'il est temps d'annoncer la nouvelle à ses fidèles complices. Céline réunit donc ses musiciens et ses choristes dans sa loge avant le spectacle à Houston. Ces gens font partie de la famille, ils ont le droit de savoir. Et ils comprendront mieux pourquoi sa voix tremble autant…

Un à un, ils entrent dans la pièce en rigolant, comme de joyeux lurons prêts à monter sur la scène. Ils sont beaux ! Ils sont si vivants et pleins d'énergie. Céline s'en veut déjà de briser l'ambiance avec sa mauvaise nouvelle. Elle ne sait même pas par où commencer. En fait, elle n'a pas ouvert la bouche que leurs sourires se transforment peu à peu en une expression d'inquiétude. Ils voient bien que quelque chose ne va pas. Leurs sourcils se froncent, ils croisent les bras sur leur poitrine. Céline est devant eux, fragile.

— Je n'ai pas une très bonne nouvelle à vous apprendre…

La jeune femme s'arrête pour reprendre son souffle. L'objectif de cette annonce n'est pas d'attirer la pitié ou la sympathie, mais de les informer. Céline ravale ses larmes et se racle la gorge.

— René est malade, un cancer…

Il y a un moment de flottement dans la pièce. Tout le monde reste muet. Ont-ils bien compris ? René est malade ? C'est presque impossible ! Il est toujours fort comme le roc. Comment ne pas éclater en sanglots devant toutes ces paires d'yeux humides qui la fixent ? Sous le choc, ses amis s'approchent et l'entourent. Chacun l'embrasse, la serre dans ses bras. Enfin, elle se permet de pleurer, ce qui lui fait du bien. Pas trop longtemps tout de même, il y a un spectacle à donner ! Céline secoue les mains devant son visage pour sécher ses larmes.

— Il faudra refaire tous nos maquillages ! sourit-elle tristement.

Elle a bien fait de leur raconter ce qui se passe, elle se sent plus près d'eux que jamais. Moins seule. Ce sera un bon spectacle, elle le sent. Ils la soutiendront avec leur musique, elle se grisera de leur énergie.

À sa grande surprise, une certaine douceur règne parmi les spectateurs dans la salle, comme s'ils savaient quelle épreuve elle traversait et voulaient lui démontrer leur appui. Un silence respectueux pendant les chansons, suivi d'applaudissements chaleureux. La voix de la chanteuse tremble pendant l'interprétation de *All the Way*, la chanson porte-bonheur du couple. Tant pis. Céline laisse passer l'émotion dans les paroles, dans la mélodie… Elle vit pleinement ce moment qu'elle n'oubliera jamais.

Un avion ramène Céline le soir même à Dallas. C'est à cet instant qu'elle prend la décision d'annuler tous ses spectacles, entrevues et émissions de télévision. Le spectacle de ce soir lui a fait réaliser une chose : elle ne peut pas tout faire à moitié. Elle doit se concentrer sur la priorité, c'est-à-dire veiller sur son mari. Elle sera hors circuit jusqu'à ce qu'il soit hors de danger. Voilà.

René n'est pas d'accord. Évidemment.

Tant pis.

— Que tu arrêtes ne me guérira pas, répète-t-il en boucle.

Céline ne se donne même plus la peine de lui répondre ou de se justifier. Sa décision est prise, un point c'est tout. Il ne la fera pas changer d'idée cette fois. Impossible pour elle de travailler alors qu'il se bat contre sa maladie. Elle vivra l'épreuve avec lui. Elle se veut entière pour lui, non à moitié.

— Fais au moins les cinq prochains spectacles, lui demande-t-il en guise de compromis. Les dates sont trop rapprochées pour qu'on annule ces représentations.

Céline lève le regard sur lui et sourit. Elle a gagné son point !

— D'accord, mais la tournée américaine est déplacée à l'automne.

Maugréant dans sa barbe, René acquiesce. Que peut-il faire de plus ? Il n'a plus les rênes de la carrière de Céline. Il est coincé sur un lit avec un pansement dans le cou, d'où sort un drain. Il a du mal à bouger, encore plus à parler. Céline passe donc les jours suivants entre une salle de concert bondée de gens qui l'acclament et une chambre d'hôpital froide avec son mari affaibli par la maladie. Chaque nuit, elle s'allonge à ses côtés. Le couple passe des heures ainsi dans l'obscurité, sans qu'aucune parole ne soit échangée. C'est ce qu'il y a de bien entre eux : ils n'ont jamais besoin de meubler le silence par des conversations futiles. Ils sont bien ensemble, point.

Un matin, alors que le couple prend un peu de sommeil, la porte de la chambre s'ouvre d'un coup dans un geste brusque.

— Allô, les *lovers*, ça va ?

C'est le docteur Steckler. Il aime les appeler comme ça. Sans délicatesse, il s'assoit sur le lit de René.

— Tu as des plans pour la soirée ? demande-t-il à René avec un fort accent new-yorkais.

Cet homme parle toujours très vite. René hausse un sourcil comme si le docteur était tombé sur la tête. Quel plan pourrait-il avoir dans cet état ?

— Moi, je vais voir le spectacle de ta femme ! Si tu veux, je parie que je peux te trouver un billet quelque part…

— J'aimerais bien, grogne René, en pointant son pansement et le cathéter.

Et en plus, il n'a avalé que des purées depuis son opération.

— Un simple détail ! lance le docteur.

Steckler s'incline au-dessus de René et tire un bon coup. Voilà, c'est réglé pour le drain. René échange un sourire complice avec le médecin. Il sait qu'il vient de trouver un allié. Pour guérir, il faut de la volonté. Il faut bouger, être proactif, aller de l'avant… Une façon de penser identique à celle que René met en pratique tous les jours : pour remporter une victoire, il faut la vouloir.

Le docteur se lève en donnant une tape amicale sur l'épaule de René :

— Allez, sois un bon mari et va voir ta femme chanter !

René s'est fait beau, excité de sortir. Céline est surtout émue de voir combien toute l'équipe l'aime sincèrement. Chacun vient le saluer, l'embrasser, lui démontrer son appui. Céline est soulagée qu'il soit dans la salle ce soir. Depuis quinze ans, il est toujours là, ou presque. Son fidèle critique. Elle a tellement besoin de lui. Le seul qui sache relever la moindre erreur dans le déroulement du spectacle. Habituellement, elle a peur d'être déconcentrée si elle l'aperçoit dans la salle. Pas aujourd'hui. Elle sait où il est, ne regarde que lui. Elle ne pense même pas à ce qu'il peut dire de sa prestation, seule sa santé compte. Leur bien-être. Leur avenir.

49

La convalescence de René se déroule à l'hôtel Four Seasons de Dallas. Son ami Pierre Lacroix reste auprès de lui et, ensemble, ils regardent à la télévision le Masters d'Augusta, un important tournoi de golf. Des journées complètes à suivre les prouesses de José María Olazábal, le grand champion de l'année. René ira jouer au golf aussi. Un petit dix-huit trous calme et sans stress avec Pierre. René ne frappe pas fort, mais il arrive tout de même à jouer 85.

Évidemment, pendant ce temps, une équipe de médecins en Floride se prépare à accueillir René pour la suite des choses. Un radiothérapeute, un oncologue, un ORL… Sa première rencontre avec eux est difficile. L'homme n'est pas au bout de ses peines. Même si le meilleur chirurgien du pays avait retiré toute la tumeur, ils suggéraient de puissants traitements de chimiothérapie et de radiothérapie. Gus Schwartz, l'oncologue, a alors regardé René dans les yeux pour la première fois depuis qu'il était assis devant lui sur une chaise de bois :

— Pour les prochains jours, je te conseille de manger tout ce que tu veux sans te priver.

C'est louche.

En effet, René doit faire le plein d'énergie avant d'affronter cette longue et éreintante succession de traitements. Surtout, il est l'heure d'annoncer la triste nouvelle au grand public. Une étape que l'homme appréhendait. Un tsunami de messages de sympathie arrive de partout dans le monde. Bien sûr, plusieurs prétendent avoir la solution miracle à son problème. D'autres lui racontent leur propre expérience. On veut l'encourager, le conseiller, le consoler…

René est profondément touché par cette vague d'amour, mais il choisit d'écouter son médecin et son ami Pierre : il débranche tout. Il doit se concentrer sur sa guérison sans distraction extérieure. Son appétit revient peu à peu. Le monde recommence à tourner. Il se gave sans remords. Et sans les représailles de Céline qui s'inquiète toujours pour sa santé. Cette fois, il a la permission de se bourrer dans les buffets autant qu'il veut ! René trouve son plaisir dans une chose aussi simple qu'un bon repas. Une oasis de paix avant d'entreprendre ses trente-huit séances de radiothérapie, et ce, cinq jours par semaine. Toute son énergie y passera, il le sait. Il fait même un peu de visualisation : il conditionne son corps à éjecter ce poison.

Le mois de mai se pointe et le guerrier tient toujours.

René joue encore au golf avec ses amis, un foulard sur la tête pour se protéger des rayons du soleil. Céline en profite pour se prélasser dans la piscine avec ses sœurs Manon et Linda. Elle passe le temps en regardant des magazines de mode… Jusqu'à ce que les hommes reviennent du golf et prennent d'assaut la télévision pour regarder la Formule 1. Et il y a les cartes, aussi, bien sûr. Quand ils chuchotent, Céline sait que René s'est assoupi. Il ne dort que quelques heures à la fois çà et là durant la nuit ou la journée.

Le docteur Steckler appelle très souvent de Dallas pour prendre des nouvelles de René. Leur petite routine suit son cours. Chaque matin, cinq jours par semaine, Alain, le mari de Linda ainsi que leur cher cuisinier, conduit René et Céline à l'hôpital pour le traitement. Le départ se fait à neuf heures et cinq minutes. C'est comme ça. Encore une superstition. Ils prennent toujours la même voiture, l'Explorer d'Alain, ils empruntent toujours la même route où ils prient au passage devant un gigantesque arbre où ils se promettent de venir pique-niquer lorsque René sera guéri.

Ce matin, Céline a un instant de panique lorsqu'elle ouvre les yeux. Il est presque neuf heures ! Personne ne l'a réveillée ? Elle bondit du lit juste à temps, car elle trouve René et Alain sur le seuil de la porte, prêts à partir.

— Hé ! Qu'est-ce que vous faites ?

— Tu dormais bien, je ne voulais pas te réveiller, répond simplement René.

La jeune femme croise les bras sur sa poitrine, fâchée. Ou déçue. Il allait partir sans elle ! Elle veut être là, elle y tient ! Changer une seule chose dans la routine pourrait porter malheur, il devrait savoir ça, *lui*. Et le serment qu'elle a fait à l'église, il l'a oublié ?

— René Angélil, lorsque j'ai accepté de t'épouser, j'ai fait le serment d'être avec toi dans le meilleur et dans le pire !

René l'observe entre ses yeux mi-clos. Il a compris. Sa femme est là pour lui, elle veut vivre chaque étape pleinement. À partir de ce matin-là, c'est lui-même qui réveillera Céline pour qu'elle l'accompagne à l'hôpital.

50

René réagit bien à la radiothérapie. Tellement que son médecin, le docteur Schwartz, lui propose quelques séances de chimiothérapie.

— Pour mettre toutes les chances de ton côté, dit-il. Toutefois, il y aura cette fois des effets secondaires plutôt désagréables. Le choix te revient.

Étrange métier que celui de médecin : s'acharner à sauver la vie de quelqu'un tout en le faisant souffrir. C'est ce qui attend René s'il veut avoir le maximum de chances de s'en tirer. Il a la délicatesse de consulter ses trois enfants afin d'avoir leur avis. Les traitements qu'on lui propose sont violents. Peut-être aussi ne sont-ils pas nécessaires, mais tous sont unanimes : il faut y aller *all in*. Le tout pour le tout.

Ce soir-là, Céline souffle sur la dernière chandelle dans leur chambre avec la peur au ventre. René aussi. Il sait qu'il devra traverser un nouveau désert seul. Sa femme peut lui demander vingt fois par jour comment il se sent, s'il a mal, s'il a des doutes, des craintes, mais il est seul avec cette maladie. Malgré sa présence, sa sympathie, son courage, sa force, Céline ne peut réellement comprendre ce qu'il ressent. Ils ont toujours tout vécu ensemble : les victoires, les défaites, les joies et les peines. Cette fois-ci, c'est impossible. René vit une épreuve qu'il ne peut partager.

Enlacés au centre de leur lit, chacun essaie de saisir l'instant présent. L'avenir devient soudain flou, incertain. Le moment présent est d'un doux réconfort. Ils voudraient rester ainsi pour toujours, ne pas laisser filer le temps.

— J'aurais préféré vivre tout ça à ta place, souffle Céline, passant ses doigts sur l'avant-bras de René.

Elle sent le sourire de l'homme contre son front. Il remue, comme s'il voulait se coller un peu plus sur elle.

— J'étais certain que tu dirais ça. Je sais que tu te battrais sans relâche, de la même façon que tu le fais en ce moment à mes côtés. Je sens ton énergie et ça m'aide beaucoup. Sans toi, je n'y arriverais pas !

Et pourtant, c'est si naturel pour elle d'être auprès de lui, de le soutenir dans ces jours difficiles. Céline n'a aucun doute qu'il ferait la même chose pour elle.

— Que penses-tu des effets secondaires ? ose-t-elle prononcer à voix basse.

La chimiothérapie comporte son lot de désagréments. Bien pire que ce qu'il a connu jusqu'à maintenant. Il y aura les fortes nausées, les problèmes articulaires et de déglutition, le déchaussement des dents… Par-dessus tout, il y a les probabilités que René soit stérile après les traitements. Qu'adviendrait-il alors de leur rêve d'avoir un enfant ? Céline n'est pas prête à renoncer à ce projet ! Ni à mettre la santé de son mari en péril, ce serait bien égoïste de sa part.

Parfois, Céline s'arrête sur la question. Elle veut vivre la maternité plus que tout, un heureux événement qui unirait leur amour pour toujours. Si la vie en décide autrement, elle acceptera le destin. Elle ne sombrera pas dans une profonde dépression comme s'amusent à dire les médias. Elle serait triste, aurait un vide au fond de son cœur, cette impression qu'il lui manque un bout d'elle-même, mais ce ne serait pas la fin du monde. Elle survivrait.

— Il existe une solution assez simple pour ça…, répond René, terre à terre.

Oui, bien sûr, il parle d'une banque de sperme. Tellement moins romantique que ce que Céline s'imaginait. En fait, elle s'invente toujours des histoires à l'eau de rose lorsqu'il est question de son mari, de ses futurs enfants… C'est toutefois la meilleure option. Ils auraient alors la certitude de pouvoir concevoir un bébé un jour. Avec un peu d'aide. Cet enfant attendrait, congelé dans une éprouvette.

51

D'un geste brusque, René repousse son assiette, qui frappe son verre de Coke diète. Céline cesse de mastiquer. C'est la troisième fois qu'il réagit ainsi depuis la veille.

— Ce n'est pas bon ? demande-t-elle avec douceur, consciente de sa mauvaise humeur.

— Non ! Tout goûte la terre !

René ne mange presque plus depuis son premier traitement de chimiothérapie. Tout goûte mauvais, il a des nausées et se sent toujours épuisé. Il ne joue même plus au golf !

— Je vais demander à Alain de préparer des repas plus légers et moins épicés.

René soupire. Il y a toujours quelqu'un près de lui pour le surveiller. Pour le forcer à faire la sieste, à manger un peu, à faire de l'exercice. Il arrive à avaler des purées et de la crème glacée. À boire du thé…

Pour Céline aussi, la nourriture a mauvais goût depuis que René est malade. Elle ne joue plus au golf non plus. Ils ne lisent pas les journaux, ne regardent pas la télévision. Ils sont isolés du monde extérieur, dans leur petite bulle. Ils sont en mode survie. Céline fait parfois, à René, la lecture des cartes de sympathie qu'ils reçoivent à la tonne. Jamais ils n'ont passé autant de temps ensemble depuis leur première rencontre, il y a presque vingt ans. Ils adorent ça! L'idée d'un long congé leur plaît de plus en plus. Enfin, ils arrivent à éprouver du plaisir à ne rien faire, à ne penser qu'à eux.

On dit que pour guérir, il faut le bonheur. Alors René ne se plaint pas. Jamais. Il a beaucoup reçu de la vie, c'est à son tour de payer un peu. Du moins, c'est ce qu'il se dit. Il a décidé de vaincre cette maudite maladie, il se recentre donc sur les belles choses qui l'entourent. Cela demande une force mentale extraordinaire. On peut dire qu'il est l'homme de la situation. Et malgré tout, ce n'est pas toujours facile de rester positif.

Ce n'est qu'au début du mois de juin que René aperçoit enfin une lueur au bout du tunnel. Il a beaucoup maigri et il est encore faible, mais il recommence à manger de légers repas. Son odorat aussi se replace. *Quand l'appétit va, tout va*, proclame haut et fort la mère de Céline. Il s'accroche à cette pensée. Pour lui, ce n'est pas une journée à la fois, mais une heure à la fois. Chaque pas, chaque victoire comptent, aussi simples soient-ils.

Quand René avait cédé les commandes de la carrière de Céline à Dave Platel, il avait été clair: «On n'annule pas la tournée des grands stades d'Europe cet été.» Cette occasion était trop importante pour être mise de côté. Céline traverse donc l'océan seule, le laissant à la maison avec son ami Pierre Lacroix venu de Denver. L'imprésario n'allait toutefois pas rater ce moment unique dans la carrière de sa femme, surtout pas les spectacles au stade de France devant quatre-vingt-dix mille personnes.

Malade ou pas, il sera présent à sa façon ! L'homme fait installer un relais satellite pour regarder Céline sur scène via la salle de cinéma de leur maison à Jupiter. Cette technologie leur permet aussi de se parler, de voir Céline en coulisse…

Bien calé dans son siège au milieu de l'après-midi, René est très ému d'entendre les applaudissements et l'ovation après la chanson *Pour que tu m'aimes encore.* Les quatre-vingt-dix mille personnes savent que Céline a chanté pour lui. C'était évident. À l'écran, René voit de nombreuses affiches où est écrit : « On t'aime, René ! »

Tout aussi touchée que René par cette démonstration d'amour du public, Céline profite du moment pour leur donner de ses nouvelles :

— J'aimerais vous dire que René va bien.

Les cris redoublent d'ardeur alors que René apparaît sur l'écran géant. En direct de chez lui, il est debout et souriant, les pouces en l'air. De quoi lui donner la dernière poussée dont il avait besoin pour se rendre à la ligne d'arrivée. Son combat est presque terminé, il est si près de la victoire…

Le spectacle est magnifique. Pendant tout ce temps, René est branché sur les écouteurs de Céline :

— Je t'aime, mon amour. Continue, le *show* est parfait.

La chanteuse aimerait avoir le luxe de pleurer. De joie de l'entendre comme une douce musique à ses oreilles. De fatigue après ces longs mois d'inquiétude à prendre soin de lui, à voir à son bien-être. Elle aimerait surtout lui répondre, lui envoyer des mots d'amour. Elle ne peut pas.

Les doigts tremblants sur son micro, elle touche le bout de son nez. Un langage codé entre eux pour lui dire qu'elle l'aime.

Le célèbre Jean-Jacques Goldman met alors le pied sur la scène. Déjà survoltée d'avoir eu des nouvelles de René, la foule est maintenant en délire. Goldman est là pour chanter *J'irai où tu iras* en duo avec Céline. Conscient des émotions avec lesquelles elle est aux prises, l'homme s'approche de la chanteuse, puis parle à voix basse dans son micro. Aussitôt, les spectateurs se calment, comme s'ils ne voulaient rien rater de son discours.

— Céline, j'ai seulement ceci à te dire… S'il suffisait d'aimer.

Il fredonne les paroles douces de cette chanson si touchante. Céline recule d'un pas, se place dans l'ombre. Elle inspire profondément pour ne pas se laisser submerger par ses sentiments, par les quelques larmes qui glissent au coin de ses yeux. Il faut les essuyer rapidement, se concentrer… Elle doit continuer de chanter. Elle vit trop d'émotions, elle est trop fragile. Si elle pleure, sa voix se brisera, elle ne pourra se rendre jusqu'au bout.

Comme toujours, elle y arrive. Céline se rend au bout avec une énergie nouvelle. Elle vogue à vive allure au rythme de la voix de René dans ses oreilles, des applaudissements de la foule, de la présence de Goldman. Ce spectacle restera à jamais gravé dans sa mémoire. Dans celle de René aussi. L'un des plus magiques de sa carrière.

52

Céline est de retour dans son rôle de femme au début du mois de juillet. La tournée des grands stades d'Europe est terminée, elle n'est plus une chanteuse. Ni une décoratrice de maison. Juste une femme. La sienne. Et ce sera ainsi jusqu'à ce que René soit guéri.

Il va mieux.

Ensemble, ils passent des jours entiers sans voir personne. Ils préparent les repas eux-mêmes, René tranche les carottes, pile les pommes de terre…

— J'aurais envie de manger des pâtes.

Céline en échappe son couteau qui glisse sur la céramique.

— Qu'est-ce que tu as dit ?

René s'arrête. Oui, il a bien dit qu'il voulait manger des pâtes. Depuis des mois, il mange peu et par obligation. Presque avec dégoût. Le couple échange un sourire, René lâche ses pommes de terre… Lentement, il contourne le comptoir. Céline lui tombe dans les bras.

René remonte la pente. Il est sur la voie de la guérison.

Progressivement, il recommence à jouer au golf. Il se permet même un petit voyage à Las Vegas. Il n'a jamais été aussi heureux de se retrouver derrière une table de blackjack. Nerveux, aussi. S'il gagne, cela signifie que la chance a tourné en sa faveur. S'il perd, ses malheurs ne sont pas terminés.

Il a gagné.

Le 28 juillet, le docteur Schwartz lui fait passer une batterie de tests complète sans trouver aucune trace de cancer.

— Ce n'est pas encore gagné, le prévient-il, mais c'est bon signe ! On refera les tests tous les trois mois pour s'assurer que le cancer ne revient pas.

Ces résultats satisfont René. Ils soulagent Céline. Maintenant, ils peuvent regarder vers l'avenir.

René reprend son rôle d'imprésario avec autant de fougue – sinon plus – qu'auparavant. Il est d'ailleurs très nerveux à la perspective de leur passage au Centre Molson à Montréal pour un concert. Il sait qu'il va revoir sa famille, ses amis… Il a changé. Il a maigri, sa voix déjà basse est maintenant rauque. Fidèle à ses habitudes, il a convoqué les médias pour une conférence de presse avant le spectacle. C'est une première sortie publique pour lui depuis son terrible diagnostic. Il se sent démuni, mis à nu. Il a peur de perdre ses moyens, de s'étouffer en parlant. Depuis son opération, il a toujours une bouteille d'eau à la main, car il a encore des difficultés à déglutir. En même temps, il a très envie de remercier tout le monde pour leur soutien durant ces derniers mois.

René n'a pas dit deux phrases qu'il toussote et doit prendre une pause pour se racler la gorge. Céline, le teint pâle dans sa robe rose, s'empresse de lui ouvrir une bouteille d'eau. L'homme se calme, puis reprend son souffle. Il n'est pas long à redresser les épaules. Il ne s'attarde pas sur sa maladie, il imagine déjà les gros titres des journaux le lendemain. Il demande même aux journalistes d'éviter de le questionner à ce sujet. Ce soir, il reprend vie. Il ne veut pas regarder en arrière.

— De quoi êtes-vous le plus fier ? lui demande une jeune journaliste.

René prend une gorgée d'eau afin de rassembler ses idées. Il est fier de beaucoup de choses.

— Ce dont je suis le plus fier c'est que Céline soit toujours une femme heureuse, attentive aux autres, capable de s'étonner et de s'émerveiller. C'est ma plus grande réussite. Le plus grand défi lorsqu'on parvient au sommet est d'y rester. Et d'y être heureux.

Céline se penche pour l'embrasser sur la joue. Le malheur n'arrive jamais pour rien. Cette épreuve les a rapprochés, René et elle. Ils ont changé leurs priorités, ils ont de nouveaux rêves… Ils misent désormais sur les petits bonheurs de la vie, sur la simplicité, sur l'essentiel. René n'aurait jamais pris le temps de contempler un coucher de soleil comme il peut le faire maintenant. La maladie l'a transformé.

C'est pourquoi ils ont pris une importante décision dernièrement. Celle de tout arrêter.

René parle longuement du spectacle que donnera Céline, ici même au Centre Molson, le soir du 31 décembre 1999 devant son public chouchou. Le spectacle sera retransmis en direct à la télévision, elle chantera en duo avec plusieurs artistes, il y aura des surprises… Ce sera l'événement à ne pas manquer au tournant du nouveau millénaire. Ce moment unique marquera également le début d'une nouvelle vie pour Céline et René : le début de leur sabbatique. Un an, deux ans, dix ans… Ils ne savent pas. Et pour une fois, ça leur fait plaisir de ne pas savoir !

Un congé qui sera, à leur grande surprise, fort occupé par plusieurs grands projets.

53

Le soir du 31 décembre 1999, les coulisses du Centre Molson bourdonnent. Il y a des gens partout ! Beaucoup plus qu'à l'habitude. Des membres de la famille, des amis, plusieurs artistes qui chanteront avec Céline… La gang de Notre-Dame de Paris sera de la première partie. Stéphane Rousseau aussi. Bryan Adams, l'invité spécial, fera une apparition au cours de la soirée. Tout ce beau monde est prêt et excité !

Céline est nerveuse, mais elle ne sait pas trop pourquoi exactement. Sans doute parce que le spectacle est une grande production retransmise en direct à la télévision. Elle doit chanter plusieurs duos avec différents chanteurs, ce qui implique beaucoup de choses à orchestrer. Plusieurs chansons à maîtriser. Habituellement, sur scène, elle s'amuse et la durée du spectacle importe peu. Pas ce soir. Tout est calculé à la minute près. Elle ne doit pas être au milieu d'une chanson alors que sonnera minuit ! Un énorme cadran a été installé à côté de la console de son afin qu'elle puisse regarder régulièrement l'heure. Mégo lui parlera dans ses oreillettes, René aussi… Ce sera tout un marathon ! En plus de clore un chapitre important de sa vie : la fin de nombreuses années de scène. Le début d'une longue pause.

Céline essaie de ne pas y penser. Elle doit donner un bon spectacle. Elle aura amplement le temps après pour faire son deuil de ce monde du *show business.*

L'An 2000 est à leurs portes et alors qu'elle fait son maquillage dans sa loge, Céline se souvient de ce qu'elle s'imaginait de cette époque lorsqu'elle était enfant. Le nouveau millénaire lui paraissait si loin… La réalité n'a rien à voir avec ce qu'elle pensait. Elle avait cru à un monde beaucoup plus cosmique. Elle se disait qu'ils n'auraient qu'à rêver à un endroit pour y être téléportés. Heureusement, il reste encore beaucoup plus d'humanité qu'elle ne l'aurait cru. Trop de guerre et de souffrance, mais elle garde espoir que le nouveau millénaire en sera un de paix, d'amour et de liberté…

On frappe à la porte. Céline la voit s'ouvrir dans le miroir. Voilà, c'est l'heure. Pour la dernière fois, elle fera son petit rituel avec ses musiciens avant de monter sur scène. Céline le fait sans réfléchir. Sinon, ce serait des larmes interminables. Elle est triste de les quitter, elle les aime tant ! Mais ce soir, elle veut s'amuser avec eux. Ils l'attendent en cercle. La chanteuse s'arrête devant chacun d'eux. Ils se serrent les mains, fredonnent un bonjour. René est là, s'attardant à leur accolade plus longtemps qu'à l'habitude. Céline s'assure qu'elle a vu tout le monde, puis termine par Mégo. C'est sacré ! Les caméras de l'équipe de Julie Snyder sont là, l'animatrice la suivra tout au long de la soirée pour capter des images.

On la dirige rapidement vers la boîte noire qui la transportera jusque sous la scène. Elle essaie de comprendre comment elle se sent sans vraiment y arriver… Elle est excitée, nostalgique, nerveuse, soucieuse que les gens apprécient leur soirée. Céline n'a jamais été aussi perturbée avant un spectacle. Aussi, elle est heureuse d'arriver à la fin de cette longue tournée. Elle est épuisée, autant physiquement que mentalement. Elle a besoin d'un retour aux sources, de ne plus vivre avec la pression de livrer la marchandise soir après soir.

Chaque chanson de cette soirée unique est chargée d'émotion. Céline sait qu'elle ne se retrouvera plus devant une foule avant longtemps. D'ailleurs, elle savoure les nombreuses ovations qui durent plusieurs minutes. Elle aurait pu couper court, enchaîner avec une chanson, ne pas retarder la soirée, mais elle a envie de prendre tout cet amour qu'on lui donne. Elle chante avec Garou, Daniel Lavoie, Luck Mervil, Bruno Pelletier… *L'amour existe encore* sera la dernière chanson interprétée par la chanteuse dans ce siècle-ci. Cette grande chanson porteuse d'espoir est de circonstance. Pour Céline, il n'y a pas de plus belle langue que le français pour chanter l'amour. La foule est survoltée, il sera minuit dans deux minutes. La musique s'arrête tandis que René vient la rejoindre sur la scène. Céline ne le voit pas venir et sursaute en l'apercevant près d'elle. Son regard s'attendrit… Seul au monde, dans sa bulle, le couple s'étreint et s'embrasse.

C'est René qui prend le micro pour s'adresser au public :

— Voilà dix-huit ans que vous appuyez Céline. Vous avez été son premier public et pour un bon moment vous serez son dernier public. Merci du fond du cœur !

5, 4, 3, 2, 1…

Un décompte chargé d'émotion sur le coup de minuit de ce premier janvier de l'An 2000. À l'intérieur du Centre Molson, vingt-cinq mille personnes trépignent d'excitation sous une pluie de feux d'artifice, de ballons et de confettis.

Les gens se sautent dans les bras, crient et s'embrassent. Ils reçoivent du champagne ! La famille de Céline grimpe sur la scène pour la rejoindre, et la chanteuse prend le temps de serrer chacun de ses membres entre ses bras. L'An 2000 est commencé. Et pour tous les enfants qui auront à y vivre, Céline leur souhaite un siècle d'amour et, surtout, la santé.

C'est Bryan Adams qui entre en scène pour quelques chansons, le temps que Céline puisse se rafraîchir et se changer. Tout vêtu de blanc, il est accueilli chaleureusement. Le classique *Summer of 59* fait l'unanimité parmi les spectateurs qui chantent et dansent avec le chanteur. Céline revient pour interpréter avec lui *It's Only Love* et *(Everything I Do) I Do It For You*. Un artiste que la chanteuse adore et qui réalise de grandes choses. Elle est heureuse qu'il ait accepté son invitation pour célébrer avec elle cette soirée si significative. Prête à continuer son spectacle – la dernière étape avant la ligne d'arrivée –, Céline aperçoit René au parterre. Sans hésiter, la jeune femme s'allonge de tout son long sur la scène. René s'approche. Ainsi, ils s'embrassent, satisfaits que la boucle soit bouclée. Une nouvelle année, un nouveau millénaire. Une nouvelle vie pour elle et son mari. Et ils vivent ce moment important à la maison, avec leur premier public. La chanteuse s'amuse, elle fait un survol de sa carrière, interprétant *Des mots qui sonnent*, *Unison*, *Incognito*, *Destin* et *Je sais pas*. Elle termine en force avec *S'il suffisait d'aimer* et *All By Mylself.*

Évidemment, elle reviendra pour un dernier tour de piste avant de laisser son public.

Dans une jolie robe de couleur fuchsia, Céline trône au centre de la scène.

— Encore une chanson, lance-t-elle par-dessus les cris des gens qui réclament la *star.* La dernière, mais aussi la toute première. C'est celle que ma mère m'a écrite quand j'avais douze ans. Celle que René a entendue avant même de me rencontrer. Je voudrais la chanter en guise de remerciement à la vie, comme une prière de paix et d'amour. Merci beaucoup tout le monde. Je vous aime.

Clore le spectacle avec *Ce n'était qu'un rêve* était logique. Terminer là où elle a commencé des années plus tôt. Ainsi, Céline dit au revoir à la scène, cet endroit chéri qui lui a fait vivre de si belles choses depuis ses débuts. Cette deuxième maison si réconfortante, si grisante. Le couple a l'habitude de sauter dans le vide, de se donner le vertige, de prendre des risques, mais cette fois, c'est un saut en benji sans élastique. Combien de temps durerait la descente ? Ils n'en avaient aucune idée ! Ils n'avaient aucun plan… outre celui de renouveler leurs vœux de mariage et d'avoir un enfant. Entourée de gardes du corps, Céline quitte la scène et traverse le parterre. Elle serre des mains, reçoit des cadeaux…

— Je vous emmène avec moi dans mon cœur ! Je vous aime !

Tout le monde est particulièrement calme à bord de l'avion après le spectacle. Amis, famille, musiciens, tous sont invités à Las Vegas pour une grande fête. Certains arriveront plus tard de New York, de Paris ou de Los Angeles. Tels des boxeurs sonnés après une performance éprouvante, chacun se recueille à sa façon, dans une atmosphère qui semble en suspens. Personne n'arrive à croire que c'est bel et bien fini.

— Je suis certaine d'avoir chanté faux à quelques endroits, marmonne Céline, encore sous le choc de ce spectacle grandiose.

À ses côtés, René non plus ne réalise pas que tout est terminé. Sa soirée a été riche en émotions, il n'arrive pas à décompresser. Comme toujours, les pensées de René roulent à fond vers le prochain spectacle, la prochaine entrevue, le prochain contrat… Il doit se ramener à l'ordre plusieurs fois : « Arrête ! Il n'y en a plus de *show*, plus de *deal* à faire… On est en vacances. » L'imprésario était nerveux du bon déroulement du spectacle ce soir. Il voulait que chaque artiste présent soit content, que les gens dans la salle s'amusent, reçoivent des surprises… Dire qu'à quelques reprises, ils ont frôlé la catastrophe ! Un projecteur a pris feu près de la scène pendant que Céline chantait, nécessitant l'intervention d'une équipe d'urgence. Les gens ont cru à un nuage de fumée pour mettre de l'ambiance… Tant mieux. Et cette dame qui a été arrêtée avec un fusil à décharge électrique à la main. Elle se dirigeait droit vers la scène, elle a même blessé trois membres du personnel de sécurité ! Que serait-il arrivé si elle avait atteint Céline ? La soirée aurait pris fin tragiquement ! Deux événements isolés et bien maîtrisés, mais qui l'ont tout de même ébranlé.

René sourit, car il y a aussi eu plusieurs développements heureux. Trois minutes avant que Céline monte sur la scène pour commencer le spectacle, Garou, la vedette de la comédie musicale *Notre-Dame de Paris* s'était avancé vers lui. Il lui avait serré la main en lui disant qu'il acceptait son offre. Céline en vacances, René avait besoin d'un nouveau défi, de s'occuper d'un nouvel artiste. Il avait eu un coup de cœur pour Garou, cet homme au charisme exceptionnel. Il le voulait dans son équipe ! Il avait confiance qu'il pouvait aller loin. René lui avait donc fait une proposition il y a quelque temps et il attendait impatiemment sa réponse… Il l'imagine déjà chanter en duo avec Céline sur son premier album !

— Ça criait tellement qu'on avait de la difficulté à t'entendre, la rassure René. Personne n'a rien vu de ça.

Céline était si bouleversée par moments durant les chansons que sa voix n'était pas aussi assurée qu'à l'habitude. Elle se sentait fragile. Le genre de situation qu'elle déteste au plus haut point, elle qui est toujours si perfectionniste. Mais la soirée était trop magique pour s'en faire. C'était la fin d'une étape, le début d'une autre. Un nouveau rêve l'attend.

Une occasion parfaite pour renouveler leurs vœux de mariage. Une célébration avec les parents et les amis pour souligner le retour de René à la santé. Pour une fois, Céline veut quelque chose de simple, mais lorsqu'Arthur Goldberg, propriétaire de plusieurs casinos, dont le Caesars Palace, a eu vent de leur intention, il s'est tout de suite offert pour organiser la fête.

— Ce sera votre cadeau de noces ! avait-il dit à René en riant.

Céline a donc laissé Johanne, sa décoratrice personnelle, tout planifier avec l'équipe du Caesars Palace. Elle exigeait seulement que tout soit fait selon les origines libanaises et syriennes de René. La musique, la cérémonie, le banquet…

Le 3 janvier 2000, Céline entre donc dans la chapelle – transformée en mosquée pour l'occasion – vêtue d'une robe longue de couleur dorée signée Givenchy. D'imposantes boucles d'oreilles en or pendent de chaque côté de son visage, son maquillage est fait à l'orientale. Une vraie

Shéhérazade. Elle dit « oui » à son homme pour la deuxième fois. Un moment symbolique pour eux. Plusieurs médias racontent qu'il s'agit d'un prétexte pour faire l'étalage de leur richesse. Ces derniers n'ont rien compris. Ils font l'étalage de leur amour, de leur conte de fées. C'est différent.

La réception a lieu dans une salle de bal du Caesars Palace où un jardin oriental a été aménagé avec six tentes berbères. Partout, les symboles de la culture du Moyen-Orient, l'étoile et le croissant, se retrouvent dans le décor. Il y a des oiseaux exotiques dans de grandes volières, deux chameaux… Assis par terre sur des coussins, les invités dégustent un repas cinq services cuisiné par des chefs libanais, syriens et marocains. Les hommes sont vêtus de noir, les femmes portent de longues robes aux couleurs des pierres précieuses : émeraude, saphir, rubis et diamant.

Tant pis pour ceux que les extravagances de Céline dérangent : ce soir, c'est le dernier de ses soucis. L'objectif de cet événement est de dire à René qu'elle l'aime, qu'elle est fière de ses origines, c'est honorer l'homme qu'il est. Entièrement. Toute la nuit, le cœur léger, ils ont dansé sur de la musique arabe.

Dès le lendemain, tous les invités sont conviés au casino voisin, le Bellagio, afin d'assister au spectacle *O* du Cirque du Soleil. Un moment marquant pour Céline. Elle est littéralement soufflée lorsqu'à la première note de musique, un rideau rouge tombe sur la scène pour disparaître aussitôt. Elle a toujours voulu faire cette mise en scène pour l'un de ses spectacles, mais chaque fois, c'était impossible. Trop compliqué. Les chorégraphies, les éclairages, l'émotion présente dans chaque numéro aux mouvements harmonieux… Les couleurs, le rythme, la scénographie. Franco Dragone a créé quelque chose d'éblouissant.

Au milieu du spectacle, Céline se penche vers René :

— Si je remonte sur une scène un jour, c'est un spectacle comme celui-là que je veux !

Elle veut cette technologie, des décors aussi imposants et mobiles et beaucoup de danseurs. La soirée est si magique qu'elle s'attarde en coulisses pour féliciter les artistes. Ces véritables athlètes. Elle passe des heures à répéter qu'elle veut monter un spectacle comme celui-là un jour. René aussi est impressionné.

— Accepterais-tu de vivre à Las Vegas quelques années ?

C'est le seul endroit où une telle mise en scène serait possible.

— Absolument ! répond Céline sans hésiter.

Si leur projet d'avoir un enfant se réalise, il n'est pas question de trimballer toute la famille d'une ville à l'autre. Deux ou trois ans de stabilité seraient l'idéal. Un spectacle permanent est un bon compromis pour concilier le travail et la famille. De plus, Céline a visité quelques amis ici et elle a adoré l'ambiance qui règne à Las Vegas. Les décors sont splendides et tout est neuf. Elle se sent déjà chez elle.

Céline a tout de suite voulu travailler avec Franco Dragone, un coup de foudre professionnel pour elle. Chaque fois qu'elle a une idée, il lui répond que c'est possible. L'occasion est belle, même si les démarches seront longues en négociations pour mettre en place une telle production.

— Pour être rentable, le *show* doit être capable de tenir au moins un an, l'informe l'équipe de Dragone. Et ça te prend un montant de préproduction de vingt-quatre millions de dollars. À ça, tu peux facilement ajouter cent quarante millions…

René sourit. Voilà du jamais fait pour lui. Un nouveau défi. Il suffit maintenant de trouver une salle et de convaincre un casino d'avoir Céline comme tête d'affiche pendant plusieurs années. De quoi occuper son congé sabbatique !

54

Un matin de cet hiver de l'an 2000, un lamantin est apparu dans le canal qui longe la maison de Jupiter en Floride. Aussi appelé « vache de mer », ce mammifère herbivore est ce qu'il y a de plus inoffensif avec son corps fuselé et ses yeux minuscules. L'animal n'est pas aussi élégant qu'un dauphin, mais il est rigolo, voire un peu maladroit. Céline n'hésite pas à revêtir son maillot pour aller nager avec lui. Juste elle, le lamantin et le bruit de l'eau. Jouant avec la bête, la jeune femme réalise à quel point elle a changé en une année. Lorsqu'elle songeait à son long congé, Céline était inquiète de ne pas savoir quoi faire de toute cette liberté.

Voilà qu'elle a tout son temps pour nager avec les vaches de mer !

Sa sabbatique est commencée depuis trois mois, elle a fait couper ses cheveux très courts afin de ne pas être reconnue, elle prend plaisir à la vraie vie. Jamais elle n'aurait sauté dans l'eau comme ça, si tôt le matin, simplement pour le plaisir de s'amuser avec un poisson. Elle fait des bilans aussi. Dans le genre : « Pourquoi voulait-elle être la plus grande chanteuse au monde ? » Et son rêve de petite fille de vouloir un cheval, où est-il dans tout ce tourbillon ?

Céline sort de l'eau un peu ébranlée.

Beaucoup de gens se questionnent sur ce qu'ils aimeraient faire dans la vie. Pas Céline. Elle l'a toujours su. D'aussi loin qu'elle se souvienne, elle voulait être une chanteuse. Elle a rencontré les bonnes personnes au bon moment, elle a eu une bonne étoile. Qu'est-ce qu'elle a été heureuse dans ce monde de *show business* ! Elle a surtout le sentiment d'avoir réalisé ses plus grands rêves, et même plus. Qui, à trente-deux ans, peut s'asseoir et crier haut et fort qu'il a atteint tous ses objectifs les plus fous ? Chanter lui permet de respirer et les admirateurs adorent l'écouter. Quoi demander de plus ? Elle est parvenue à atteindre ce qui, pourtant, semblait inatteignable et impossible. Elle a réussi. En tant que chanteuse, mais aussi en tant que femme, elle est comblée. Elle aime un homme extraordinaire qui l'aime en retour.

Parfois, Céline s'inquiète de ce qu'elle laisse derrière elle : la vie de tournée, les voyages, la foule, les cris, les applaudissements, son public… Elle a tout quitté. Elle n'a plus rien à son agenda. Plus de spectacle, plus d'entrevue, plus d'enregistrement, plus de gala. Elle avait peur de s'ennuyer, elle, si accro au stress. Que se passera-t-il une fois le long congé terminé ? Le public sera-t-il au rendez-vous ? Aura-t-elle encore des choses à raconter ? Se trouvera-t-elle d'autres rêves ?

Apprendre à vivre normalement, sans penser à sa voix, est une épreuve en soi pour l'athlète qu'elle a été pendant toutes ces années. Toute son existence tournait autour de son instrument de travail. Pour se rassurer, la jeune femme a tenté de se faire un horaire rigoureux de ce qu'elle veut faire pendant son congé. Jouer du piano, apprendre l'espagnol, jouer au golf, écouter tous les albums qui sortent sur le marché… Plus de discipline, plus de vocalises.

Ce matin-là, une serviette de plage autour de la taille et de l'eau ruisselant sur ses épaules, Céline comprend que rien ne se passe comme elle l'avait prévu. Elle n'écoute presque jamais de musique. Elle aime encore les longues périodes de silence, juste pour le plaisir de se retrouver seule avec elle-même. Elle se réveille à l'aube, écoute le chant des oiseaux, presse du jus d'orange frais… Elle chante partout, dans la douche, dans la voiture, en préparant le repas. Elle fait encore des vocalises aussi, pour le plaisir. Elle aime ça, tout simplement. Et puis, au grand plaisir de René, elle passe ses soirées à regarder le hockey avec lui.

Des moments si doux après cette année difficile.

Au début de la sabbatique, Céline errait sans but dans la maison, sans maquillage et sans coiffure. Ne pas se préoccuper de son apparence est quelque chose de nouveau pour elle. Puis, peu à peu, elle se découvre des intérêts à gauche et à droite. Elle s'intéresse aux fleurs, apprend leurs noms, s'amuse à faire des bouquets. Elle regarde pousser ses plates-bandes. Elle adore installer des chandelles dans différentes pièces de la maison, afin de leur donner une ambiance particulière. Elle apprend à dresser une table, à recevoir…

Évidemment, cette nouvelle vie fait ressortir des traits de caractère auxquels la jeune femme n'avait encore jamais porté attention. Par exemple, elle s'attarde à des détails parfois anodins. Tout doit être bien fait. Une tache sur le plancher, un cadre qui n'est pas droit, un pli dans une nappe… Céline remarque chaque chose qui cloche dans le décor et doit le corriger, sinon, elle y pense sans arrêt. Même histoire si une personne fait une bourde dans son travail. Elle passe derrière pour tout arranger.

Céline fait des efforts pour lâcher prise. Elle essaie de ne plus courir ramasser les quelques insectes morts dans la piscine. Ou de sortir le balai dès qu'un grain de sable apparaît sur le plancher. Cette discipline qu'elle s'est infligée durant toute sa carrière de chanteuse la suit maintenant à la maison. Elle aime l'ordre, ça lui donne l'impression de voir plus clair dans ses sentiments. Sinon, tout s'embrouille. Sans doute pour cette même raison qu'elle déteste autant les disputes. Elle est tout simplement incapable de fonctionner lorsqu'elle vit un malentendu avec les gens qu'elle aime.

Avec sa rigueur bien à elle, Céline prépare un voyage en Europe qu'elle souhaite faire avec René. Elle prépare un itinéraire de ce qu'elle aimerait voir, les villes où elle est toujours passée trop vite pour avoir le temps de les visiter vraiment. Elle veut voir les musées, les châteaux. Elle désire plus que tout voyager au gré de ses envies, profiter de la vie, de René… Elle rêve d'avoir la possibilité de marcher main dans la main seule avec son mari, incognito.

Encore une fois, la vie allait déjouer ses plans.

Au mois de mai, Céline rencontre un grand spécialiste de la procréation assistée, le docteur Zev Rosenwaks. Il commence un discours plutôt tordu sur les pour et les contre d'une nouvelle méthode de fécondation.

— Il vous faudra beaucoup de patience et de courage…

Il faut isoler un spermatozoïde avant de l'insérer dans l'ovule avec une microaiguille. Dans la tête de Céline, ça sonne simple : ils ont des millions de spermatozoïdes congelés dans un laboratoire.

La jeune femme l'interrompt :

— Ne vous inquiétez pas, je suis prête à tout.

Pas qu'elle soit plus courageuse qu'une autre, mais elle est en bonne santé et elle est bien entourée. Elle a tout pour passer à travers ! Pourtant, le docteur garde un air neutre.

— Malgré tout, il y a des risques. Le taux de réussite de la fécondation *in vitro* est de vingt-cinq pour cent.

— Même la méthode naturelle n'est pas sûre à cent pour cent !

Enfin, un léger sourire apparaît sur les lèvres du docteur Rosenwaks. Céline a de la répartie !

— Tu as raison ! Par contre, ce dont je te parle est beaucoup moins plaisant. On injectera dans ton corps un médicament anti-œstrogène afin de régulariser ton ovulation. Ça cause parfois des effets secondaires comme des bouffées de chaleur ou des étourdissements…

Le docteur n'a pas terminé sa phrase que Céline prend la main de René pour emmêler ses doigts aux siens. Elle sent une grande force les entourer. Une paix intérieure. Ils y sont, ce grand moment tant souhaité. Dans les derniers mois, avec la maladie de René, ils ont affronté la mort. Maintenant, ils sont prêts à affronter la vie.

Un nouveau rêve. Le plus beau.

Parce que l'amour existe encore, tant et aussi longtemps qu'on y croit.

Épilogue

Le carillon de la porte principale résonne dans la maison de Jupiter. C'est le docteur Ronald Ackerman. Comme toujours, Céline est heureuse de le voir. L'homme passe souvent la voir afin de faire le suivi des traitements de fertilité du couple. Trois embryons ont été implantés dans l'utérus de Céline, il faut maintenant espérer qu'ils s'accrochent à la vie.

Elle est toutefois surprise de le voir ce matin, car il était venu l'ausculter la veille. Il avait pris sa pression, fait une prise de sang. Le médecin lui avait assuré qu'ils sauraient dans quelques jours si elle était enceinte ou non. Sa visite est-elle mauvais signe ?

— Je ne vous attendais pas aujourd'hui ! fait Céline, inquiète.

Alain, le mari de sa sœur Linda, les interrompt.

— Céline, il y a le docteur Rosenwaks au téléphone pour toi.

Son spécialiste à New York. Il appelle tous les jours pour vérifier son état de santé. Les mains moites, Céline saisit le téléphone :

— Allô ?

— Qu'est-ce que tu fais en ce moment ? lui demande-t-il sans autre cérémonie.

Céline a quelques secondes d'hésitation. Habituellement, il veut parler au docteur Ackerman. Ou il lui pose deux ou trois questions sur sa santé. Pas ce matin.

— Je déjeunais, répond simplement Céline en haussant les épaules.

D'ailleurs, ses rôties refroidissent.

— Et qu'est-ce que tu mangeais ? insiste le docteur.

Céline fronce les sourcils, incertaine de la tournure que prend cette conversation.

— Des toasts, du pâté, un thé…

— D'accord. Et que fait René ?

Par réflexe, Céline le cherche des yeux.

— Il est sans doute enfermé dans son bureau.

— Et toi, où es-tu ?

— Je suis dans la cuisine avec le docteur Ackerman.

La jeune femme lui jette un coup d'œil. Ce dernier a un air étrange, presque nonchalant.

— OK, va chercher René, c'est important, ajoute le médecin de New York.

Céline roule les yeux. Le docteur Rosenwaks prévoit venir en Floride dans les prochaines semaines, il veut sûrement prévoir une partie de golf.

— Je vous transfère…

— Non ! J'aimerais vous parler à tous les deux en même temps. Va le chercher, insiste-t-il.

Est-ce que…

Excitée, Céline se précipite à l'interphone pour appeler René. Elle essaie de se calmer, de ne pas se faire de fausse joie, même si elle croit avoir deviné ce qui se passe. Elle essaie de cacher sa fébrilité :

— Est-ce que tu pourrais venir à la cuisine tout de suite, mon amour ?

Le docteur Ackerman fait les cent pas dans la cuisine, il a compris que Céline a deviné la grande nouvelle. Surtout, il ne la regarde pas, son sourire le trahirait ! René met un temps interminable à se pointer. Céline tente de rester calme, elle mange une bouchée de rôtie comme si de rien n'était…

— René est là ? résonne la voix du docteur Rosenwaks dans le haut-parleur.

Céline s'impatiente.

— Oui, oui, il est là !

Sans comprendre, René regarde le docteur Ackerman debout dans la cuisine, tout souriant.

— Félicitations !

La main de René glisse sur la hanche de sa femme pour l'attirer à lui.

— Céline est enceinte ! répète le docteur Rosenwaks au téléphone.

Fébriles et soudain seuls au monde au milieu de leur cuisine, les amoureux s'enlacent. Leur rêve presque inatteignable et si fragile est à leur porte…

— La vie est belle, mon amour, chuchote René à l'oreille de sa femme.

Céline ne sait pas vraiment si elle a envie de pleurer d'émotion ou d'éclater de rire tellement elle est heureuse. Oui, la vie est belle. Encore une fois, elle leur sourit. La main de René remonte sur sa nuque, leurs lèvres se touchent. Une nouvelle vie commence.

— Moi aussi, j'ai une bonne nouvelle, dit René entre deux baisers.

— Ah oui ?

De ses larges mains, René entoure le visage d'ange de la jeune femme, plongeant son regard dans le sien.

— J'ai aussi eu un appel de mon médecin tantôt. Je suis guéri.

Céline bat des cils, échappe quelques larmes. Les voilà encore une fois grands gagnants. Au sommet. Elle est enceinte d'un enfant si désiré. Son mari s'est battu contre la maladie. De tout ce qu'ils ont accompli dans leur vie, ces deux victoires sont les plus importantes. Le conte de fées se poursuit.

Ce sera un garçon.